慶餘年

第一部　鋒芒初露（二）

作　貓膩

目錄

第一章　破窗

林家小姐姓林名婉兒，小名叫依晨，從小在皇宮中長大，沒有什麼朋友。她的身世有些離奇，所以雖然知道自己的父親就是當今的宰相，卻沒有太多機會可以與父親見面，倒是與舅舅親近些；尤其是四年前舅舅替自己指定了婚事之後，更是連母親都被剝奪了管自己的權力，反而有了些輕鬆自在的日子。

只可惜這種日子也未免寂寞了些，葉靈兒又常常隨著自己的兄長們在定州那邊瘋，就算在京都，入宮也不是太方便，所以身邊連個能說說體己話的人都沒有。

年初的時候，不知道為什麼舅舅讓人將自己與父親的關係捅了出來，當時她還以為舅舅是準備讓父親難堪，逼父親請辭，誰知道後來竟完全不是這麼一回事，反而是將四年前擱置的聯姻一事，重新提上檯面。

姓范名閒，戶部侍郎范建在澹州的私生子？林婉兒脣角浮起一絲苦笑，看來對方也是個苦命人，從小就見不了爹的面，只是為什麼一定要自己嫁給他呢？難道說自己的身分就是如此的不光彩，只好胡亂許給范……閒？

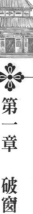

不知道范閒長得是什麼模樣？

林婉兒無法自抑地想到白天的那位大夫，　絲笑意湧上脣角，掩嘴笑了起來。那人可真好玩，居然想了這麼個法子混進別院來了，要知道這裡可是皇家別院，禁衛森嚴，也不知道他是怎麼做到的——冒充費大人的學生？還真是個膽大包天的人。

但她馬上想到，這個人是隨著范府小姐一起來的，難道他和范府有什麼關係？那他一定知道自己與范府那位公子的婚事……天啦！既然他明明知道這些，為什麼還要來見自己？為什麼還要對自己說那些話？

兩抹紅暈在她的臉頰上像霞雲一般美麗，在旁邊鋪床的丫鬟看著斜倚在床頭的林婉兒，不由得有些呆了，笑嘻嘻問道：「小姐，又想到什麼開心事了？最近這兩天老看您無緣無故地笑。」

林婉兒有些窘迫，說道：「難道笑也不能笑了？」

丫鬟吐了吐舌頭，憨憨地走到窗邊去關窗子，此時夜已經深了，早已到了入睡的時辰。林婉兒想到白天那位少年說的最後一句話，低聲說道：「妳去拿些香來。」

丫鬟心想不是還有嗎？卻沒有說什麼，自行下樓去。

林婉兒走到窗邊，纖細的手指放在窗櫺的小橫木上，心想：「到底關還是不關呢？」一想到自己身上的病，一想到自己已經許給了叫范閑的那個陌生人，林婉兒心頭一痛，手指暗暗用力，將這窗子死死地關住。

春夜更鼓聲起，正是雞鳴狗盜佳時。

一個黑影從范府的後牆上像葉子一樣輕飄飄地落下來，落地時沒有發出一絲聲音，撣撣身上的灰就沒入了夜色之中。這人自然就是范閑，他一邊在黑夜裡前行，一面想著為什麼這個世界上就沒有能夠一掠十丈的真正輕功呢？害得自己爬牆的時候總要落一身灰。

京都雖然繁華，但到晚上還有燈光的地方畢竟是少數，比如像瓦弄巷那邊，因為要擺夜市，還有雜耍；再比如流晶河的水潭那邊，前半夜的時候因為要接恩客上船，所以河邊也會有些燈。而其他的街道大多數都是一片黑暗，只有旁邊民宅裡的幽幽燈光，偶爾會透過門縫投射到青石板砌成的大街上，映出一道細細暗暗的線。

范閒就在這些模糊不可見的線條間穿行，在黑夜裡奔跑著，清涼的夜風打在他微微發燙的臉上，感覺很舒服。沒有花多少時間，他就已經來到了白天曾經去過的皇家別院旁的小巷中，遠遠看著院子裡的那棟小樓，他皺了皺眉頭——四周一定有些皇宮侍衛，用五竹的話來說，自己頂多是七品的內功修為、三品的細膩控制，如果想闖進去而不驚動這些高手，一定要非常小心才行。

他必須見到林小姐，雖然還不知道對方的全名是什麼，但他需要告訴對方，自己是誰，將來她會嫁給誰。最關鍵的，就是她的病。

黑夜裡一片安靜，打更的梆子聲剛響起不久，短時間裡一定不會再次響起。偶爾會傳來幾聲稍嫌有些不合季節的蛙鳴聲，范閒安靜地站在巷口的牆後，調息著體內真氣，讓那股霸道的真氣緩緩布滿全身，以後腰雪山處為樞紐，完美地控制著每一部分的肌肉和神識。

他不知道五竹在不在旁邊，但他知道總不能一生一世都依賴著五竹。因為五竹再強，也有照顧不到的時候，不然自己的母親當年也不會杳消玉殞。他將雙手在衣服上使勁地擦了擦，保證上面沒有太多的汗水，然後找準了皇家別院後牆一處不引人注意的地方，真氣緩緩滲出掌心，再由掌緣奇妙收回，形成一個小凹陷，就像以前在澹州港外爬懸崖一樣，很輕鬆地依附在牆面上，緩緩往上爬去。

這面牆足有兩丈高，一般的高手無論如何也難以跳過去，而且牆面光滑，所以皇家侍衛對這裡的防守是最薄弱的。誰也猜不到今兒個來偷香的，居然是一個蜘蛛人。

爬到了牆頭，范閒一手攀在牆上，一手抹掉額頭的冷汗，心想來看自家媳婦兒，怎麼也要冒這麼大的險？此時卻不是後悔的時候，抬頭望天，只見那眉月兒正要遁入雲彩之中，不由得心頭一喜。

銀光忽黯，嗖的一聲，范閒就已經悄無聲息地落在園子裡，像隻狸貓一樣鑽進了密密的短樹叢裡，藉著樹木掩住自己的形跡。這一連串動作由直直落下轉成向前疾衝，竟沒有發出太大聲響，全虧了在澹州時五竹對他的嚴苛訓練。

其實別院裡沒有太多侍衛，時近子夜，更是鬆懈，只聽著遠遠的前門處似乎還有人沒有睡，但園子裡根本沒有人在巡查。范閒鬆了一口氣，小心翼翼地走到小樓下面，抬頭發現樓裡的燈光早就熄了，一片黑暗，他心裡想著，不知道她睡著了沒有？

樓下的門關著，而且不知道那個老嬤嬤會不會肚中餘毒不清，半夜起來出恭，所以范閒苦笑著捨棄了這條道路，轉到樓外，雙手真力緩出，用力扣住木質的廊柱，往上面爬去。爬到頂處，第二層木頭卻是突出了一部分，約有兩尺長的距離，范閒輕吐一口氣，伸手去摸，摸到了一個小縫隙，用食指和中指摳住，身體一蕩，便懸在空中，腰腹一借力便擺了起來，像隻蝙蝠一樣向上一縱，死死地貼住窗戶外面。

白天見面的時候最後說的那句話，范閒相信窗內的姑娘一定明白是什麼意思，所以他滿臉自信微笑地輕輕一拉窗子……沒開。他稍稍用了些力，再一拉窗子……居然還是沒開！

林婉兒早早就上了床，卻一直無法睡下，躺在軟軟的薄被之下，雙手抓著被角，一雙大眼在黑夜裡睜著，清亮無比地看著床頂，不知道在想什麼。

窗外的動靜，她一下子就聽見了，心頭一緊，不知道該如何是好。萬萬想不到那個少年竟然膽子真的如此大，居然敢半夜摸進皇家別院來，她本應喊人，但一想到如果侍衛趕過來，那個漂亮的少年只怕會落個死罪，心頭又有些不忍，緊緊咬著嘴脣，不知道該如何是好。

好在窗子關上了——她在心裡安慰自己，心想只要對方進不來，自然會知難而退，如此一來自己不會面對自己根本不願多想的局面，那少年也不會落下如此大的罪名。

可惜事不如人願，只聽得窗戶那裡嗤的一聲輕響，便被人推開了，一個穿著黑色衣服的少年握著一把塗著黑漆的細長匕首從外面翻進來。

林婉兒隔著紗幔看見這一幕，下意識裡便要喊出來，但一看見那張臉，那張在慶廟香案下看見的乾淨脫塵的臉，不知為何，她竟將這聲喊生生地嚥了回去。

范閒動作很快，沒有一絲初戀小男生應有的羞澀，反身將窗子關上，然後走到床邊，一把掀開紗幔，一股淡淡的幽香在房間裡蔓延。

林婉兒覺著腦中略有些迷糊，但聞著一股淡淡的香氣後，整個人的精神頓時醒了過來，這才知道先前這個少年已經施放了迷香。她嚇了一跳，難道這個人是……傳說中的採花大盜？

無盡的後悔開始湧上林婉兒的心頭，她嘴巴一張，便準備喊人！

范閒卻完全沒有這種自覺，只是滿心喜悅地準備喊醒她，哪知道一看，這姑娘居然是醒著的，本來迷惘的眼睛裡出現了驚恐的神情，而且張大嘴巴，難道是準備喊人？他馬上清醒過來，身形一飄，單膝跪到床上，一隻手捂住林婉兒的嘴。

掌心觸著她的軟唇，癢癢的。

「別喊、別喊。」范閒生平第一次入室偷香，難免有些經驗不足，愁苦說道：「是我，是我，是我啊。」

似乎看出了少年並無惡意，林婉兒漸漸平靜下來。范閒挪開手掌，無奈輕聲說道：「別叫了。」

林婉兒想到剛才的異香，著急問道：「你把我的丫鬟怎麼了？」因為丫鬟就睡在旁邊的榻上，剛才這番動靜，應該早就讓她醒過來了才對。

范閒輕聲解釋：「沒事，這香有寧神的作用，對身體沒什麼壞處，只是讓她睡一覺。」

林婉兒略安了些心，看著面前這張乾淨的笑臉，一分欣喜，卻有三分恐懼。這人到底是什麼人，是什麼身分？

看見她眼裡的害怕，范閒心疼說道：「別怕，我就是白天的那位大夫，走之前不是說好了晚上要來的嗎？」

林婉兒忽然嫣然一笑道：「你不是讓我把窗子關好嗎？」

看見這清麗佳人突然莞爾一笑，范閒心間一蕩，再看著那唇瓣，便有了別的想法，正在此時，他的脖子上忽然一涼。

一柄短劍，寒光閃閃，劍柄握在林婉兒的手裡，劍刃卻擱在范閒的脖子上！

林婉兒看了他兩眼，心頭一軟說道：「不管你是誰，只要你這時候離開，我保證不追究這件事情。」

范閒脖上有寒劍架住，臉上卻依然是笑咪咪的，看著她柔聲說道：「我待會兒就走，今天只是來看看妳。」說完這話，自顧自地從懷裡掏了一個油紙包出來，全然不管脖子上鋒利的劍，反而是林婉兒怕無心割傷他，下意識地將劍往外挪了挪。

范閒撕開油紙，從裡面拿出一根香噴噴的雞腿，湊到她的脣邊，笑嘻嘻說道：「那天在慶廟吃了妳一根雞腿，知道妳饞這口，所以專門給妳帶過來。」

林婉兒哭笑不得，心想這是什麼時候了，這少年居然還如此胡鬧，如果讓侍衛發現一個陌生男人在自己房間裡，那兩個人可就全完了。她抖著聲音說道：「求你了，你快走吧。」

范閒本來還準備按照言情小說的套路再逗逗對方，但見林婉兒如此惶急，心頭一軟，哄道：「別怕，我不會傷害妳的。」這句話一出口便感覺有些不對，怎麼很像是前世武俠小說裡採花賊常說的臺詞？

果不其然，林婉兒神色大變，將劍擱在他的脖子上，顫聲說道：「我不管你是誰，若想言語輕薄於我，我便是一劍下去！」

范閒這才想到，自己私入女子閨房，確實是件極敗壞對方名節的事情，但看林婉兒面上毅然決然的神情，不禁心道，難道她準備謀殺親夫咩？

第二章　交錯時光的愛戀

「我這些日子時常想妳。」范閒不管不理，自顧自說著：「自從慶廟見了妳之後，就極想見妳。」

林婉兒急羞道：「說的什麼胡話！我是……」她將牙一咬說道：「我已經許了人家，更何況你怎能半夜偷入女子閨房，也太放肆無禮了！」

「妳許了范家，我知道。」范閒笑嘻嘻地望著她。

林婉兒想到與這少年初見時的場景，想到二人默默對視時的複雜情愫，心頭一陣傷痛，說道：「既然知道，還不離開？莫非真要人將你殺了？」

范閒不再逗她，望著她，正色說道：「我……就是范閒。」

死一般的沉默不知道持續了多久，范閒自己覺得有些尷尬了，卻發現林婉兒的眼角滴下一滴淚來，她趕緊抹了去，低聲說道：「這位公子，請自重。」

范閒苦笑道：「我說的是真的，妳要怎樣才能相信？」

林婉兒看著這張臉，平靜了半天才低聲說道：「你是……范公子？」

范閒微笑著點了點頭，但林婉兒卻依然是一臉不可置信的表情。此時天上的月兒早已掙脫了雲層的束縛，露出那張明媚的臉，將淡淡光澤灑下大地，些許清暉從窗外透了進來，籠著床上床下的一男一女。

「真的是我。」范閒輕聲說道。

林婉兒根本不敢相信自己聽到的這一切，心情激盪之下，不由得又咳了起來，手上的劍早就不知道丟哪兒去了，一面咳一面問道：「你就是范家那個打黑拳的？」

范閒不禁失笑，看著她柔弱的模樣，心疼地握住她的手腕，遞了段真氣過去，小心翼翼地替她疏理著體內的脈息，聽著打黑拳三字，苦笑道：「不過打了兩次而已。」

林婉兒漸漸有些相信了，喜色浮上臉頰，又問道：「你就是那個萬里悲秋常作客？」

范閒繼續苦笑。「憋急了寫的……不作數，不作數。」

林婉兒眼睛漸漸清亮。「你、你……真是你？」

范閒想要抓狂了，欲哭無淚說道：「今天我與妹妹一起來的，若我不是范閒，妹妹怎麼可能會幫一個陌生男人來看她的未來嫂嫂？」

林婉兒心想也對，掩嘴一笑，卻馬上想到另一個問題，生氣說道：「那你上次去慶廟，也是專門去見我？」一想到被這少年將一切事情都蒙在鼓裡，林婉兒便無比惱怒，心想就是這個可惡的傢伙害得自己這幾天患得患失，還想了那多不合禮法的事情，便恨不得將這少年……打上一頓。

范閒一看她神情，便知道對方在想什麼，趕緊解釋：「向天發誓，慶廟初遇小姐，那可真是巧遇，別說那時，直到今天晨間見著小姐，才知道小姐的身分。」他笑咪咪地望著林婉兒那張清美的臉，輕聲說道：「這一切都是緣分。」

林婉兒羞得低下頭，將手腕從范閒的手裡掙脫出來，低聲說道：「那你為何今天要與范妹妹一起來看我？」

范閒一怔，心想難道要告訴她，自己是準備將林家小姐治好後，便瀟瀟灑灑地鬧一齣逃婚記？這話是打死也不敢說的，只好柔聲回答：「聽說林家小姐身體不好，而我又沒辦法見她，所以只好偷偷來看看……哪裡知道，原來是在慶廟遇見的雞腿姑娘。」

林婉兒輕啐了一口，心想怎麼把自己叫得如此難聽？

范閒笑著指了指擱在邊上的雞腿，說道：「這時候要不要吃？」

林婉兒忍不住掩嘴笑了起來，應道：「你自吃去，我可沒那麼貪嘴。」

范閒忽然耳尖一顫，聽到樓下有人起床，似乎正要往樓上來了，眉頭一皺說道：「有人來了。」

林婉兒一急，心想就算他是自己將來的夫婿，但如果讓人瞧見了，這還怎麼見人？推著他說道：「那你趕緊出去。」

范閒心想自己辛苦了半夜，怎能就這般走了，臉上壞笑一起，身子一翻就鑽進被窩裡面。這床極大，被子極大，屋裡又黑得厲害，若有人從外面看進來，還真是看不出異狀。

發現范閒鑽進自己的被窩，林婉兒大驚失色，卻來不及再做什麼，就聽著有人摸了上來，原來是那位白天拉了幾次肚子的老嬤嬤。林婉兒又羞又急地滑入被中，將身體對著外面，裝作已經熟睡了。

老嬤嬤看了一看，發現沒有什麼異常，低聲咕噥幾句，覺得頭有些昏，似乎睡意又來了，所以轉身下了樓。

林婉兒一肘撞向後面，壓低聲音羞斥道：「人走了，還不趕緊出去。」

好不容易能一親芳澤，正在第一次感謝老嬤嬤的范閒哪有馬上離開的道理，腆著臉說道：「睏了，再躺躺。」

林婉兒這個時候才知道自己將來的夫婿，骨子裡面竟是個無賴子，又氣又惱道：「這……這怎麼能行？」

范閒嘿嘿笑著，往她的身體靠近了一些，鼻尖嗅著那淡淡的體香，心曠神怡，說道：「為什麼不行？」

「這……這……傳出去了叫我怎麼見人。」林婉兒羞得將頭埋在被窩裡，感覺到身後的熱氣，又往前挪了挪。

范閒嘆了口氣，擔心這姑娘會害怕到挪出床外去，那可是要著涼的，只好爬了起來，滿腹的欲求不滿，坐到床邊，拉住了她微涼的小手。

林婉兒掙了一掙，沒能掙脫，也就由他去了，心想只要他不躺在床上，已經算是大幸。

范閒看著她微微閉著的雙眼，輕聲說道：「我發現我這一生，運氣確實太好。」

「嗯？」林婉兒好奇地睜開眼睛，眸子清亮無比地看著他。

「喜歡上一位姑娘，這位姑娘卻在我喜歡上之前，就已經是我未過門的妻子，妳說這種事情會發生，豈不是說明我的運氣很好？」范閒笑著解釋，清逸脫塵的臉上滿是喜悅。

林婉兒好奇問道：「如果……如果……」

「如果什麼？」

「算了，沒什麼。」

林婉兒輕咬下脣，壓下了心中的疑惑。

「還有件事情要和妳說。」范閒看著她額際青絲下的隱隱汗漬，心疼地道：「白天我說的可是真的，妳這身子，現在必須好好將養，清粥小菜那種，對腸胃是有好處，但是對癆病，卻沒有什麼幫助。」

林婉兒今日連遇驚喜，一顆水晶心肝兒早已顫得不行，聽到癆病兩個字，便馬上想到自己的病，情緒反而又低落下去，心情激盪之下，面色有些黯淡，憂傷說道：「御醫瞧過，說這病不好治，雖說是寒癆不會過人，但……日後若真的與你在一處，只怕會累著你。」

范閒忽然正色看著她。「羊奶、雞腿，我開的藥方，還有等會兒我給妳留的藥丸，按照我說的法子慢慢服用，一定能把身子養好。」

林婉兒嘆道：「御醫都沒法子根治，只是一年拖一年的。」

范閒笑了笑。「我的醫術自然及不上御醫，就算我的老師在京中，只怕也只會走些偏門法子，但妳的身分尊貴，只怕宮裡的貴人們不敢用。不過我說的飲食，卻是御醫們想不到的地方，只要妳把身體將養好，等老師回京，他這次出巡邊關，一定會搞到許多珍貴的藥材，到時候妳的病自然就有希望了。這治病診治是一部分，藥又是另一部分，別看皇宮大內珍奇藥材無數，但真正好的，只怕還不及我老師的收藏。」

林婉兒聽他殷切言語，心頭一片感動，輕聲道：「麻煩范公子了。」

范閒一怔，心想怎麼此時說話要比之前生分一些？

他畢竟不了解女子心思。一旦確認了眼前這人是自己將來的夫婿，林婉兒說話自然就會矜持一些，這是女人的特質。他有些意外，笑著說道：「還叫我范公子？」

林婉兒好奇道：「那叫什麼？」忽然明白他的意思，羞得滿臉通紅，背轉身子，不再看他，用蚊子大的聲音說道：「那得等成親之後，再改稱呼。」

「我的意思是，妳可以稱呼我為范兄。」范閒忍著笑說道。

林婉兒這才知道上了對方的當，又羞又惱，欲伸手去打，卻想到與這少年只見過兩面，還算是陌生人，吶吶住手。范閒看著她瘦削的肩膀，說道：「等成親之後，咱們到蒼山上去，那裡海拔高些，又有溫泉，最適合妳休養。」

林婉兒聽見成親二字，微微羞意起，還是點了點頭，卻沒有聽明白海拔是什麼意思，又想到另一件事情，輕聲問道：「費大人真的是你的老師？」

「是啊。」范閒微笑說道：「我一直以為老師既然在監察院那處做事，應該是個很低調的人，誰知道竟然在京都裡有這麼大的名氣。」

林婉兒笑道：「他可是當年北伐西征時的國之功臣，當然名氣大，不過世人懼他用毒，所以一向是躲著走的。」她看著范閒這張漂亮的臉，好奇問道：「費大人怎麼會是你的老師呢？」

范閒聳聳肩說道：「林姑娘，這事後面估計麻煩多著，如今我自己都還沒有理清楚，將來妳要嫁給我，只怕也會遇著許多麻煩，可得想好了。」

林婉兒微笑著搖搖頭，她也知道這次聯姻之後隱藏著許多利益的交換和再分配，所以開始的時候十分牴觸，以致病情加重。但今天卻發現上天有眼，范家的公子竟然就是……眼前的這位，她已經滿心感激上天，哪裡還會有別的什麼奢望。

想到最近京都鬧得沸沸揚揚的事情，她說道：「范公子，有時候真的想不明白，你是司南伯的兒子、監察院費大人的學生，卻又精通詩文之道……對了，那句萬里悲秋常作客，真是你寫的？」

范閒沒有從她的臉上看到質疑，只是很單純的發問，也好奇回問道：「有什麼事情嗎？」

林婉兒臉上浮起一絲怒意。「太后極喜歡你這一句，但是宮裡最近在傳，說你這詩後四句是抄了前朝詩人。」她自是十分相信眼前這位，所以有些生氣。

范閒這才知道詩會之事還是餘波蕩漾，和郭家的官司也還沒有結束，竟然又來了這種指責。不過他本來就是抄了杜甫，所以也沒有怎麼生氣，反而是看著自家未婚妻的神情有些疲憊，有些心疼，輕輕拍了拍她的手，讓她不要再說了。

「我會常常來看妳的。」

「可是……如果被人發現了怎麼辦？」

「對啊，我還真擔心被人發現後，我那個怪叔叔會不會把那些人都殺了……這真是個問題，趕明兒得和他交流一下。」范閒寒毛直豎，想到這種恐怖的事情還真有可能發生。

林婉兒看著他的臉，遲遲不肯閉上眼，但終究還是擋不住沉沉睡意。

第二日清晨，林婉兒有些迷糊地從暖和的被子裡醒來，睜開雙眼，揉了一揉，發現精神特別的好。丫鬟甜甜笑著過來行禮，準備扶她起床刷牙洗臉打扮，這時候林婉兒才想起昨夜之事，一聲驚呼說道：「啊！人呢？」

丫鬟好奇問道：「什麼人？」

林婉兒惶急說道：「妳昨夜可曾聽到什麼聲音？」

「沒有啊，小姐。」丫鬟認真回答。

林婉兒走到窗邊，一頭黑色長髮直直垂到臀際，一身俏白布衣，看上去十分美麗。她往窗外望去，卻發現早已沒有那人的蹤影，不免有些懷疑自己昨天是不是只是做了一個夢？做了一個自己很想它變成現實的夢？

正在胡思亂想之際，丫鬟捧著一個撕開一半的油紙包走到她面前，偷笑著說道：「小姐又偷吃，當心被嬤嬤看到，告到陛下那裡去……快把窗關上，不要吹著風了。」

林婉兒接過油紙包，又發現自己衣帶中多了幾粒藥丸，心頭一片溫暖，再看窗外園中景色便覺得多了幾分綠，就連窗子關上之後，似乎也掩不住無盡春意正撬窗遁入。

第三章　族學

「咱老百姓呀，今兒真高興！真呀媽真他媽的高興！」范閒一邊在花廳裡喝著豆漿，嚼著油條，心裡舒坦無比。

他承認自己運氣好，明明都已經死了的人，卻偏偏到這個世界裡再活一把；明明一出生就可憐得不行，媽死爹不要——後來才知道原來殺媽的仇人都被幹掉了，自己身為人子想報仇也沒地方去報。老爹雖然有些問題，但至少沒有表現出讓自己無法忍受的態度。另外就是，自己明明準備好好抄書，掙些辛苦錢，在這個世界上過些好日子——卻沒想到早就有一大堆金光燦燦的阿堵物在等著自己去不屑一顧。

最關鍵的是，如果想掙這些錢，就得逆著自己意思，接受那些大人物的安排，與自己根本沒見面的女人結婚——結果，嘿，這女人就是自己喜歡的那個！

運氣好的人有，運氣常好的人也有，但運氣好到像自己這樣的，范閒都有些不相信。

發現他心情好，柳氏沒有什麼反應，倒是范思轍來了興趣，等自己母親離開之後，壓低聲音問道：「大哥，這麼樂？鋪子已經看好位置了，你啥時候去看看？」

「你不是請了掌櫃了嗎？」范閒心情好，滿臉春風，大肆放權。「都說過，這事你自己先辦著，有不妥的地方再來找我。如果覺著自己年紀小，壓不住陣，府裡那麼多清客，隨便拎兩個去。」

范思轍嚷道：「怎麼說你也是大東家，書是你的，錢你也出了一半，怎麼也得看看吧。」

聽見大東家這三個字，范閒一樂說道：「成，那過兩天去看看，不過前些日子父親不是打過你一頓板子，不准你誤課？」

「你來接我好了，順便帶你再在京裡逛逛。」

「免了，和你出去又要得罪人，我可不想天天上公堂。」范閒一口喝完碗裡的豆漿，咂巴咂巴滿嘴的渣子，有些不滿意。「這書局的生意如果做得好，將來等你大了，還會有很多生意等著你去做。」

范思轍沒有聽明白這話，摸摸腦袋就走了。范若若在一旁安靜聽著，這個時候才笑著說道：「決定接受這門婚事？」

「父母之命，不得不從啊。」范閒嘆息著，卻始終是沒有搞笑這方面的天賦，搖頭笑道：「婚事我是一定要的，不過隨著婚事而來的那些東西，就有些麻煩了。平白無故要得罪那麼多人，而且還不見得能夠真正掌握那些東西，算來算去，似乎都有些不划算。」

范若若知道哥哥說的是皇家商號，也有些為他犯愁。畢竟長公主已經管了這麼多年，誰不知道宰相和太子那派的人從這裡面撈取了多少好處。如果將來這門生意真的要交給范閒管，接手查帳是一定要的，說不定從內庫到皇家商號，都有不少人要出事。

她皺眉說道：「如果不查帳怎麼樣？」

「不查帳也成，但要把以前的舊帳全部封存起來，萬一以前的髒水潑到我們身上就完蛋了。而且關鍵是這條財路斷了之後，某些人一定會很憤怒。」

「要不然……只與林家小姐成親，這商號就不要了。畢竟當初是爹爹與陛下商議的結果，這時候再讓爹爹退讓一下，陛下也應該不會太生氣。」

范閒搖搖頭，想到那天晚上父親的神情，知道父親對於拿回母親的家業有一種很狂熱的執著。雖然不知道這種執著來自於何處，但如果眼前有這機會，還要父親主動放棄，真是件很困難的事情。

而且他自己也不想放棄，畢竟那是母親留下來的事物，屬於自己的東西，憑什麼要讓皇家的人享受好處？雖然按照宮中的說法，與林婉兒成親之後，也要過上幾年才能親手打理，但離肉近些，鼻子總會好過些。所以范閒此時才將書局的事情當作正事來辦，一方面是練手，另一方面也是想證明給某些人看看，自己是有經商頭腦的。

「會不會……有人會使用一些非常手段？」范若若擔心問道。

范閒想了想回答：「雖然沒有見過長公主，也沒有見過宮裡面任何一位大人物，但我想，既然能夠掌管內庫十來年，這位長公主不管是什麼性情，一定是個聰明人。在目前這種局面下，如果我真被殺死了，不管是不是她做的，肯定會有很多人的目光盯著她。皇帝老兒或許不會在乎我的死活，但一定不會容忍有人暗中破壞他的旨意。身為帝王，最看重的便是自身威嚴，剛好我被纏在官司裡面，不能離開京都，如果有人在京都內對我動手……」

他搖搖頭。「那也太傻了。」

范若若佩服地看了他一眼。「哥哥分析得有道理。」

「別這樣看我。」范閒有些無奈地看著她。「妳這丫頭現在越來越信我，我又不是神仙，只是個普通人，肯定有很多事情會在我們的意料之外。」

范若若聽著這話有些擔心。范閒卻還好，畢竟五竹一直隱藏在黑暗之中，如果有人想動自己，除非是正在旅行中的葉流雲忽然回到京都來了。

中午的時候，在藤子京一大幫護衛的簇擁下，范閒跑到了范氏私塾去看范思轍，這不看不打緊，一看之下險些沒氣昏過去。只看課堂之上，那些范氏的孩子們個個嬉笑玩鬧，全然不將前面的老夫子放在眼裡，有幾個膽子大些的傢伙，更拿了自己的毛筆蘸了些墨汁，往前面灑著玩，不僅汙了牆壁，甚至連老夫子的衣角都沾到一些。

老夫子氣得臉色鐵青，卻不知該如何生氣。這些頑童家中都頗有背景，雖然他們的父母再三叮囑要尊師重道，但是一到私塾，這些人就變了模樣；更有可惡的仗著自己家中小廝粗壯，不只在私塾裡混著，更時常在街上行些無行之舉。

范閒將腦袋伸進門裡，仔細瞄了瞄，發現范思轍還比較老實，坐在牆角的一張書桌上寫些什麼，家中派給他的小廝正蹲在旁邊伺候他喝茶，看來也沒有認真聽講，但好在也沒有做什麼出格的事情。

他其實是高估了自己這個弟弟，如果不是最近有更好玩的事情捆住了范思轍的心神，只怕范思轍會比現在屋裡那些不肖子弟更加放肆。

將范思轍從屋子裡喊出來，范閒沉著一張臉問道：「這就是你們讀書的地方？」

范思轍不知道他為什麼不高興，生氣地答道：「是了，怎麼了？」

「你應該算是個頭兒吧。」范閒很相信他的領導能力，加上目前整個范氏宗族，就以司南伯家最盛，所以范思轍在這些孩子裡的地位很特殊。

范思轍撓撓腦袋。「我說的話他們還聽聽。」

「那好。」范閒接著說道：「你進去把那些小雜碎都給我教訓一頓，讓他們好好聽老師講學。」

「啊？」范思轍似乎有些沒回過神來。

「不尊師長？」范閒眉尖都皺了起來，心想自己在澹州的時候，不論是最先前的西席先生，還是後來的費介，自己都是無比尊敬。聽得裡面的聲音越來越喧譁，怒上心頭喝斥道：「你要是敢像他們一樣，看我不抽你耳光。」

范思轍不知最近一直挺溫柔的范閒為什麼會忽然惹上自己，瞪著眼睛吼道：「你憑什麼抽我？」

他身邊的小廝和幾個家丁都圍了上來，他們對這位范大少爺已經有些熟悉了，但一聽對方要打自己小主子，都是護主心切，惡狠狠地瞪著范閒。那個小廝仗著和思轍熟，更是嘴賤的罵了起來。

范閒眉頭一皺。

藤子京和幾個護衛走上前去，毫不留情地揪著那幾個家丁一頓好捶，那個罵髒話的小廝更是被扇了無數個耳光。跟著范閒的這些人本來就是直屬司南伯范建的人手，哪裡會將府中這些低於自己好幾級的家丁、小廝放在眼裡。如今他們跟著范閒，更是把當朝尚書之子痛揍了一頓都沒出什麼事，走在路上都恨不得兩側帶風，下手哪會猶豫。

一頓教育就此結束，家丁滿臉恐懼、渾身慘痛地看著范閒，畏畏縮縮地退回去。而那個小廝則是雙頰通紅，嚎哭不停。

范閒居高臨下地看著范思轍那張害怕的臉，輕輕說道：「我沒說抽你，但如果你做錯事了，我自然就會抽你。至於憑什麼？很簡單，你打不過我、罵不過我，自己又不敢去父親那裡告狀，如果做錯事了還要和我挑釁，豈不是找抽？」

看見范閒似乎沒有打自己的意思，范思轍鬆了一口氣，他骨子裡還是一個不將下人放在心上的權貴子弟，也沒有對范閒打自己手下的事情太過看重，雖然覺得有些落了面子，但跟著范閒在一起，似乎總有些好處。他以商人的本色算了一下，發現還是不要得罪范閒好些。

「進去，把裡面的秩序整頓一下，我在外面等你，不是說還要去看鋪子嗎？」范閒說完這話，一拂袖子就出了私塾門口。

在外面等著的范氏宗族的人們，看見先前那一幕，不由得嘖嘖稱奇，心想司南伯家這位私生子，敢情這麼厲害？竟敢在光天化日之下，這麼欺負司南伯府的正牌少爺。眾人望著他的目光，就不禁有些害怕了。

范閒不理這些人，在門外的長凳上坐著等。不一會兒工夫，便聽見私塾裡傳來數聲慘呼，還有響亮無比的耳光聲，裡面夾著范思轍囂張的聲音——

「都給我老實點兒！再敢對老師不恭敬，看我不抽你耳光！」這些話竟和范閒說的差不了多少，看來范思轍是將在兄長這裡受的氣，全數發洩到那些族兄、族弟身上。

這下子可就鬧了起來，一直守在私塾外面的范氏宗族的馬夫、家丁、小廝聽著自家主子在教室裡的痛呼聲，狠狠地瞪了范閒兩眼，就衝了進去。范閒怕范思轍吃虧，向藤子京使了個眼色，藤子京領著幾個護衛也隨著人群衝進去，不一會兒工夫，就把范思轍揪出來。

范思轍還沒有打過癮，一邊揮舞著拳頭，一邊罵道：「別怕別怕，這些傢伙可不敢得罪咱家！」

確實和他說的一樣，那些下人衝了進去，也只敢護住自家主人，卻不敢反手還擊，看來司南伯府如今在范氏宗族之中，確實地位很特殊。

打完人後，范閒揪著弟弟的脖子拎到馬車上，離開了這個自己一手造成的混亂局面。藤子京在一旁皺眉說道：「少爺，雖然族裡這些人現在越來越不像話，但畢竟是京都裡的老人，有些事還需要他們幫忙，得罪太多人，不見得好。」

范閒笑道：「怕啥？」他心裡想著，也許這些族人確實有力量，但是自己馬上就要娶郡主，皇帝將會是他的舅舅，他怕什麼？這些小雜碎不教訓一下，還真出不了這口氣。

「爽不爽？」他問范思轍。

范思轍有些納悶。「也對，平時也打人，但都沒有今天打得爽，這是為什麼？」先前被哥哥教訓而產生的怨氣，早在自己英勇的打人過程之中消散無蹤了。

「很簡單。抽人也是要找理由的，就和打仗一樣，如果有個無比光明正大的理由，那就打得毫無心理包袱，就像是本朝當年進攻北魏，不也是先說他們犯邊嗎？」范閒繼續說道：「什麼事啊，都是一樣，咱們得占大義。大義，明白嗎？」

「不明白。」范思轍回答得很誠懇。

第四章　慶餘堂的葉掌櫃

來到東川路選定的書局地址，范閒一行人好好看了看，發現位置確實挺不錯，四周交通便利，而且離太學不是太遠，從慶國各地來到京都準備考試的學子，基本上每天都要路過這裡。最關鍵的是，這地方又不會太過熱鬧，如此一來，才能方便各王府的郡主、官宦家的小姐們派出自己的貼身丫鬟來買書。

范閒點點頭，和范思轍往裡面走，迎面便看見府裡的那幾位清客，拱手一禮道：「崔先生，麻煩了。」

那位崔先生苦笑道：「我說二位少爺，這麼個書局一年能掙幾個錢？還要耗這麼多精神，實在是有些不值當。」

范閒知道這些曾經在戶部主過事的前任官員們當然不會把這種幾千兩銀子流水的生意放在眼裡，笑著解釋：「弟弟既然喜歡，那就由著他玩吧。」他本不指望這事能一直瞞著父親，所以請了府裡的幾個清客來幫忙；而父親既然允許崔先生來幫忙，就等於默許了兩個兒子在府外的胡鬧。

幾人在後廳的房間裡說話，范思轍咬著毛筆桿在算什麼，一旦眼前放著帳本，這傢伙便會寄情於其間，將身外事全部忘記。說話間，從慶餘堂請的掌櫃也來了，這位掌櫃面相忠厚，雙眼並無精光，卻是一片清澈。所謂眸子正、人身正，范思轍有些滿意，自與他去交代書局的事情。

范若若早就將《紅樓夢》前六十幾回的稿子交給了范思轍，崔先生一直派人在萬卷堂盯著付印，應該不會出什麼問題。范思轍還老催著范閒要後面的稿子，準備在京都裡一炮打響，范閒這些天卻沒有什麼心思去抄書，所以一直推著。

商定好了書局開業時間，又確認了監察院八處的批文一定可以拿到手，眾人在屋裡發現沒什麼事情可做了。到時候從萬卷堂那裡進些經史子集，再以《石頭記》為主打，似乎只要等著收錢就好。至於夥計那些，全部由慶餘堂的掌櫃一手處理，也不用范家操心。

范閒有些奇怪為什麼大家如此信任那個慶餘堂，等到好不容易有個機會單獨和掌櫃在一起，溫和問道：「掌櫃貴姓？」

掌櫃微笑應道：「免貴姓葉。」

范閒心裡一抖，重複問道：「姓葉？」

葉掌櫃似乎看出他的異樣，有些不解應道：「是啊，慶餘堂一共十七位掌櫃，全部姓葉，這在京都是人盡皆知的事情。范少爺？」

「全部姓葉？」范閒眉頭一皺問道：「你們和十幾年前的葉家有什麼關係？」

葉掌櫃略感詫異，看了兩眼范閒，生出些許滄桑之感來。「這麼多年過去了，我還以為現在的年輕人早就不知道葉家了。不錯，我們都是當年葉家的掌櫃，後來葉家出了些問題，產業全部沒入宮中，而我們這些人本應該離開後自尋活路才是，但不知道為什麼，朝廷卻不允許我們自己做生意，所以到現在就成了如此尷尬的一個局面，我們只能負責替人打理生意，卻不能自己入股，這慶餘堂，也就是這麼來的。」

范閒再看這位葉掌櫃，知道對方是自己母親當年的屬下，不免生出了一些親近感，好奇問道：「葉家出事後，朝廷沒有……」

話沒有說完，但葉掌櫃也明白這意思。所謂斬草除根，既然朝廷連葉家的產業都霸占了，斷沒有還留著這些老人的意思。葉掌櫃不知為何，覺得面前這位范府的少爺很親切，想了想回答：「我們也覺著奇怪，所以這些年，一直過得很害怕，朝廷又不准我們離京，所以很怕哪一天就會如何了。」

「哪天帶我到慶餘堂去看看。」范閒忽然在京都裡找到了一個與母親過往有關聯的地方，不由得驚喜地抓著葉掌櫃的肩膀。「我有很多很多的事情想要問你們。」

回到范府之後，在范建的書房裡，范閒將今天遇見的事情講給他聽，好奇問道：「慶餘堂，真是葉家當年的舊人嗎？」

「當然是。」范建捋著頷下短鬚，似乎在回憶過往，悠悠說道：「這些人其實很不簡單，當年都是葉家分駐各州的大掌櫃，只不過你母親當年得罪了權貴，遭了不幸。你也知道當年的葉家是何等風光，朝廷一時間也有些慌神，如果葉家倒了，這慶國只怕也要亂上好幾十年。所以最後想出了一個折中的法子，先將葉家收歸皇家，至少在名義上斷了那些下面的官員藉機大肆敲詐的可能，然後……」

范閒截斷他的話，問道：「殺死母親的仇人，最後究竟是怎麼死的？」這是他一直有些疑惑的問題。

范建看著他的雙眼，冷冷說道：「你年紀小，大概不記得十四年前慶國發生過什麼事情。」

「記得。」范閒皺著眉頭說道：「十四年前，似乎是有人意圖變天，想將陛下從皇位上拉下來，所以最後鬧出了很多事情，京都整整殺了一個月，將原來的那些貴族們殺得差不多了，血流漂杵，貴族的頭顱擱在城牆上居然排了一里，這便是所謂的京都流血月。雖然我沒有經歷過，但聽費老師講過許多次。」

「不錯。」范建寒聲說道：「就在這一次的清洗之中，當年曾經參與到謀害葉家的人，全部被我們殺死了。」

范閒留意到父親話中的「我們」二字，小意問道：「我們是誰？」

「自然是我與陳萍萍。」范建微笑著。「這大概是我們追隨陛下二十幾年來，最成功的一次行動。」

「范家也是藉此事而起，而監察院更因為在這次事件中所發揮的恐怖作用，牢牢樹立了在官員中的影響力。」

范閒嘆息道：「原來，這場變故的起因，竟然是父親與陳院長在為母親復仇。」

「後來呢？」范閒問的是葉家事情。

「先前說過，葉家的產業收入內庫，這是當時穩定朝政最好的辦法，滿朝文武，不可能提出更有效的建議。」范建解釋：「問題就是那些大掌櫃們，他們都是你母親一手教出來的，雖然遠遠及不上你母親的天縱之才，但是如果放任不管，誰知道會不會出現第二個葉家？所以陛下決定將他們全都集中到京都來，讓他們重新訓練一些人手，去接手那些生意，卻不准他們擁有真正的產業，這才有了如今京都赫赫有名的慶餘堂。」

「你們想做生意，找他們是很好的。」

范閒憂傷說道：「這些掌櫃們居然因為這樣一個理由，就被迫困在京都十幾年，真的很慘……父親，如果將這些掌櫃們都用起來，會不會引起朝廷的注意？」

范建搖搖頭。「用慶餘堂的掌櫃，本來就是各王府私下產業最喜歡的手法，朝廷才不會管這些。不過如果你想將慶餘堂那十七位掌櫃全部搜羅齊，似乎也沒什麼必要。」

「如果朝廷真的忌諱這些，為什麼當初不將這些掌櫃全部殺了？」范閒提出自己的疑問。

范建看著兒子，微笑著解釋：「當年你母親出事的時候，我在西邊追隨陛下作戰，陳萍萍到了本朝與北齊交界的地方執行一個祕密任務，半途才明白過來折返京都，所以才會有這種事情發生。如果我們都已經回到了京都，還讓這些人被殺了，你也未免太低估你父親的力量。」

柳氏在外面敲了敲門，父子二人停止談話，范建讓她進來。看見柳氏手上端的那碗果漿，范閒才知道夜已經深了，已經到了父親入睡的時辰，站起來準備告辭。范建卻揮揮手讓他留下，讓柳氏自行前去歇息。

在柳氏離開前，范閒眼角餘光瞥見她眼裡流露出一絲擔憂，知道她是在擔心自己丈夫的身體，不由得微微皺眉，心想這個女子只怕對於父親是真有幾分情意，只可惜心腸太狠了些，當年竟做出那等事情來。他知道父親既然不讓自己走，那一定是有重要的事情要交代，所以洗耳恭聽。

「說說最近朝廷裡面的局勢吧。」范建端起微溫的果漿，緩緩地喝著。「我知道你還一直怨恨，四年前柳氏派人毒殺你的事情。」

范閒一怔，沒想明白朝廷裡的局勢與柳氏有什麼關係，更加沒有想到父親會如此直白地將這件事情挑明，所以一時間不知道應該說些什麼。

「兩件事情其實互有關聯。」范建知道兒子在想什麼，淡淡說道：「四年前柳氏之所以會動手，一方面是思轍的年紀大了，卻愈發沒個正經模樣，而我一直沒有將她扶正，她不免有些絕望，一時昏頭，做了那個決定。但更關鍵的原因，則是因為她那時候曾經入過一次宮，得到某人的保證，一旦你死後，思轍將來一定能夠繼承范家的所有。」

「入宮？是誰的保證，能讓她連奶奶的性命都不顧？」范閒冷冷說道。

第五章　夫妻夜話

范建皺了皺眉頭，將手中的碗放下來，似乎是嫌這碗有些燙手。「我不是替柳氏開脫，只是當時她找的人，表面上是聽她的命令，但實際上卻是聽皇宮那人的命令。柳氏在這件事情中，只不過是個替罪的角色。」

范閒皺眉問道：「是宮裡的誰要我死？為什麼要我死？莫非他們早就知道我是葉家家主的兒子？」

「他們當然不知道！」范建不知道為什麼變得異常激動，右手緊緊地握住椅把。「知道這件事情的，沒有人會想傷害你。如果有人想傷害你，也一定不是因為這個。」

「難道整個京都從來就沒有人知道父親與母親之間的關係？如果那些人知道父親與葉家的關係，為什麼就沒有人懷疑過我這個私生子是葉家家主的兒子？」

范閒滿是懷疑地思考這個問題，心裡略有寒意，發現事情之後似乎還有些更重要的問題，但他根本不敢開口去問，轉而幽幽說道：「那是因為什麼？四年前我不過是個十二歲的男孩，遠在澹州，和京都裡的一切似乎都沒有瓜葛。」

「四年前，也就是陛下收林家小姐為義女的時候，也就是他為郡主指婚的時候。陛下那時候就決定了，將來皇室商號由你來管理，也就是那一次，你第一次出現在皇宮眾人的談話中。眼看著一個十二歲的孩子擁有了一個他抱不起來的金元寶，你想想皇宮裡面的那些貴人們會如何選擇？」

「選擇乾淨俐落地殺死我。」

「監察院查了四年，基本上已經查清楚了這件事，只是可惜沒有證據，奈何不了那些人。」

范閒笑了起來。「就算有證據，只怕也奈何不了對方才是，畢竟監察院是臣子，那些人卻是主子。」

范建點了點頭。

「想殺我的人是誰？」

「皇后，長公主。」范建微笑著。「不過既然你已經平安長大，而且入了京，相信再給她們幾個膽子，也不可能冒著陛下震怒的危險，對你動手。」

范閒悲哀說道：「您太樂觀了，就算將我殺了，皇帝難道還會把自己的老婆和妹妹如何？」

范建沒有回答，轉而說道：「最近一段時間，靖王世子一定會想辦法拉近與你的距離，而且他一定會想辦法，讓你與二皇子見上一面，你自己小心處理一下。」

范閒應了下來，知道京都裡每個大族都必須主動或者被動地在這件事情裡表明立場。皇子爭奪天下的繼承權，雖然是一個看上去有些老套的把戲，但無論在那個世界，還是這個世界，永遠是不變的戲碼。只要那層厚厚的布幕拉開，隱藏在後面的戲子們便會紛紛上場，或使三尺劍，或用三寸舌，演給別人看，也演給自己看——范府如果想不偏不倚，緊跟著皇帝，似乎也要付出很大的努力才行。

深夜，范建一個人孤獨地坐在太師椅上，一邊喝著已經涼透了的果漿，一邊想著范閒剛才的話。想到當初自己付出的慘痛代價，他的脣角抽搐了一下，又想起京都那個流血的月裡恐怖血腥的場景。

在那個黯淡得沒人知道的夜晚，皇后的父親在自己的刀下顫顫發抖，自己親手將對方的頭顱一刀斬了下來，那頭顱骨碌骨碌滾著。似乎想起了那個聲音，范建的脣角浮現出一絲溫柔的笑容。

後一段日子裡，范閒過得很是自在，每天在府裡享受著大少爺的待遇，偶爾溜到東川路去瞧瞧籌劃中的書局狀況如何，和那位葉掌櫃也逐漸熟了起來，一應事順，所以府裡清客崔先生還是回到了司南伯范建的身邊。

而每隔一天的晚上，范閒總會溜到皇家別院去，熟門熟路地翻牆而入，只是現在的窗子已經不再關上，雞腿姑娘總是默默地等著他。

之所以經常往那裡跑，不是因為「戀姦情熱」，實在是林婉兒的病不能再拖。皇家的人都是木頭，好在御醫在收了司南伯府不知道拐了多少道彎遞過來的賄賂後，終於開口認可稍微進些油腥對於郡主的身體是有好處的。

范閒經常去那裡，就是為了送吃的以及自己配的藥丸。因為怕和御醫開的藥相衝突，所以用藥都極溫和，除此之外，便是帶上許多好吃的，滿足一下未婚妻一日饞過一日的小嘴。

就這般過了些日子，林婉兒的身子明顯有了起色，臉上的紅潤漸多，卻不是以前那種不健康的豔紅，而且身上的肉也多了起來，臉頰處明顯圓了一圈。

林婉兒有些頭痛於此，但范閒卻是無比驚喜，心想成親之後，自己豈不是可以天天揉捏自己最愛的嬰兒肥美少女？

別院的侍衛實在是有些鬆懈，加上范閒在澹州被五竹訓練出來的爬牆功夫，所以夜夜偷香餵藥，竟是沒有人發現。不過林婉兒身上的病根卻還是沒法子根除，范閒心想還是等費介回來再說，實在不行，成親之後想辦法搬離京都，范家在蒼山上還有一處別院，最適合療養。

經過了這些夜的接觸，這一對未婚夫妻早就熟稔了許多，不知道為什麼，從慶廟一見鍾情之後，兩人便覺得對方與自己有些極其相似的地方，也許是容貌，也許是身上的氣質，也許是對待事物的看法。這種投契感讓初戀的范閒、初戀的林婉兒真真切切地感受到了執子之手的美妙，由兩個本來陌生的男女，變成了如今一眼一指便能知道對方想些什麼，竟是沒有花多少時間。

林婉兒望著他的臉，憂色忽起地問道：「你天天用那香讓四祺入睡，時間久了，不會有什麼問題吧？」

范閒安慰道：「第一次來就說過了，這香對人身體只有好處的。」

林婉兒想到他第一天摸進窗來的情形，不由得噗哧一笑，說道：「如果當時真把你當採花賊殺了，你怎麼辦？」

范閒苦笑著牽著她的手。「依晨，或許有些事情必須要讓妳知道。」

林婉兒聽他喊自己的小名，微微一羞，說道：「什麼事情？」

「嗯……如果妳要殺我，估計是很難的。」范閒笑嘻嘻地說著：「我從小就跟著很厲害的人學習，所以骨子裡不是什麼寫詩的文人，更像是個莽夫。」

林婉兒嘆息道：「知道啦，如果不是莽夫，怎麼會當街痛打郭尚書之子，還鬧得沸沸揚揚的，直到現在還不能離京。」

說起來，范閒打郭保坤的那案子一直沒結。兩邊角力不下，京都府早就掛了白旗，舉了免戰牌，將案子遞到刑部，用的名義是：案情複雜，難以判決。其實這案情有什麼複雜的，如果真想查，只要把現在跟著范閒在京都街上閒逛的幾個護衛一抓，然後一用刑，就什麼都明白了。可問題是打官司的兩家背景不簡單，所以案情自然就複雜了起來。

這是邪門歪道，卻又是官場正道——案子遞到刑部之後，輪到刑部開始頭痛，目前正在籌劃著請宮中下旨，讓監察院來辦理這案子——雖然這種治安案件不應該是監察院的管理範圍，但畢竟兩邊都是官員，而監察院又有監督官員的職責，所以也說得過去。京都百官都知道，監察院的陳院長，是哪個官員貴戚都不會放在眼裡的。

郭家在等著監察院開始調查的那一天，殊不知范閒也在等著那一天，他手上拿著費介留給自己的牌子，才不怕監察院的夜叉。

安靜的夜裡，范閒略略出了些神，接著安慰林婉兒：「這事不要緊，過幾天自然就淡了。」他忽然想到面前這個少女的母親，曾經在四年前試圖要殺死自己，眉尖不由得皺了一下。

林婉兒是個冰雪聰明的姑娘，見他神情，問道：「是不是最近有些麻煩事？」

范閒看著這姑娘的如畫眉目，嘆了口氣問道：「如果將來……我與長公主之間有什麼問題，我很擔心妳要如何自處，只怕妳會很傷心。」

林婉兒微笑著。「為什麼要提前思量那些還沒有發生的事情呢？婉兒從小就病著，似乎在數著日子過，永遠不知道哪一天就會離開這個塵世，所以我一向不喜歡思考沒有發生的可怕事情。」

范閒嘆了一口氣，滿是憐惜地將她摟進懷裡，嗅著她髮間的餘香，心裡不停說著：

「我知道妳的感受，因為我曾經和妳有過一樣的遭遇。」

吻君脣葉，齒有餘香。

「嗯……婉兒，妳身子真軟。」

「你……你摸的是你前些天自己拿來的枕頭。」

范閒很喜歡夜裡偷跑到女子閨房中的感覺，這像是偷情，卻又是一種沒有心理負擔的偷情。如果允許的話，他願意這樣的日子更長久一些，至少在成親之前，不要有太多的事情來打擾自己。能夠在京都有這樣的幸福生活，無論如何是他離開澹州前想像不到的事情。

奈何所謂事不從人願，平靜的生活總有結束的一天。這天下午，靖王世子李弘成擺了車駕，來到范府之中，柳氏趕緊上前恭敬迎著，將他迎入花廳用茶。

第六章　螞蟻上樹？

李弘成等了半晌，發現自己要等的人還沒來，不免自嘲一笑，心想這位范公子架子倒真是大，這朝中文武百官，有資格讓自己等的，也沒有幾位。一轉念便想到京中的這些事情，暗中佩服這范閒入京不久，鬧出的動靜倒是不小，拋出幾首詩來便惹得文壇小震，半夜打個人便惹得官場中震；至於和宰相私生女的婚事，更是讓有資格知道內情的人心頭大震。

他正想著，范閒已經老遠地喊了起來，一面行禮，一面快步走過來。范閒倒不是故意讓李弘成等，只是先前正在和慶餘堂的那位掌櫃商量書局的一些事情，所以耽擱了下。兩位年輕男子隔几而坐，淺淺啜了幾口茶，便開始說正事。

第一個開口的當然是范閒，他必須就那天晚上的事情向對方表示感謝。

聽他道謝，李弘成笑了起來，溫言說道：「我當時就想，咱倆認識也不過數日，怎麼就捨得包下整艘醉仙居的花舫來招待我，原來你心裡是存了這個念頭……不過無妨，郭保坤那廝草包一個，在太子的舍人之中，也排不上什麼名號，只是家裡那個老子還有些學問，你打便打了，哪裡用得著拐那些彎子。」

范閒知道李弘成說的是自己在公堂上的舉動，自嘲笑道：「這不是沒經驗嗎？若早知道京都裡面打人也這般輕鬆，在王府園子上我就一拳過去了。」

李弘成唬了一跳，趕緊搖著手中的帛金小扇。「那可使不得，事情做得太出格，我可不好出面保你。」

范閒呵呵一笑，再次謝過，然後才問李弘成今日前來有何吩咐。李弘成略一沉吟，開口說道：「這事也瞞不得你，憑咱們兩家情分，我也得把話說明白。本來二皇子是想讓我誆你去見上一面，求個自然相見，免得惹你反感，但這般做法，仍是騙你。所以我明說了，明兒個二皇子在流晶河上設宴，專請你一個，我只是作陪。」

范閒皺眉說道：「這我是真不明白了，二皇子何等尊貴，我一個區區秀才，哪裡入得他的眼去？」

「你是真不明白還是揣著明白裝糊塗？」李弘成指著他的鼻子哈哈大笑。「作戲作成你這樣的，倒真是失敗。」

范閒尷尬一笑，卻沒有回答。

李弘成注意到花廳四周並沒有什麼閒雜人等，正色說道：「還是那句話，我初見你面便覺心喜，不忍心瞞你，似乎覺著這種手段不免讓你我生分了。你也知道，如今陛下雖然依然春秋鼎盛，但所謂事無遠慮，必有近憂，所以朝中眾人的眼光總是看在那些皇子身上。大皇子天生神武，卻領兵在外。太子雖然是皇后親生，但是一向品行不端。我靖王府雖然不偏不倚，但實話告訴你，在這些皇子之中，我與二皇子的交情卻是好些。」

范閒嚇了一跳，心想這怎麼和自己預料中的完全不一樣？前世看二月河的小說時，那些皇子說話盡是把簡單的話往複雜裡說，恨不得套上八十件衣服，才不落人口實。哪有像面前這位一樣，一開場就把話挑明了，這奪嫡之事，是要掉腦袋的，他怎麼就敢裸奔著狂呼呢？

似乎發現自己的話將對方嚇著了，李弘成尷尬　笑道：「是不是嫌我說得太直白？說老實話，我也不知道是為什麼，看著你便不想玩那些虛頭巴腦的東西。不錯，我就是在替二皇子拉攏你，這和嫁人一樣，總是個你情我願的買賣。」

范閒一怔，看著李弘成乾淨的眸子，似乎想從裡面看出一些隱藏的東西來。他可不能判斷出對方真是一個胸懷如霽月的君子，還是將開誠布公當作拉攏人心手段的謀臣？但無論如何，李弘成已經站明陣營，裸奔倒也罷了，他區區范閒在京中既無勢力又無人手，是斷然不敢脫了衣服與對方抱膀子的，微笑著說道：「我能清楚地知道，二皇子為什麼要見我嗎？」

「為了十月的那場婚事。」李弘成依然顯得很坦誠，微笑著望了過來。「明年大比之後，如果你顯現出了相應的能力，陛下便會將那些產業的管理權交給你。對於我們而言，這是天大的好事。首先那邊的銀錢入帳會少許多，有些事情就不方便做了；另外一方面，我相信司南伯大人掌管慶國戶部多年，明白新舊接手的時候，一定需要將前帳查清楚，如此一來，說不定會有些意外之喜。」

范閒沉默著，眉毛耷拉了下來，但並不顯得很頹然，反而給人一種很安順無害的感覺。他輕聲說道：「還早著呢，婚事要到十月，我真正能接觸到那些東西，得要等到明年或者後年了。」

「是啊，所以明天只是吃吃飯。」李弘成很認真地看著他。「就當是上次事情給我的回禮如何？你也知道，我今天說這些話，是真的很信任你……也許明天你看到二皇子，會有一些新的想法。」

范閒笑了笑，心想二皇子與太子之爭，只怕要到十幾年後才會真正開始，如今連自己這種不起眼的傢伙都在拉攏了，還真有點兒「造反從娃娃抓起」的感覺。

他應了下來，便送李弘成出了府。回到父親的書房中，他坐在書桌旁的椅子上，盯著筆筒裡的那些筆，眉頭緊鎖，不停地思考著。

那次打郭保坤的事情，自己選擇了靖王世子做掩護，就是送給對方一個拉攏自己的機會，因為要在京都裡生存下去，自己必須要站好隊伍。父親可以永遠地站在皇帝那邊，但他也說過，以後的事情總是年輕一輩的事情。

范閒要站隊，不見得是站在二皇子那邊，但是……一定是會站在太子的對面。原因很簡單，四年前皇后曾經想過自己死，四年後，宮裡的這些人依然會想自己死。而自己在如深海般的京都中，似乎只是一隻隨時都會被碾死的小螞蟻。

自己這隻螞蟻會上樹嗎？

二皇子宴請的地點是在流晶河上，范閒想到這個地點就苦笑了起來。最近這段時間天天與林婉兒夜裡耗在一處，雖然香甜可口偶爾有之，肌膚接觸卻嫌太少，畢竟是正牌未婚妻，所以嬌羞起來，自己也不好太過放肆。

一想到那夜自己手下柔如軟玉般的身子，范閒馬上想起了對方的姓名，司理理。他心動不免有些蕩漾，暗中回憶著前世歐洲中世紀那些用腸子做保險套的大能，究竟是如何操作的？緊接著又想到，打官司的那天，為什麼這個女人會如此湊巧地離開了京都？

京都治安一向大好，除了最近多了個范家使黑拳的傢伙。所以范府的馬車旁邊只帶了四個護衛，在春光照耀之下，緩緩向著城西駛去。

過了望春門之後，又走過那條自己曾經埋伏打人的牛欄街，范閒掀開車簾，呵呵一笑。藤子京在內的四個護衛裡，倒有三個是經歷那天的事情，聽見他發笑，自然知道他笑的是什麼，心頭一陣爽快，也笑了起來。

牛欄街四周民宅不多，只有些許多年前敗落了的鋪子，所以得了個別名：敗門鋪。這裡很安靜，不論白天還是夜晚，都沒有什麼行人，真可謂是攔街敲悶棍的最佳地點。

范閒將腦袋伸出簾外，看著頭頂緩緩向後退去的大片梧桐葉子與天光，想著待會兒見到二皇子之後應該如何自處。對方應該很清楚自己父親的實力，想來不會提什麼太過分的要求，估計也就是聯絡聯絡感情，為十幾年之後才可能發生的事情做做鋪墊罷了。

馬車正走著，范閒的眉頭卻忽然皺了起來，不知道為什麼，他感到有些不對勁，似乎覺得四周有什麼古怪的地方。他望著馬車經過的四周，發現一片安靜，並沒有什麼異樣。

忽然間，他抽動了一下鼻子，聞到一絲極幽淡的甜味。

這是「苦忍鹼」的味道，西蠻人從他們最喜歡用的一種青蛙中提取的箭毒！

「快散開！」范閒喊了一聲，身體已經率先從車窗裡跳出去，一手揪住離身邊最近的護衛，也沒有看清是誰。雖然從小受的訓練讓他的嗅覺異常靈敏，但既然都可以聞到這種異香，那說明偷襲者離自己這馬車已經近在咫尺，這場毫無先兆的暗殺即將開始！

就在他跳下馬車的一剎那，一個大石碌碡被人從巷子後方扔了過來，呼嘯挾風，狠狠地砸中了車廂，車廂散成無數碎木濺向空中！

第七章　牛欄街少年殺人事件

轟的一聲巨響，也不知道是誰有如此神力，竟能將如此大的石碌礡扔過高牆！車廂被巨石砸得粉碎，緊接著便是一陣箭雨襲來，狠狠地扎向馬車所在的範圍。如果不是范閒見機逃得快，就算他躲在車廂之中能夠憑靈巧騰挪的功夫在石碌礡下撿條性命，只怕也會馬上被射成刺蝟。

范家的幾名護衛除了藤子京以外都是五品高手，驟遇敵襲，卻是毫不慌亂，錚錚數響，拔出腰刀舞動，幾團銀光閃著，竟是將大部分的羽箭擋了出去。箭手雖然不多，卻隔得太近，來箭太快，護衛們總有照顧不到的地方，幾聲悶哼之後，那三名護衛腿上都中了箭，踉蹌著跪倒在地上。

一輪箭雨初歇，三名護衛咬著牙跳上牆頭，橫刀而出，竟是將牆後那幾名箭手砍得東倒西歪。只是這箭毒太過霸道，三名護衛不一時便感覺渾身痠麻，再也控制不住自己的身體，半跪在地上。

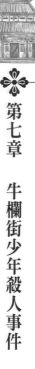

便在此時，他們抬起頭來，看著一雙恐怖的巨掌拍上自己的頭顱！

范閒躲在梧桐樹後，避開了起初的箭支，卻沒有辦法馬上趕去支援自己的屬下，耳聽高牆之後傳來三聲熟悉的慘呼，他心頭狂怒，哀痛之下，竟險些被身周那兩柄像是毒蛇一樣的劍刺穿。

困住他的是兩個女子，穿著一襲黑衣，手中的劍也漆著黑漆，避免反光，很明顯是相當老道的刺客。范閒心裡清楚，對方既然不蒙著臉出來，那肯定是要將自己這一行五人全部殺乾淨。

他一轉身，腳尖在地上一擰，膝蓋微彎，讓左側的那柄劍擦著自己的左胸過去，緊接著又是險之又險地避過右邊的那把劍！

范閒沒有學過武功招式，只接受過五竹長達十年的教育，所以眼下的閃躲，完全是下意識裡的舉動。好在這兩柄黑劍雖然靈動如蛇、鬼魅如煙，但畢竟無論是速度還是準確度上，比起五竹手中的木棍差得太遠，所以范閒才有可能在險之又險的局面裡，一次次躲過如附骨之蛆般的刺擊。

三人沿著牆角愈戰愈遠，范閒終於從驚慌中醒了過來，此時雙眼再看這兩柄劍，似乎覺得劍尖都變得慢了許多。

兩名面色慘白的女刺客，卻是發現對方看似狼狽，但自己手中的黑劍根本無法刺中他的身體！

又是轟的一聲，遠處巷角的牆倒了，一個像巨靈神般高大的漢子從斷壁裡走了出來，逕自走到左腿中箭、倒在梧桐樹下的一名護衛前。

今天跟隨范閒出門的四名護衛已經死了三個，這是最後一個，也已經渾身痠麻地倒在樹下。剛才范閒去抓人時並沒有注意，這時候隔著劍光才發現原來是藤子京。范閒心頭一緊，悶哼一聲，便想往那邊闖過去，只是沒想到這兩個女刺客手中歹毒的劍芒竟是毫不放鬆，困在自己四周。

正在此時，本來看上去已經奄奄一息的藤子京忽然從地面一躍而起，一直藏在身後的腰刀，化成一道異芒，猛地斬向那名大漢的脖頸！

范閒心頭狂喜，緊接著又是無比震驚。

只見那名大漢微微偏頭，舉起右手，就像是捏住蒼蠅一樣，捏住了藤子京冒死砍出的一刀，一絲血從大漢的虎口上流了出來，但手掌卻沒有被這刀砍斷，真不知道他的身體是什麼做成的。

藤子京見勢不妙，悶哼一聲，腳尖在大漢的胸膛上一點，便準備借力躍過旁邊的牆去。范閒的幾個護衛之中，藤子京雖是領頭的，武道修為卻是最弱的一個，但他的頭腦卻是最清醒的一個。

大漢咧嘴一笑，一拳打了過去。藤子京此時感覺到體內箭毒發作，渾身一軟，沒有避開，只聽得喀喇一聲，藤子京一聲慘嚎，整個左大腿被這一拳生生從中打斷，倒在地上，鮮血迅速滲出褲管！

當大漢捏住藤子京那刀的時候，范閒已經知道不妙，悶哼一聲，腳步硬生生一頓，險之又險地讓那兩柄黑劍擦著自己的胸腹交錯過去，劍鋒刺穿了衣襟，也在他的身上劃出兩道交叉的血口。

而范閒終於藉著這一剎那的空隙，雙手一捏，兩道粉紅色的輕煙閃過，直噴兩名女刺客的面目。

女刺客反應神速，斂氣閉嘴，腳尖一點便準備遁開。范閒好不容易尋到這個機會，哪裡肯放過，一聲大喝，體內霸道真氣疾出，雙臂一振，竟似倏地間手臂長了一截，手掌將將挨到了兩名女刺客的咽喉。

兩聲咯喇輕響，女刺客喉骨盡碎，嘴吐血沫，軟綿無力地倒在地上。

而此時，那大漢已經舉起手，正準備往藤子京的頭上拍去。

范閒很冷靜，這種冷靜來自於兩世為人的經驗，更來自於費介與五竹的教導。他此時根本來不及思考為什麼五竹沒有出手，但知道自己面臨著來到京都後最危險的一次考驗，如果連這個考驗都無法度過，那只能證明自己根本不應該來到這個世界上再活一回。

四丈的距離，他只用了一眨眼的時間便奔了過去，左手一翻已經餵了一顆藥丸入嘴，右掌一舉，便攔在奄奄一息的藤子京之前，將那大漢的手掌擋在半空中！

一聲悶響在巷子裡爆起，震得旁邊的梧桐樹都開始顫抖，樹葉紛紛無力墜下。

范閒覺得右手那處痛入骨髓，一道從來沒有遇見過的強大力量，從那個大漢的手掌裡傳了過來，不過片刻工夫，便要支撐不住了。

他悶哼一聲，唇角滲出一絲血來，卻一點兒也不慌亂，左手已經摸到袖弩扳機，準備給對方致命的一擊。

這時候卻發生了一件很奇怪的事情。

一道風從巷口吹來，輕柔無比地繞著范閒的身體打轉，似乎有一股奇怪的力量，以風為媒介，不停與他的身體較著勁，這股力量雖然不大，但十分討厭，有力地干擾了范閒接下來的動作。

大漢咧著嘴呵呵笑著，看著范閒的目光，卻像極了一頭蠻力十足的野獸，雙眼之中也泛著恐怖的猩紅。

范閒的眼光透過大漢寬闊的背影，看到了巷口有　個有些模糊的人影，那人戴著竹斗笠。

「讓我拍碎你的腦袋吧。」大漢似乎發現范閒沒有什麼辦法了，狂聲笑著，手掌上的力量又增加幾分。

范閒冷哼一聲，知道自己面臨著重生以來最大的困境，右手臂開始微微發抖，內心深處卻不停地狂喊著：「拍你媽的！」

在這生死時刻裡，一直周遊於他全身、似乎早已平靜如湖的真氣，就像是遇到了某種挑釁，再也無法安靜下去。一股宏大的真氣從他後腰雪山處噴薄而出，沿著他體內的小循環猛地灌注到他的右臂之中。

在那一瞬間，范閒有一種錯覺，自己的右臂是鐵鑄的。

強大的真氣對撞讓兩隻大小相差許多的手掌分開了一寸左右的距離，緊接著狠狠地再次撞上。

「轟」的一聲巨響，二人身周泛起無數道尖細的真氣碎流，將空中飄舞的梧桐樹葉撕得粉碎。

「死吧！」范閒狂吼一聲，以極恐怖的控制力收拳而回，又直線出拳，擊在大漢的胸腹上。大漢臉上浮現出一種很奇怪的神情，一張嘴，吐了范閒滿臉的鮮血，胸腹處明顯凹下去了一個大坑！

但誰也想不到這名大漢的生命力竟是如此頑強，受此重擊之後，竟還穩立不動，反而大手如蒲扇一般狠狠地扇在范閒的右肩上，范閒的右肩馬上變成了被黑瞎子抹過的豆腐一般，一片狼藉，鮮血橫流。

但范閒骨子裡的狠勁，今天終於爆發了。受此重創，他竟只是痛呼一聲，整個人藉著力撲入大漢的懷中，左手已經掏出那柄細長的匕首，狠狠地插入大漢的咽喉。

然後他用力地往下一拉。

大漢的胸腹處先是被砸出一個大坑，緊接著又被開了膛，稀里啦嘩的內臟爭先恐後地湧了出來，鮮血和腹液裹著那些筋膜腸臟，流到他的腳上。

他有些不敢相信自己的眼睛，抬起頭來看了范閒一眼，然後往後一倒，像棵大樹般砸得地面嗡嗡作響。

整個世界安靜了。

范閒喘著氣，很困難地保持著站立的姿勢，看著巷口那個戴著竹斗笠的模糊人影。

第八章　調查

清風徐來，血光不散。范閑看著巷角戴斗笠的那個人，隱約猜到對方是被武道高手視作雞肋的法師，但想不到今天卻險些因為對方而死在大漢的手下。

那個人影很有禮貌地向范閑行了一禮，準備離開。

兩個人相距足足有四丈的距離，而這個法師擅長的是風術，很自信如果自己逃跑，除非是四大宗師親至，不然天下間沒有人能夠抓住自己，更何況是重傷之後的范閑——計畫已經失敗，自然要瀟灑地轉身離開。

范閑看著依然講究風度的那廝，扔下細長的匕首，抬起左臂，輕輕摳動袖弩扳機。巷口處，那個人影捂著咽喉，倒在地上，痛苦地嘶吼了一聲馬上斃命，手指間豎著一枝細巧的奪魂弩箭。

「白痴。」

范閑餵藤子京吃了一顆藥丸，箭毒總算清了一些，人已經醒過來，但是餘毒未消，肯定還要回府再行醫治。范閑漂亮的臉此時十分蒼白，再染著大漢噴濺出來的鮮血，看上去格外恐怖，他看著醒過來的藤子京說道：「捏住這個地方。」

他指著藤子京大腿根的某處，這裡是大動脈。

藤子京大腿已經斷了，痛得滿臉發白，汗如黃豆一般淌了下來，哆哆嗦嗦地用手按住大腿根，觸動了傷處，忍不住又叫了一聲。但藤子京確實是條好漢，眼看著范閒撕布止血，又倒了些讓自己灼痛不已的粉末在傷口，竟是再也沒有哼一聲。

這種傷勢最要緊的便是受傷後的一刻鐘之內，范閒前世有個說法，叫白金一刻鐘。范閒緊張地處理完之後，確認應該不會導致藤子京喪命，這才鬆了一口氣，險些跌坐在地上。

藤子京困難無比地說道：「少爺，您的傷……」

范閒這時候才想到自己的傷口，發現右肩處無比疼痛，他痛哼一聲，真氣運至那處，發現經脈沒有什麼問題，應該不會有什麼可怕的後果，開口說道：「你靜躺著等會兒。」

他心裡還存著一絲謹慎，沿著那個恐怖大漢開出來的斷壁處走進去，只見牆後全是屍體，大部分是被那三名勇敢的護衛斬殺的箭手，然後他看見了那三具縮成一團、頭顱已經被拍碎了的護衛屍首。

縮成一團是中了箭毒的症狀，頭顱肯定是被那個恐怖的大漢拍碎的。

確認了這三個護衛死亡，范閒沉默著退出來，坐到藤子京的身邊，沉默地包紮起自己的傷口，沉默地等待著某些友人或者是敵人的到來。

牛欄街范閒遇襲事件，毫無疑問成為這個月裡京都最駭人聽聞的消息。慶國平和日久，首善之地的京都更是禁衛森嚴，連尋常的殺人案子都極少見，更何況是在光天化日之下，當街行刺戶部侍郎范建的大公子。

雖然這位大公子到如今也沒有錄入族譜，但這件事情畢竟和以前那樁鬥毆案件不一樣，刺客明顯是來殺人的，而且居然動用了箭手。京都重地，居然有人能夠用箭手殺人，這已經觸及到朝廷統治的最底線。

所以龐大的慶國機構開始運轉起來，沒有花多少時間，便查出了這件刺殺事件的「真相」。這也必須感謝范閒，如果不是他在被刺殺的過程中奮起反擊，將對方的主力軍屍首全部留在牛欄街上，這個案子估計會成為慶國歷史裡面的又一件神祕凶案。

主要是被范閒當豬一樣開膛的那個大漢太有名氣，所以這個案子的偵破並沒有花太多工夫，至少看監察院陳院長和費介依然沒有急著趕回京，就知道事情並不是很嚴重。

那位大漢叫程巨樹，是北齊國出了名的凶人，一身橫練功夫刀槍難入，最關鍵處是力大無比、真氣雄渾，是天下數得出來的八品高手之一。而被范閒砍斷咽喉的美女刺客，則是一個小諸候國的殺手，監察院暗中卻十分清楚，這對姊妹花殺手其實一直在北齊國的控制之下。

所以案情似乎完全明朗了，這起刺殺的幕後主使者是北齊國，只是不知道是那位年輕的皇帝，還是那位德高望重的國師苦荷。

京都的人們議論紛紛，不停猜測為什麼如今雖是病虎、但猶有餘威的北齊國，會對范家公子下手。

雖然范閒如今在京裡已經有了些詩名、有了些花名、有了些凶名，但放在整個天下看去，依然只是一個微不足道的小角色。北齊國付出了一位八品高手、兩名放在諸候國的女刺客的代價，居然只是為了殺死剛剛入京不久的范閒，這是無論如何也很難解釋的事情。

但對於慶國真正掌握權力、能夠接觸到祕密的人而言，北齊國卻是用了一個妙招、狠招。

不知道對方的探子是如何打探到范閒在以後的幾年裡，有可能接手皇商方面的產業管理權，所以變成了太子與二皇子之間角力的目標。如果能夠成功殺死范閒，然後遠遁，人們肯定會懷疑這件事情是不甘心喪失金錢來源的太子所做；或者說，會懷疑是二皇子故意殺死范閒，來栽贓陷害太子。不論是哪一種猜測，都會對慶國的朝政帶來一場誰也不知道結果如何的波蕩。

范閒只是一個小人物，但他的死活卻是個大事情。監察院二處的官員們，每每分析到這裡，都很佩服北齊國的同行們會想出這樣漂亮的計畫。只是一個小動作，卻可能延緩慶國一直暗中籌劃的北伐事宜。

北伐事宜只存在軍事院的參謀室中、監察院的規劃室裡、皇帝的腦子裡，打還是不打，終歸是皇帝的一句話，所以北齊國一直活在這種陰影之下。他們選擇此時出手，還真是件極聰明的舉措——前提是當然要能夠成功殺死范閒，還不留下絲毫線索。

只是北齊國方面也沒有想到，這個看似不起眼的小角色，竟然擁有如此強大的實力。范閒身邊的四個護衛都是司南伯范建的「私藏」，個個擁有四、五品的實力，所以能夠在中了箭毒的情況下，還能清掃乾淨箭手——當然，最可怕的還是那個漂亮的私生子，竟然能夠在圍攻之下，殺死了兩名以毒辣著稱的女刺客，和那位八品高手程巨樹！

至於那名法師，沒有人在意，只是雞肋而已。

「監察院與刑部的聯名摺子已經出來了，確認是北齊國做的，後面連著的那根線也已經拔了出來——二皇子約你相見，安排在流晶河上，他以為你喜歡司理理姑娘，所以就選擇了醉仙居，但誰都猜不到，醉仙居竟然是北齊國放在京都的一個暗樁。」

司南伯范建坐在昏暗的臥室裡面，看著躺在床上的兒子，冷靜地說道：「我知道你很生氣，但是既然你人沒有什麼事情，那些刺客也都死在了你的手上，這件事情就算了。」

「就算了？」范閒心頭微寒，轉而說道：「司理理呢？」

「在逃往北方的路上，被監察院四處的人截了下來，目前正在押回京都的路上。」

「希望她不要死。」范閒的聲音很冷淡。

范建笑了笑。「監察院看管的人，向來都是不容易死的。」

「你認為事情真的就這麼簡單？」范閒忽然微笑著問自己的父親。

「你有什麼不一樣的判斷？」

「那些箭手……是怎麼混入京都來的？我已經聽說了，那些箭手的屍體第二天就被火化，是不是有人害怕從這些人的身上發現什麼？」范閒有些困難地側了側身子，說道：「我清楚您不願意我知道這些事情，是害怕我忍不住去報復，但是我想我有權利知道，是誰想要我的命。」

范建冷冷地看著他，說道：「你應該清楚，我代表陛下擁有一部分暗中的力量，這股力量雖然遠不如監察院強大，但是也足夠專業，只是……我們依然無法查出與北齊人勾結的是誰，懷疑的對象並不局限在太子與二皇子中間，甚至還包括宰相，還有長公主。」

「既然無法弄清楚，究竟誰是真正的敵人……那就不要太過聲張，為自己樹立太多的敵人。」范建繼續說道：「這是我對你的忠告，希望你能接受。」

范閒點點頭，又觸動了肩頭的傷勢，眉頭皺了一下，喘了兩口氣後回答：「我會想辦法查清楚這件事情。」

范建很滿意兒子的表態，安慰了幾句，便離開了臥室。

父親離開之後，范閒的眼睛一下子就沉靜了下來，看著昏暗房間裡的一個角落，略帶了一絲怨氣問道：「為什麼那天你沒有出手？」

五竹從黑暗裡走了出來，眼睛上依然蒙著那塊黑布，黑布上沒有一絲皺紋，就像他那張永遠沒有表情的臉。

第九章　范閒在行動

「我為什麼要出手？」五竹其實很少用這種反問的句式，而自從范閒離開澹州來到京都後，他似乎也變得比在澹州時更加神祕，竟是一次也沒有和范閒見過面。

范閒心頭一黯，暗想也對，就算對方是看著自己長大的人，但自己也沒理由要求他什麼。在這個世界上，只有自己虧欠五竹的道理。

五竹聽見他沒有說話，微微偏了偏身子，淡淡說道：「我以前就說過一次，我教了你許多年，費介也教過你，如果你還處理不了這些小事情，那是你自己的問題，不是我們的問題。」

「事後才知道那個大漢竟然是個八品高手。叔你以前說過，我的內功在七品，勢在三品，怎麼也不應該是那個大漢的對手。」范閒苦笑著說道：「你說這是我自己的問題，難道你不在意我被別人殺死？」

「你死了嗎？」五竹問了一個答案明顯的問題，難得的第二次反問。

范閒盯著他臉上那塊黑布，倒吸了一口涼氣。「你當時一直在我身邊？」

「是。」

「那你為什麼不出手？」范閒壓低了聲音，憤怒喊著：「那三個護衛死了！藤子京也傷了！」

「我從來不關心除了你之外的其他人死活。」五竹的話顯得很冷漠無情。「你身邊的人都是因為你而聚攏起來，如果你想操控他們的人生，就必須保護他們的人生，所以這些護衛的生死是你的責任，而不是我的責任。」

范閒再次陷入沉默之中，知道五竹說的其實是對的。

「我不能幫你太多。」五竹冷冷說道：「在澹州的懸崖上，我曾經說過，京都裡，如果我在你身邊，會給你帶來麻煩，那是一些你絕對不願意面對的麻煩。」

范閒苦笑著回憶起十二歲時的那次對話，當時自己嘻皮笑臉地說：「我會保護你的。」但那終究只可能是一句玩笑話。

「所以你記住，在京都裡，我永遠不會在陽光下站在你的身旁，除非你要死了，或者是……你已經死了。」五竹繼續毫無表情地說道。

范閒不明白五竹這樣的絕世強者，還在害怕些什麼，但他聽出了這句話說得斬釘截鐵、毫無商量的餘地，有些黯然地點了點頭。

「有人來了。」五竹很快速地說了四個字，然後又再一次地消失在黑暗中。

來者是客，卻是范閒此時不大想見到的客人。靖王世子李弘成滿臉陰沉地走了進來，李弘成毫不見外地一屁股坐到床邊，壓低了聲音吼道：「今兒的消息知道了吧？北齊的使節居然死不認帳，那些激動的太學生險些把鴻臚寺給砸了。」

鴻臚寺是慶國的外交機構，專門負責與北齊國、各諸侯小國、東夷城之間的文書銀錢來往，還有相關事宜。一聽到鴻臚寺險些被砸了，范閒苦笑道：「這些年輕人也真是夠熱血的，不過……北齊自然不會認帳，不然如果讓慶國百姓確認，敵國竟然能夠派遣殺手在京都裡隨意刺殺，只怕兩國間會鬧個不停。」

李弘成苦笑道：「已經開始鬧起來了。陛下下了明旨，北齊留在京都的使節已經被趕出城去，連行李都扔了出去。」

范閒嘲笑道：「對付外面的人，倒是挺快速的。」

聽出他話裡別的意思，李弘成皺眉道：「這幾天一直來看你，你傷勢沒好，所以有些話不方便說。」

范閒嘆口氣道：「也不知道是哪輩子虧欠你的，吃頓飯，居然會被人暗殺。我入京之後也就結識了你這個熟人。您堂堂世子，說話向來直爽，今兒個怎麼吞吞吐吐了？」

李弘成有些自責說道：「這事確實怪我，誰也沒想到醉仙居竟然是北齊的暗探。」他略斟酌一下說道：「今日來，首先是代表二皇子表示歉意，他原本準備親自來府上探望，但你也知道，最近京裡面因為你被刺殺的事情弄得水有些渾，所以他也不方便貿然前來。」他苦笑說道：「要知道很多人還在猜測，我與二皇子才是殺你的幕後黑手，只是為了想栽贓給太子殿下。」

范閒似笑非笑地望著他。

李弘成失笑道：「這般高深莫測地望著我，難道我就得承認這事是我主使的？」

范閒也笑了起來，他相信這件事情不是對方做的，因為失去范府的支持，對於本來在朝中就無強助的二皇子而言，是一個不可能承受得起的損失。至少要比栽贓陷害太子所得到的好處……大上太多太多。

范閒好不容易從床上坐起身來，丫鬟扶著他倒了碗水喝，看見門口的人影，他不禁在心底咒罵了起來。自己明明受了如此嚴重的傷，卻是訪客不斷，這哪裡是養傷，分明是在受罪。

這次來的卻是個陌生人，來人自報身分，原來是監察院第一處的官員，奉旨辦理院務，正在偵查牛欄街的行刺案件。

由於這個案件牽扯到朝中官員，加上風傳背後有些言不清、道不明的背景，所以一應卷宗全部交給了監察院。

「怎麼稱呼？」

已有下人替那位監察院官員倒了碗茶，范閒瞇著眼看著對方，這是除了上次「勇闖」監察院之外，自己第一次在別的地方看見的監察院官員。監察院的官員似乎身上都有一股子死腐氣息，這個感覺讓范閒再一次地想起那個天殺的老師費介。

「下官沐鐵。」那名官員脣如薄鐵，面色深黑，毫無表情地回答：「前些日子，公子傷重，所以有些問題沒有問清楚，今日奉令前來詢問，請公子配合。」

范閒皺皺眉，心想這個官員看來不知道范府與監察院暗中的關係，所以才會如此說話。他淡淡道：「我已經倦了，改日再說吧。」

沐鐵似乎有些想不到對方竟然拒絕回答問題，臉色有些難看。

范閒擺擺手，好奇問道：「院裡和刑部的聯名摺子都已經遞上去了，還要問什麼呢？」

「有些事情還沒有弄清楚。」這名叫做沐鐵的官員緊緊盯著范閒的雙眼。

范閒心頭一動，知道監察院也在懷疑那批箭手的事情，但是來問自己又能有什麼作用？自己在京都裡得罪的不過就是郭保坤，區區文臣之子，斷然不敢和北齊國勾結；至於太子那邊……那是自己都無法說出去的事情。

范閒從枕頭下面掏出費介留給自己的腰牌，扔了過去。「都是自己人，什麼話直接說吧。」

沐鐵身邊的茶水一口沒動，接過牌子看了兩眼，臉色劇變，竟是離座而起，走到范閒的面前單膝跪了下去，雙拳一抱行禮道：「見過大人。」

看著老老實實跪在面前的沐鐵，范閒一驚，沒有想到這塊牌子竟然有這麼大的作用。他哪裡知道費介留給他的牌子是塊提司牌，是監察院獨立於八大處之外的超然存在，除了陳院長可以直接命令之外，與八大處主辦平級。所以沐鐵看見後，難免心中震驚，自然跪下請安。

示意他站起來，范閒皺眉問道：「費大人什麼時候回京？」

這是他現在最關心的問題，一是林婉兒的身子雖然漸好，但病根卻無法除去，不知道還要熬多久。二來目前京中局勢複雜，五竹叔依然是個鬼魂，父親依然客氣中有著掩飾，自己內心深處無來由信任的費介，卻不在京裡。

聽到這位漂亮的公子開口就問費介，沐鐵確認了對方一定是院裡隱藏極深的大人物，像監察院這種特務機構，總是喜歡在京都各府及各部裡發展一些釘子似的人物，很明顯，眼前這位范府的少爺就是其中之一，而且還是位階特別高的那種。

沐鐵恭敬回答：「應該還有些日子。」

「你們查出什麼沒有？」范閒盯著他的雙眼。

沐鐵沉聲應道：「院裡知道消息太遲，所以箭手的屍身已經被全部焚化，最後追查到巡城司，就斷了線索。」

「巡城司？誰管這塊？」

「焦子恆。」

「嗯？」

沐鐵抬起頭來看了范閒一眼，有些好奇對方不知道焦子恆的身分，回答：「應該不是太子的人。」他一看見那塊不可能仿製的腰牌，便斷定了對方的身分，所以說話毫不顧忌，這是監察院的風格，一切的位階森嚴，都只是在內部起作用。

「你負責這起案子？」范閒好奇地看著他。「幾品官？」

「下官七品僉事。」沐鐵微笑著回答：「只是個跑腿的。」

「司理理什麼時候能入京？」范閒忽然想到唯一的人證，皺起了眉頭。

「那群人跑得快，現在就算截住了，也要過些日子才能回京都。」

沐鐵望著他，自以為猜到了為什麼會有人與北齊國勾結，來刺殺眼前這個漂亮公子，看來這位公子是院裡重點培養的人選。

一想到這裡，他心頭一熱，似乎發現了某個可以飛黃騰達的機會，壯著膽子問道：「大人，雖然不知道您在京中具體執辦什麼事務，但您畢竟初入京都，如果有什麼地方需要屬下效力的，請儘管吩咐。」

范閒好奇問道：「那你眼下的事情怎麼辦？」

沐鐵憨憨一笑說道：「可以馬上轉交。院務一向是按階層分等級，以大人的身分，調我來幫忙是很簡單的事情。」

范閒馬上猜到了對方是什麼想法，苦笑說道：「還是免了吧，我自己都不知道要做什麼，你跟著我，平白無故丟了性命，有什麼好處？」

他忽然心頭一黯，想到前些天在牛欄街死去的三名護衛，這幾個護衛從自己入京後便一直跟著，自己卻連他們的名字都還沒有記清楚，人卻已經死了。

讓丫鬟將窗子打開，外面的天光、清風一下子湧進了陰鬱許久的房間，范閒深吸一口氣，精神一振，決定要做點兒什麼，向這位心熱的監察院官員問道：「院裡有個叫王啟年的吧？」

第十章　王啟年的人生

王啟年看著面前的燒餅攤子，嗅著香辣香辣的味道，鼻頭一酸，險些哭了出來。最近這段日子他的生活很不好過，被院裡除了名，不只是失去了俸祿以及養老這麼簡單的事情，更關鍵的是，不論哪部衙門，一旦看見他的檔案中曾在監察院任職的紀錄，便會禮貌地請他離開。而像一般的商鋪，更是不會請自己，他也不會用算盤，只會用刑具，更不會做買賣，只會查案。

想當年自己初進監察院，意氣風發，偵緝破案，手下犯事官員誰不得老實吐露罪情，誰曾想到，自己竟然也會有如喪家犬的這一天。如今年紀也大了，家中還有妻子兒女要養，唉……

他有些失魂落魄地離開，摸著腰裡的幾塊碎銀子，他心想自己是得罪誰了，竟然落到這般田地。

其實他也清楚，為什麼自己會被除名——這件事情的起因很簡單，聽說上次主子的主子的主子微服去慶廟散心，不知為何被一個莽撞的少年闖進去，事後才發現，沿街布防的宮中侍衛竟也全部昏了過去。宮中大怒，所以開始追查，監察院也一同協助。

本來這事與他沒多大關係，但誰也想不到，透過沿街走訪，內務部竟然查出來，那名少年在進入慶廟之前先來了監察院——這事可就大了。陳院長不在京都，監察院就像是沒爹的孩子，監察院的高級官員們心想，萬一宮裡認為那少年與院裡有什麼關係，這可怎麼說得清楚？

調查的最後，查出了王啟年。因為那名少年進入監察院後，有很多監察院官員證明，少年拉著王啟年說了很多的話。

王啟年一頭霧水地接受調查，將自己與少年的對話全部講出來，就是隱去了有關對方是費介學生的事實。

內務部也沒有查出王啟年別的問題，只好算了，但還是隨便找了個由頭，將他踢出監察院，算是找了個替罪羔羊。

王啟年就這般可憐地被趕了出去，但他依然沒有說出那名少年的身分，因為他心裡隱隱清楚，這事不是表面這般簡單。少年可能缺乏經驗，隨便地洩漏身分，但自己卻不能這樣做——失去差事雖然可怕，但得罪了費大人更可怕，這是所有監察院官員都非常清楚的事情。

「等費老回來了，我就告狀去。」王啟年哭喪著臉，腦袋有氣無力地搭在高聳的肩膀中間，往遠處走去。

「王兄。」第一處的一名官員滿臉微笑地從街角閃了出來，攔住他的去路。

王啟年定睛一看，認出對方是一處的沐鐵，聽說眼下正在牛欄街刺殺事件的調查小組裡工作，和自己平時沒有說過幾句話，怎麼這當兒卻有空來找自己？他滿臉狐疑地行了一禮。「沐大人，有何貴幹？」

沐鐵臉上堆出近乎於諂媚般的笑容，柔聲說道：「恭喜王兄，賀喜王兄。」

他本來以為能夠攀上范閒這根高枝，沒料到卻是給他人做了嫁衣裳，不過看范閒既然將這事交給自己聯絡，將來總有再接近一步的可能。

本來沐鐵是個一心撲在公務上的木訥人，但是年歲漸長，也要為將來打算打算，一看到范閒的腰牌，再聯繫到自己當年辦某個卷宗時，曾經不小心看到的隻言片語，他已經認準了范閒是隻極粗的大腿，所以對著可能是范閒親信的王啟年，才會如此恭敬。

只是沐鐵素來木訥，今日初做此事，臉上諂媚的笑容就顯得有些僵硬，不夠自然了。

王啟年心頭一顫，看著對方臉上僵硬的笑容，心想難道自己要被滅口了嗎？

餘悸未消的王啟年坐在一個僻靜的房間裡，看著對面那個漂亮的少年。就算將對方化成灰自己也一定認得，因為他就是那個害得自己被趕出監察院的少年。

看見那塊腰牌之後，王啟年知道自己賭對了，這位少年明顯不僅是費大人的學生，還有更可怕的身分。

范閒實在是沒有料到這塊腰牌會有這麼厲害的作用，不由得瞇著眼開始回憶以前與費介在一起的歲月。

監察院的那個跛子，是自己剛轉生時就看見的救命恩人，很明顯，監察院是看在母親的面子上才會對自己如此照顧，那麼自己就一定要把這個優勢利用好才行。

「我說的話，你都聽明白了嗎？」范閒微笑望著王啟年，這個官員年紀有些大了，家中有妻有子，正好符合范閒的要求。他沒有統馭下屬的經驗，所以這一切都要在過程之中學習，因此他願意自己的第一個親信，是一個偶然認識的、野心不會太大的人。

「明白了，范公子。」王啟年笑了笑，手指下意識地壓在腰帶上，那裡除了幾塊碎銀子之外，已經多了好幾張銀票。「不對，應該是范大人。」

「我剛入京都不久，所以沒有什麼得力的手下，老師又不在京中。」范閒想了想後說道：「我還有個親信，叫藤子京，只是目前受了傷，估計幾個月內不得好，將來他身體好了，我會安排你和他見面。」

「是。」王啟年沒有多餘的話，這點比范閒初進監察院時，要好太多。

「想辦法找些人手吧。」范閒第一次嘗試做這些事情，所以感覺有些陌生，只好一步一步地學習。「像你我這種，能從院裡調出人來嗎？」

王啟年忽然有些不安地說道：「大人，下官……其實剛剛從院裡離職。」

范閒大驚，心想自己莫非如此不順，問道：「是什麼緣故？」

王啟年鼓足勇氣，將監察院內部調查的事情說了，也將慶廟的事情說了，刻意在隱瞞范閒身分上多說幾句，以表露自己的先見之明和「提前產生的忠心」。

范閒皺眉問道：「我現在的職位是提司，提司的權力能不能在這件事情上幫到你？」

「當然能。」王啟年大喜過望，這才知道自己跟了一位將來註定了不得的人物。「只是需要走些程序，大人可以發個手令，讓我先回復監察院的身分，然後過些日子，人再回院裡。」

「好，那我馬上處理這些事情。」范閒看著這個半小老頭，心裡也在犯嘀咕，自己找這個人當親信能有什麼用處？他溫言問道：「不知王大人最擅長什麼？」

「跟蹤隱跡。」王啟年一提到自己的專業，整個人的精神變得振奮起來，侃侃而談。聽了半天范閒才知道，原來自己是碰上奇人了。

王啟年少年時是慶國北部的一個獨行賊，最喜歡在當年的北魏與慶國間那十幾個小諸侯國之間流來竄去，將在甲國偷盜的貨物販賣到乙國，卻又將乙國偷盜的東西賣到丙國；因為從來不肯吐露贓物的原始來源，加上天生擅長隱匿形跡，所以倒是很安全地做了幾年無本生意。

直到後來這些小諸侯國的官差們恨急了，聯起手來四處圍堵，他實在無法施展手段，才被迫進入慶國，不料一進慶國卻撞到了當時正在隨皇帝籌劃北伐事宜的監察院院長陳萍萍，束手就擒，從此由賊變官，一直到了今日。

范閒看著他的眼睛，輕聲說道：「司理理正被押回京都，或許有人要截她，或許有人要殺她，但不論是哪種，你不要去管，你只要盯著那些人，看他們最後是和誰接觸。」他頓了頓，有些不好意思說道：「因為你剛才說過，你最擅長追蹤隱跡，武技卻很差，所以我只好想了這麼個愚蠢的法子。」

王啟年笑著回答：「年輕的時候，院子還沒有現在這麼大，我和宗追兩個人是院子裡追蹤術最強的兩個人，只不過他後來一直跟在院長大人身邊，我卻有些懶了，改成了文職……不過大人放心，雖然半老胳膊、半老腿兒，盯幾個人應該還沒問題。」

「我有官司在身，不能離京，不然一定去看看你的技藝。」范閒笑了起來。「老王，別的不說，你先把自己的老命顧著，這最重要。」

確定了這件事後，范閒不停腳地回到范府，皺著眉頭讓妹妹把自己受傷的肩膀重新整了一下。他配了些益母草藥粉，止血生肌，果有奇效。他的傷處是不肯讓那些大夫來動的，一方面是不信任對方治療毒傷的本領，另一方面是范若若纖細微涼柔軟的手指頭，總比那些老繭多的魯男子熊掌要舒服可愛許多。

進了書房，看著華髮漸生的司南伯范建，范閒有些困難地行了一禮，很直接地說道：「父親，我需要一些人手。」

范建看了他一眼，忍不住微微笑了起來。「你要盯哪裡？」

「長公主的別院、宰相家的傭人房、太子經常逛的妓院、二皇子喜歡去的馬球場……靖王府家的葡萄架子？」范閒聳聳肩。「您知道我對這些事情並不是很專業，所以需要您支援我一些比較專業的人手，然後由他們做出判斷，怎樣才能查到幕後那人。」

范建舉起食指搖了搖。「我們不需要專業，這句話你說對了，但是我們需要統籌安排，一群專業的人，在一個沒有經驗的人的安排下，依然做不好這些事情。」

「請父親指點。」范閒說得很誠懇。

范建看了他一眼，又低下頭去繼續看書。「其實你說的那些地方，已經有人在盯了。我只是很奇怪，你剛來京都不久，怎麼知道這些地方的？」

范閒笑了笑，知道父親表面上是勸自己先忍耐，其實父親早就開始了暗中的調查。「多和下人們聊聊天，就很容易知道一些事情。」

范建頭也未抬，目光依然停留在書上。「不過你要做好心理準備，在京都的調查，估計不會有任何結果。」

范閒皺了皺眉頭。

范建繼續說道：「還是要看司理理那裡。」他頓了頓又說道：「你殺死的那兩名女刺客……好像是東夷城四顧劍的徒子徒孫，而且聽說四顧劍很久沒有在東夷城露面了，你小心一些。」

范閒愁苦著回答：「如果一位大宗師專心付出一切來殺人，誰能躲得過去？」

范建點點頭。「不過你應該沒有值得他動手的資格才對，且放寬些心，這只是一個有些用處的資訊。」

十幾日後，京都向北約有五百里的滄州城外，一行人正頂著晨間的寒風往南前進。這行人是監察院四處的人手，千里追擊，終於在司理理快要逃出慶國之前，將對方拿下。這便是要押人回京都準備受審去，隊伍已經往南走了許久，眼看著再過些天就能回到京都。

領頭的監察院官員遞了個饅頭進囚車，說道：「吃了它。」

司理理滿臉憔悴，長髮散亂披著，臉頰上還有些灰垢，若范閒此時見到，定然想不到這便是與自己「同床共枕」了一夜的京都頭牌紅倌人。

司理理嚼了幾口硬硬的饅頭，忽然揚臉咬牙說道：「就算將我押回京都，我也不會告訴你們什麼。」

那位官員看了她一眼，眼光裡滿是嘲弄。「妳認為我們押妳回京都，是想從妳嘴裡知道什麼？我實在是不明白，北齊的那些同行是不是沒事做了，居然讓妳這樣一個蠢貨留在京都。」

司理理確實是北齊的探子，但日常卻是以花魁的身分見人，聽得多是恭維或是稱讚，哪有男人會這樣冷冰冰地罵自己是蠢貨。

她顫聲說道：「我當然知道你們不想從我嘴裡知道什麼，因為我說出來後，慶國朝政只怕會亂上好一陣子。」

官員譏誚說道：「其實妳最開始有個最好的選擇，刺殺發生當日，妳便應該束手就擒，而不是遠遁，這樣一來隨便妳指證與北齊勾結的是哪位官員，都足以達到你們北齊的目的。而妳逃了，這說明妳將自己的性命，看得比這次任務更重要。」

司理理低下頭，承認了這個事實，手指用力地捏著那個發硬的饅頭，在上面留下深深的指痕。

第十一章　滄州城外話京都

官員又冷冷說道：「我們一直知道醉仙居是你們的暗樁，只不過沒什麼作用，所以只是盯著，誰知道你們竟然膽大包天，做出那種事情來，做完之後還想跑，這個世界上哪有這麼簡單的事情？」

司理理一行在邊境線上被抓住後，才知道自己一行人的一舉一動，全部在監察院的暗中觀察之下，心中不禁大起寒意，對於慶國皇帝的這個特務機構感到十分恐懼。

眼看那名官員騎馬準備離開，司理理忽然嘶聲大喊：「你最好現在就殺了我！不然等會兒你們朝中那位大人一定會來救我的！」

官員皺眉看了她一眼，忽然開口說道：「應該是那位大人會派人來殺妳。」

話音剛落，囚車的前方山坡之上，便出現了眾人預料中的攔路者。只是誰也沒有想到攔路的竟然像是慶國北陲與小諸侯國接壤處的馬賊，人數雖然只有幾十人，但突然亮刀，對上只有十幾人的監察院隊伍，明眼人都知道，誰會是這場遭遇戰的獲勝者。

雖然馬賊人數不多，但竟然敢出現在離京都只有五百里的地方，而且拱衛京都的京軍竟然一無所知，如果讓天下人知道了，一定會讓朝野上下一片譁然。此時司理理的臉已經變得慘白，雖然她不是什麼聰明人，但也知道如果落到那些人的手裡，一定會被滅口。

官員似乎也沒有想到那位朝中大員竟然與縱橫邊疆的馬賊有牽連，表情似乎有些緊張，靠近了囚車，說道：「司理理，看來妳我都將命喪於此，都這個時候了，不如妳告訴我，與北齊勾結的朝中大員究竟是哪一位，如果我這幫屬下能有幾個逃出去的，將來捅上朝廷，也好為妳我報仇。」

司理理長睫微垂，想到自己即將命喪此地，泫然欲泣，正準備開口說話，卻忽然想到一絲蹊蹺處，抬起頭來冷冷道：「大人又在唬我。」

這位官員似乎料不到司理理居然會識破自己的伎倆，不易察覺地皺了皺眉。

司理理悲哀說道：「大人應該知道理理做的是什麼生意，從小便學會察言觀色，大人先前聲音微抖，但抓住囚車的手卻是穩定放鬆，明顯心裡不怎麼擔心。看來這趟狙擊是你們早就料到的事情。」

「不錯。」官員這時候才發覺這個漂亮的女子確實有做探子的潛質，微笑看了一眼後說道：「如果連這種事情都猜不到，監察院就不是監察院了。」

在二人說話的過程中，數十匹馬已經從小坡上衝下來，沉默的殺氣沖天而起，這種陣勢很明顯不應該是馬賊所具備的。

囚車四周，監察院的人已經布了半圓形的防禦圈，只是人數太少所以看著稀稀疏疏，十分可憐。但不知道為什麼，面對著凶猛的馬賊，這些人的臉上卻是一片肅然，似乎早已將生死置之度外。

「候——」帶隊官員握緊右拳，冷冷地盯著越來越近的馬賊，他的這聲喊發了個陰平聲，如果范閒此時在一旁聽著，一定會聯想起前世電影裡常聽見的那個英文。

「HOLD.」

偽裝成馬賊的騎兵越來越近，帶隊官員忽然退後一步，伸直右臂，大吼道：「預備！」便在此時，本來排成半圓形防禦陣型的十幾名監察院官兵忽然陣勢一變，成了個銳突之勢；更加恐怖的是，不知道他們從哪裡取出了硬弩，端起平視，瞄準了前方的騎兵！

雙方的距離太近，騎兵首領眼中爆發出一道異芒，一引馬韁，竟是搶先加速繞了一個彎子，從騎兵隊伍前面繞出去，在這樣的高速行進中，能夠陡然加速，強行轉彎，騎術可見十分精湛。

「射！」就在騎兵首領拉動馬頭的同時，監察院領頭的那位官員輕輕發了命令。

一陣弩箭疾射而出，雖然並不密集，但機簧力讓這些箭支的飛行速度異常迅速，在空中發出嘶嘶的聲音，聽上去十分恐怖。數聲悶哼起，騎兵最前面的幾騎身中弩箭，重重地摔倒在地上，後面的騎兵本來準備就勢衝上去，但哪料到監察院用的居然是連環弩！

這種連環弩是二十年前才出現在這世界的一種武器，箭匣裡可以裝八支弩箭，正是輕騎最恐怖的敵人。騎兵一見這陣勢，看著撲面而來的弩箭，頓時慌了神，從中分成兩道繞過囚車的隊伍，準備從側方一口吞下。

如果他們直接衝過來，或許效果會更好些。不過這個世界並沒有如果，當他們繞行的過程中，又有幾騎中箭倒下；更為恐怖的是，他們發現囚車之後的山坡後，居然還有埋伏！

一看見埋伏眾人的裝扮，這群偽裝成馬賊的騎兵頓時喪失了鬥志，再也顧不得返身殺死囚車上的女人，四散逃去。

埋伏在後方的，是一群渾身黑甲的騎兵，正是范閒在這個世界睜開眼後，看見的同一個隊伍。是監察院院長陳萍萍出京辦理院務時，皇帝特准的貼身騎兵——黑騎！

黑騎們沉默著殺了過去，像狼群撕咬羊群一樣，將那幾十名冒充馬賊的騎兵分割包圍，快刀斬亂麻地將對方全部殺死。

「留活口！留活口啊！」坐在馬車邊上的費介看著這一幕，急得嗷嗷叫了起來。「可別都弄死了。」

馬車的邊簾被一隻枯瘦的手掀開，車中的老人看了一下四周的局勢，冷冷說道：「費介，你真是關心則亂，這些小雜碎，只怕根本不知道誰是自己的主子，留著那個領頭的就行了。」

費介咒罵道：「范大人趁你我不在，把范閒搞進京都，險些出事，我怎能不急？」

老人冷哼了一聲，平整了一下自己膝上的羊毛毯子，教訓道：「我是回鄉省親，你自己要偷跑出京，這能怪誰？」

十年後的費介依然是那副怪模樣，斑白的頭髮、褐色的眼睛，他皺眉說道：「誰知道范大人存的是什麼主意，大人，回京後你得與司南伯談一談了。」

這位老人自然是手握天下陰暗力量的陳萍萍，他微笑著看著遠方那個似乎有些惘然的騎兵首領，淡淡說道：「我自然明白范建的想法，只是他的想法……真是胡鬧！若要這些東西，真是不如不要……」他反覆說道：「……不如不要。」

就在二人說話的時候，那名騎兵首領早已遠遠地逃走，迅疾變成了遠方的一個小黑點。這次圍擊明顯是中了監察院的埋伏，只是他死都不明白，明明在老家省親的陳萍萍為什麼會出現在慶國北部的滄州城外？

當看見黑騎的時候，他就知道自己敗了，面對著陰險毒辣的陳萍萍，就連他的真正主子也只能保持唾面自乾的修養，更何況自己？他先前搶先脫陣，所以離黑騎的距離比較遠，黑騎們似乎長途跋涉後有些疲憊，追了兩里地後，眼看著距離拉得越來越遠，只有收馬回營。

「宗追去了吧？」陳萍萍輕聲問著身邊的親隨。

親隨一彎腰應了聲。

正此時，遠方樹林中又有一灰騎急馳而出，悄無聲息地遠遠綴著那個逃走的首領。

「那不是宗追。」費介皺眉說道。

陳萍萍盯著那個灰影，半天之後忽然笑了起來：「既然他讓我們看見，肯定就是自己人……能和宗追保持近乎一致的水準，我記得院裡很多年前有這麼一個人物。」

「王啟年？」

「是啊。」陳萍萍微笑著。「看來我們擔心的那個小夥子，終於學會了一些事情。」

派王啟年出京之後，范閒因為受傷不方便拋頭露面，籌劃中的書局也去得少了，過了一段深居簡出的日子。只是如今的他早已成了京都名人，尤其是那兩首完全與他經歷不符的詩，更是讓他成了風口浪尖的爭議所在，支持的人將他視作詩壇天才，反對的人將他看作為賦新詞強說愁的代表性人物——只是沒有人知道，連這七個字，都是范閒帶到這個世界上來的。

在暗處也流傳著抄襲的說法，但是「萬里悲秋常作客」實在是太過耀眼，也沒有誰敢站出來厚顏說這詩是自己寫的，所以這種說法還沒有搬到檯面上來。但范閒知道，肯定有那麼一天，因為自己痛打的郭保坤父親是禮部尚書，郭家所交往的都是文壇大家，而范閒一向不憚以最壞的惡意，來推斷……所謂文人。

正因為爭議性與美譽並存，所以時常有些經常參與靖王府詩會的士子才俊會主動尋上范府來，美其名曰看望劫後公子，實際上都是暗中遞上詩卷，想得到范閒隻言片語的好評。

范閒每每耐住性子親切接待，但對於對方的詩句卻是十分吝嗇評價，畢竟自己早就準備脫離「文壇」，學自己那個世界的企業家張賢亮下海經商。再者，他也不認為自己有那個資格，自己才十六歲，仗的只是前世大賢的頭腦，難道就準備收些入幕詞臣？這也太荒唐了！

與詩名相比較，能讓他在京都名聲大震、真正得到大多數人讚賞目光的事情，卻是牛欄街的刺殺事件。

案件當中一些可以被百姓知道的細節，漸漸從監察院裡流傳出去——身為受害者的范閒，在那樣危險的境地中，不僅能夠保住自己的性命，更是奮起反擊，將北齊國的刺客斬殺於掌下刀前，尤其殺的還是一位八品高手——這個事實讓范閒在京都士子的心目中頓時上了一個層次，再也沒有人說他是范家打黑拳的，大家都在議論范家那位能文能武、勇斬北齊刺客的公子。

「文能七步成詩，武能七步殺人，是謂范公子是也。」

第十二章　協律郎獨占花魁

牛欄街殺人事件發生後，范閒一直在思考某些問題。藤子京已經下鄉療養去了，不知道會不會留下殘疾？而死去的三名護衛，家眷也得到了足夠的撫卹，甚至連朝廷相關司部都發了嘉獎令。護衛們埋葬在京郊范族的族墓裡，范閒如果能夠離京，自然要去祭拜。

血淋淋的事實教育了他，要在這個世界上生存，並不是靠著風花雪月而已，自然也不僅僅是請客吃飯，所以他需要擁有完全屬於自己的力量，比如王啟年，比如范思轍，比如自己的武道修為。

如今在京都，他將自己冥想修煉的時間從中午調到了晚間，每每半夢半醒中，總感覺身體腰後雪山裡的真氣就像是一泓溫水，十分舒服地沖洗著身體裡的每一處，隱隱約約間，似乎這股真氣的數量與密集度都有了某種程度的提高。

對於自己當時能夠在兩名女刺客的騷擾下，還能殺了那位八品高手，范閒始終感到有些不可思議。他查過藤子京等護衛的真氣流動方法，發現這個世界上沒有誰與自己的練功方法是一樣的。這個認知並沒有讓他感到絲毫驚慌，既然自己能靠著細長匕首與袖弩越級殺死八品高手，那就證明自己的真氣是很管用的。

他與這個世界的武道修行者不一樣，頭腦裡沒有所謂品級之間牢不可破的概念，大漢那一堆血淋淋的內臟證明了他的想法：只要夠狠夠準，就算是五大宗師又如何？

只是《霸道卷》的第二冊始終沒有進展，范閒的目光落在很隨意扔在房間角落裡的那只箱子上。來京都後，似乎將母親留給自己的這物事忘了，看來什麼時候得去找找鑰匙。

刺客事件的重要疑犯司理理還沒有押回京都，一道旨意卻像是一道閃電般劃過了京都的上空。這份從深宮之中頒出的旨意，是關於范閒的。在日前的情況下，這道旨意的內容顯得格外與眾不同。

「奉天承運，皇帝詔曰……」

面前這個太監嘴皮子不停翻動，范閒卻聽不清楚是在講什麼。跪在范府大堂的他很害怕太監的唾沫會吐到自己臉上來，愁眉苦臉地看著面前越來越溼的青磚。

聖旨終於唸完了，在柳氏的提點下，范閒做足規矩，呼完萬歲再謝恩，將聖旨收下。柳氏又毫無煙火氣地遞了張銀票過去，那太監才心滿意足地走了。

「這玩意兒放哪兒？」范閒捧著手上的聖旨，問柳氏：「總不能老捧著吧？」

柳氏笑著接過來。「雖說府裡經常接旨，但也不能說是玩意兒，府裡有專門的房間供放。」

最近這些天，范閒與柳氏之間保持著微妙的、表面的和諧，這是時勢所造，但雙方都不知道日後又會怎麼樣。

「說老實話，我也是學過經文的人，但怎麼就聽不明白先前那公公講了些什麼？」回到自己的臥房裡，范閒重新包紮了一下右肩傷口，看著坐在桌旁似笑非笑望著自己的妹妹。

「戴公公是江南餘姚州人，說話口音一向難懂。不過這些年時常來府上宣旨，我倒能聽明白些。」

范閒趕緊問道：「聖旨說了什麼，為什麼是頒給我的？」

范若若抿脣一笑，沒有直接回答，反而說道：「其實宮裡這十幾年一直對家中有賞賜，雖然父親的爵位一直被壓著沒有升，但是我與弟弟，甚至連柳氏都各有封賞，現在看來，也輪到哥哥了。」

這些事情范閒是知道的，連范思轍那個小東西都有了個恩騎尉的封號，但事涉自己，不免有些好奇。「我可是沒有歸宗認祖的角色，這宮裡就算想賞，也沒什麼名頭吧。」

「對啊，所以這次陛下的旨意，只是說上次的事件中，你擊斃了敵國探子什麼的，於國有功，特加封太常寺協律郎。」

「太常寺協律郎？」范閒的聲音大感吃驚。太常寺是掌宗廟祭祀的地方，協律郎這個官職雖然只是八品官，但可以隨意出入慶廟。

自從與林婉兒相認之後，他也時常在猜上次在慶廟祭祀的貴人究竟是什麼身分，既然是林婉兒的親長，而林婉兒又是自幼在宮中長大，看來那位貴人一定是宮中的某位大人物，說不定就是太后或者長公主。只是前些日子夜裡探望林婉兒，知道她本就憂愁於婚事之後的利益衝突，所以刻意忍住沒有相問。

難道說這道旨意……其中蘊含著某些意思？范閒皺眉想著，如果那位大人物能說動皇帝下這麼一道旨意，是想點明當日慶廟之事，那她是存著什麼念頭？是示好？還是示威？

范若若見他愁眉苦想，終於忍不住笑了起來，指著哥哥說道：「哥哥啊，真是什麼事情一牽涉到你自己，你就糊塗了……這太常寺協律郎……是每位郡主駙馬成婚前一定要擔當的官職啊。」

范閒恍然大悟，有些不好意思地笑了起來，看來這門婚事終於定了。他接著想到，因為受傷的關係已經好多天沒有去皇家別院，想來婉兒知道自己遇刺的事情後一定會很擔心，不知道病情有沒有加重──會擔心嗎？范閒忽然覺著有些困惑，那個冰雪般的女子，卻偏偏有那樣的母親、那樣的父親。

「昨天請妹妹幫我去那裡，信遞過去了嗎？」他壓下心中的淡淡不安，問道。

范若若平靜回答：「去了，嫂嫂聽哥哥的話，又說通了那個大丫鬟，現在天天偷著吃好的，身體養得不錯。就是聽說哥哥遇刺後，有些擔心，不過昨天太匆忙，又有葉靈兒在邊上，所以沒辦法寫信過來。」

范閒嘆了一口氣，沒有說什麼。范若若是這個世界上最了解范閒的人，一聽他嘆氣就知道他在煩惱什麼。

「羅密歐與茱麗葉。」范若若小時候就聽過哥哥講過這個愛情故事，一直記到了現在，微笑著鼓勵他：「哥，你說過人是要勇於追求幸福的。」

范閒十分感動，將妹妹抱入懷中，拍拍她略顯瘦削的後背，說道：「放心吧，那兩個傢伙一個是喝毒藥死的，一個是用短刀自殺，但妳哥我是專門配毒藥、玩短刀的，太不一樣了。」

「傷好些了嗎？」看著躍窗而入的少年，林婉兒心疼地讓他躺到床上，埋怨道：「身子這個模樣，還過來做甚？」

范閒愁苦著說道：「擔心妳擔心我。」

林婉兒心頭一暖，聽明白了這兩個擔心，將自己茶杯裡的殘茶倒去，沏了些新的，送到他的唇邊，幽幽說道：「我聽你的，這些日子一直好好照顧自己身體，你也要好好照顧自己身體。」

范閒單手接過茶杯，吹拂開上面的白霧，溫柔說道：「郡主怎麼能服侍人呢？」

林婉兒咬著下唇氣道：「再氣我，我就將你趕出去。」

「捨得嗎？」范閒壞壞笑著望她。

他半靠在床上，看著身旁正滿臉擔心望著自己的未婚妻，微笑說道：「我決定了，成親之後，我們去蒼山的別院過冬。那裡對妳的病有好處，而且相信在那之前，費介老師也應該回到了京都。」

「別光想著我了。」林婉兒咬了下嘴唇，白白的牙齒在紅紅的唇上看著很可愛。「以後再出這種事情可怎麼辦？」

范閒已經記不清這是第幾次深夜潛入這閨房，別院裡的侍衛真是有夠遲鈍的，居然一次都沒有發現，更不知道這一對未婚夫妻如今早已是熟稔無比。關於這件事情，范閒也有足夠的驕傲，試想這等於是皇宮之外的小皇宮，史上有哪位偷香賊能偷到自己這種程度的？

「還能出什麼事？北齊又不是傻子，既然這次已經露了餡，下次再用同樣的手法，朝廷也不會上當。」

林婉兒憂愁說道：「怕就怕朝廷裡面有些人，正因為以後再行刺也有北齊人當幌子，更敢肆無忌憚地對你下手。」

范閒早就知道自己的未婚妻是個聰明人，而且她從小在皇宮裡長大，雖然有太后疼著，但畢竟身處的環境異常複雜，對於官場上的事情倒比自己明白些。此時聽她一說，他微笑著抬起她軟乎乎的下巴，捏了一捏，說道：「放心吧，我堅信自己是這個世上運氣最好的人。」

林婉兒覺著頷下癢癢的，心中對這般親膩的動作是又歡喜又緊張，頓時兩抹紅色在她雪白的肌膚上顯了出來，趕緊推開范閒的手，有些不好意思說道：「人總不能靠運氣過日子啊。」

范閒最喜歡看她這種羞答答的模樣，取笑道：「我已經運氣好到有了妳。」

「有我……很重要嗎？」林婉兒微微垂著頭，從這個角度望過去，長長的睫毛正在微微顫動，顯然有些緊張。

「很重要。」范閒將她摟入懷中，他不是一個很擅長說情話的人，所以也有些緊張，笨拙無比地試圖尋找對方的脣瓣。

林婉兒被他抱著，只覺著一股男子氣息撲面而來，不由得身子有些軟了，無力地倚在他的胸前，一轉頭輕聲說道：「到底是誰想殺你呢？」

這一轉頭，卻恰巧避過范閒的狼吻，范閒心頭好不惱怒，再聽著這問題，更是心中微涼，抱緊了懷中柔軟的身軀，雙手在她的背上無意識滑動著。「別管了。」

第十三章　偷香不誤賣書功

林婉兒覺著背上一陣麻癢，忍不住笑了起來，卻依然堅持問道：「如果是我父母……」

范閒正在享受懷中女子美妙觸感的手忽然停了下來，正色看著她。「如果真是長公主和宰相大人，怎麼辦？」幸虧二人說這些事情的時候，身子還是十分香豔地疊在一起，有效地沖淡了話題的嚴肅與可怕。

長久的沉默之後，林婉兒勇敢地望著他的雙眼，雙手勾住他的脖頸。「如果嫁給你，我就是范家的媳婦兒。」

這句話的意思，范閒聽懂了。雖然這些天的閨房夜話是甜蜜中略有隱憂，也知道自己的未婚妻從小就在宮中長大，是太后一手帶大的，極少與長公主一同生活，所以母女感情有些淡漠。但聽見這個回答，范閒依然是感動得難以自拔。

這一對年輕男女，擁有相似的人生背景和成長歷程，所以很清楚對方心裡的苦與某種略顯自矜的驕傲；也正是如此，才會在慶廟那處一眼便訂了終生。帝王家哪有感情可言？而范閒卻給了這位少女前所未有的情感衝擊與溫柔，而范閒也從這個黑暗的閨房裡找到了可以讓自己已經有些疲憊的心神憩息的空間。

「什麼時候，妳才能出去走走？」范閒抱著她。

林婉兒小心地躺在他的左肩上，免得碰到他的傷口，聽見這話後無奈答道：「我打小便在宮中，極少有機會出去，四年前舅舅給了我一個郡主的身分，這才有機會出門，只是最近身子又弱了些……」她小意地望著他。「你是不是覺著老這麼偷偷摸摸的太不像話了？」

范閒一怔，壓低聲音笑道：「我可是最喜歡這種偷偷摸摸的感覺……只是妳這病還是需要走動走動，晒晒太陽的。」

林婉兒聽見他自承喜歡這種偷偷摸摸的感覺，不由得想到這些夜裡自己竟如此荒唐，讓這個年輕男子在身邊躺著，兩頰不由得滾燙，啐了一口，說道：「那明兒我進宮，去求求舅舅。」

「舅舅？」范閒聽她喊得親熱，不由得低聲笑了起來。「對，咱們舅舅是天下最大的皇帝，他說句話，妳就是我夫人了。」

這時候范閒才想起來，將今天聖旨的事情說了說。聽到自己身邊這人已經被封了太常寺協律郎，林婉兒知道這門婚事終於確定下來，驚喜之餘，忍不住又羞了起來。

范閒微笑看著她臉上的紅暈，心想這個女孩子溫柔之中又夾著點靈，偏生卻是如此害羞。他到底還是以為這個世界上的女子與前世的女子一樣，哪裡想到自己天天半夜來爬牆，對於一個堂堂郡主而言，早已是件很了不得的大事情。

「對了，上次我們在慶廟第一次見面的時候，妳是隨誰在一起？」

「是和舅舅啊。」林婉兒回答道。

「啊？」范閒想到自己居然和九五之尊擦肩而過，不免心裡生出了一些別樣的感受。

那貴人既然是皇帝，與自己對了一掌的那位高手自然便是宮裡的侍衛頭子，想到自己能和侍衛頭子對了一掌後只吐了幾口酸酸小血，又不免有些驕傲。

林婉兒看他臉上表情變幻，來了興趣，盯著他的眼睛問道：「怎麼？很意外嗎？」

「只能怪自己笨，沒想到那裡去。」范閒苦笑著說道：「總以為是太后或者長公主。唉，來到人世走一遭，如果連皇帝都沒有見過，未免也太遺憾了些。」

「我雖然不大理會外面的事情，但也知道范家是極得聖眷的，你若想見舅舅，也不是什麼難事，更何況……」林婉兒低頭含羞道：「大婚之後，總是要進宮拜見舅舅的。」

聽見大婚二字，再看這姑娘家含羞的動人神情，范閒心頭一蕩，攬著林婉兒的左手偷偷摸摸的下滑，沿著腰線一路向下，終於摸到了那片柔軟豐腴的所在，心頭蕩了又蕩，漸趨淫蕩。手掌揉了一揉，複又搓揉，只覺手掌下一片滑膩彈軟，十分合意。

前些天，林婉兒之所以強忍羞意，讓范閒每日床前相伴夜話，便是因為發覺自己清逸脫塵的未婚夫實在是個守禮君子，這麼多天了，也只是淺嘗芳澤便滿足離去，從來沒有太過逾矩的事情，林婉兒才放下心來，內心深處甚至還莫名驕傲。

不曾想，今日這廝受了傷，反而起了色心！所以當林婉兒感覺自己的臀兒被那隻手揉了一揉，一時沒有反應過來，傻乎乎地睜著眼睛，看著范閒足足有幾彈指的時間，直到范閒眼中的情慾越來越濃，才一聲輕呼醒過神來，滿臉漲得通紅，伸手去背後用力拔開對方的色爪。

范閒早已被迷得神不守舍，怎肯放過，一側身便將她收進懷裡，右手受傷不便，那就……腳上。他像隻大號無尾熊一般纏著想掙扎的姑娘，低頭便向那檀口吻了過去。

一觸之下，盡是溼暖溫熱。

許久之後，兩個人才緩緩分開，范閒只覺心曠神怡，不知該如何言語；而林婉兒眼中也漸顯迷離之色，只是淚眼矇矓，竟是羞得險些哭了出來。

范閒看著林婉兒的表情，一時呆住，不知該說什麼好，趕緊笑著解釋：「沒控制住，沒控制住。」

「你欺負人。」林婉兒抽泣起來，只是不敢驚動外面園子裡的侍衛和樓下的老嬤嬤，所以聲音有些小。

「我哪裡有？」范閒大感冤枉，心想都已經快成夫妻了，親熱一下又如何？似乎猜到范閒在想什麼，林婉兒鼓著腮幫子說道：「還有幾個月。」

范閒壞壞笑著望著她，說道：「這麼多春宵咱倆都一起過了，又何必在意那些。」

林婉兒卻最怕這個說法，一聽他說出口，羞得不行，攥著拳頭便往他身上砸去，只是……砸到一半想到他身上有傷，只好委屈地收回來。哪料到她這一轉身，卻不巧碰著某處不雅之地的不雅狀，林婉兒再是溫柔自持，也知道這是怎麼回事，再顧不得范閒的傷勢，猛地將他推離了床幃。

「早些回吧，身上還有傷呢。」林婉兒將臉埋在被窩裡，不敢看他。

范閒目光自然下滑，看著自己委屈說道：「那我明天再來看妳。」

林婉兒將被子拉下來一點點，露出那張可憐兮兮的臉蛋，求饒道：「你明天不是還有正事嗎？」

「啊，對了，後天書局開張。」范閒記了起來，監察院的人手還沒回京，這京裡總查不出什麼動靜，既然如此，便順手將該做的事情做了，正是磨刀不誤砍人功，這算得上是他的一點兒優秀品質？

他不忍再欺負這丫頭，只好推開窗準備離去。月光透了進來，照在床上，也照在了旁邊依舊熟睡的丫鬟身上，范閒忍不住偷笑起來。這個丫鬟天天睡得這麼好，不知道過幾日後會不會變得胖許多？

書局開業，東川路上人頭攢動，連周遭的人學都出現了難得一見的蹺課風潮。街旁樓中張燈結綵，一個方方正正的門臉全數用上好木材裹著，烏黑之中透著清亮，真是極有書香味的裝飾。只是無奈何，今兒來的人太多，竟是汗臭味替了書香味。

來的人倒是有大半是來瞧范閒的，大家都很好奇入京不過一個多月的范府私生子，怎麼就能混得如此風生水起？更加好奇一個能文能武的貴族公子哥，怎麼想到來開書局了？這世上賺錢的買賣挺多，賣書，怎看也不是個好出路。

自從刺殺的事件之後，范閒對生活的看法有了許多改變，所以這家書局也沒有隱藏在幕後，他光明正大地站出來，承認了自己及兄弟就是書局的東主。他還給書局起了個名字，叫做「澹泊書局」，又請世子李弘成同家讓那位靖王爺親筆寫了，這才做了個橫匾掛在門口。

身旁的人多在懷疑，這書局的名字是什麼意思？范閒解釋道，這是澹泊以明志，其實「不煩不憂，澹泊不失」的意思，又拋出諸葛亮那句「非澹泊無以明志，非寧靜無以致遠」，將眾人小震了一震。

李弘成最初聽見這解釋，也是虎軀一震，以為范家小子是藉此向朝野上下表白，表白自己不想插手任何事情，以示弱來換取安全。

其實只有范若若最了解兄長，知道澹泊的意思，就是說——曾經漂泊在澹州。

眼看著四周的人越來越多，范閒的額頭上開始滴汗，對旁邊的葉掌櫃嘀咕道：「前兒說的廣告，效果未免也太好了些，怎麼今兒剛開張就湧了這麼多人來。」

葉掌櫃對廣告這兩個字卻不陌生，呵呵笑道：「聽說東家手裡拿著那位曹先生的書稿，六十八回之後，只有咱們獨家付印，僅憑這《石頭記》的名聲，便足夠吸引這麼多人。」他頓了一頓，呵呵笑道：「當然，大家主要是來看您，看看一位能夠殺死八品高手的少年詩家，是個什麼模樣。」

范閒一怔，咕噥道：「咱家身長不是八尺，身寬也不是八尺，有什麼好看的？」

第十四章　澹泊書局

不管范閒願不願意，道賀的人們還是紛至沓來。也許是找到難得與范建拉近關係的機會，也許是知道皇帝已經封了范閒為太常寺協律郎，與宮中某位的婚事將近，所以各部官員們都給足了面子，紛紛差遣屬下前來道賀，就連各王府、公府，也派人送了禮物前來。東川路上轎子不斷，唱禮之聲四起，禮盒都快堆滿了整間議事房。

街上圍觀的人群嘖嘖稱奇，心想不過就是間書局，竟然鬧出這動靜來，這位文武雙全的范公子，果然不是尋常人物。

而開業時的場面所帶來的最大好處就是，從此以後澹泊書局便沒有了被那些地下世界人們騷擾的麻煩，也極少會有官面上的問題。

范閒平靜地看著這陣勢，與來客們拱手見禮，知道大部分人還是看在父親面子上來的。好在書局裡面過於逼仄，來客們也不是什麼有頭臉的人物，只是略一閒敘，說明是哪家哪家的，便告辭而去。這些人離開之後，還有些狐疑，為什麼堂堂范府中人，卻要經商？要知道，商人始終是不怎麼有臉面的一個工作。

正在這時，靖王世子李弘成終於來了，街上識得他身分的人紛紛行禮，他滿臉溫和地回著，全無一絲皇親國戚的驕橫之氣，面如春風，十分儒雅。

見他往店裡去了，有些路人好奇道：「這澹泊書局面子可真夠大的。」
「靖王府與范家向來關係好，你不知道嗎？」
范閒看見李弘成來了，心頭微動，這樣一個如春風般溫柔的人物，卻甘心為了二皇子奔前走後，那位二皇子又該是何等的人物呢？他笑著搖搖頭，將這些事全數從腦子裡趕走，迎出店外——他還是想與李弘成有一個比較單純的朋友關係。
二人進入後方安靜的房間裡，李弘成打量著四周裝飾，嘆息道：「看來還真投了不少銀子。」
「我只拿了一千七百多兩。」范閒給他倒了一杯茶，說道：「小生意，入不得世子的眼睛。」
李弘成接過茶來，擺擺頭說道：「你們范家人最能掙錢，這是滿朝百官都知道的事情，只不過司南伯大人是為朝廷掙錢理財，你卻是為自己掙，這兩邊可不一樣。」
范閒笑了笑。「掙了銀子，總是要向朝廷繳稅金的，就算自個兒得一些，也不可能總放在手裡生鏽，如果拿出去用，又是照顧了別人生意，別人生意好了，朝廷的稅也就多了。所以不論是在哪裡做生意，只要能掙錢，這錢最後總是到了朝廷的手裡，最後又是用到了百姓的身上。」
李弘成聽得有些糊塗，但似乎又有些明白，擊節讚嘆道：「寥寥幾句話，卻似乎說出了大道理，朝廷一向尊農抑商，我還在奇怪為什麼你會選擇這營生，是不是無意仕途了，原來卻是如此。」
范閒大感窘迫，心想前世時自己沒犯病，政治經濟學也只能考倒數第幾，只是閒侃，為什麼又成了道理？他趕緊打住，轉變了話題。「得了得了，什麼仕途不仕途的，我就只做得兩首歪詩，明年的大比我可是準備當逃兵的。」

被范閒的風骨說困擾許久的李弘成，如今在他面前終於再次使用扇子，不停對著脖頸處扇著風，好笑說道：「你如果寫的是歪詩，還讓不讓太學裡的那些人活了？瞧瞧，剛才外面有多少要來面謁范大詩人的學生，如果不是你家下人擋著，只怕這時候還不得清淨。」

范閒滿臉愁苦說道：「那些太學的學生，有的年紀足可以做我爺爺，還來一口一個學生的叫著，實在是有些受不了。」

李弘成哈哈大笑了起來，用扇子指著他說道：「看你滿臉憂愁，說的話卻是這麼促狹，你呀你呀，真是個有趣的人。」

范閒一翻白眼，心想自己有什麼趣？問道：「這次勞煩王爺寫字，什麼時候領我去王府上拜謝老人家？」

李弘成一怔，旋即想起面前這少年根本還不知道自己父王曾經與他相見過，一笑之下，也不點破這個，準備日後看范閒的笑話。「你什麼時候願去就去吧，哪裡用得著與我說什麼。」

靖王世子李弘成一直覺著面前的范閒，似乎要比十六、七歲的年紀遠遠成熟許多，不說寵辱不驚，但至少也是沉穩異常，他倒一直想破破對方的沉穩功夫。他忽然拍手說道：「對了，還忘了恭喜范世兄。」

范閒一怔，不知道何喜之有。

李弘成站起身來。「恭賀世兄領了太常寺協律郎的職司，這門口喜雀叫了，得請多喝幾頓。」

范閒笑了起來。「原來是這事，你應該早就清楚了才對。」

「以往只是宮中傳聞，卻沒落到實處，自然是不算數的。」李弘成眉頭忽然皺了起來，此時他忽然想到一樁事情。二皇子與自己總以為范家就算不偏幫自己，也不會站在太子那一面，但己方似乎忽略了一個很重要的問題，范閒成親之後，妻子是宰相的私生女，那難保不會……慢慢地投向那邊？

他忽然壓低聲音說道：「司理理要押回京了，說不定能夠查出與北齊勾結的人到底是誰。」

范閒根本沒有想到對方在這一轉眼的工夫裡，竟然想了這麼多事情，微微一愣，然後苦笑著說道：「我只不過是隻小螞蟻，只求朝中這些貴人不理我就好。」

李弘成看了他一眼，知道對方這話不盡不實，卻也不點破，微笑說道：「總之和打郭保坤那事一樣，有什麼需要我出手的，你不要客氣。」

「那是自然。」范閒虛虛應著，一轉念卻說了另一樁事情：「我打算在城南開家豆腐鋪子，你有沒有興趣入股？」

李弘成正在喝茶，險些將茶碗吞進去，狼狽不堪地整理了一下衣裳，沒好氣說道：「豆腐鋪子能掙幾個錢？書局至少還是個書香錢，那可是酸渣錢。」

范閒呵呵一笑，也不理他，心想到時候將新榨的豆漿送到王府上時，他再說吧。在澹州的時候，自己豆腐吃了不少，但由於海邊飲食習慣不同，所以豆漿倒是極少喝，來京都後喝過幾次，總覺著渣子太多，不知道是技術問題還是什麼，所以他決定改進一下。

到了暮時，下學後的范思轍鬼鬼祟祟地沿後門進來了。上次被范閒教訓後，他又反教訓了同塾的學生，感覺很好，所以上學也不覺得是件苦差事了。但是今兒個書局開張，這從選址到選紙，從請掌櫃到訂書價，全由自己一手操辦的事情，由不得他不緊張，所以早早地過來。

一進書局，范思轍先長吁短嘆了一下沒有看見白天的盛景，然後便一頭鑽進帳房。范閒喝著茶等他，過了一會兒後，范思轍滿臉迷惘和無辜地走出來。

范閒大驚問道：「出什麼事了？」

范思轍囁嚅了半天，終於一口氣緩了過來，罵道：「掙的比我們想的多太多！」

「啊？是嗎？」范閒本想著第一天開門，能有些生意就算不錯了，哪裡想到這個，接過弟弟遞來的帳本一看，看著那數目，心頭也不禁抖了一下。且不說細校版的《石頭記》就賣了八十幾套，就連請萬卷堂代印的經史子集都被看熱鬧的讀書人買了不少。

范閒掐指一算，覺得……做生意，真是個很有成就感的事情啊。

「今天開張，那些與咱家有交情的人來捧場的多，以後自然沒這麼好的事了。」范閒看著雙眼變成銅錢模樣的范思轍，小心提醒道。

范思轍嚥了一口唾沫，將羨慕的眼光投向兄長。「大哥，我知道的。只是你可以天天坐在書局裡，我卻只有躲起來的分兒，真羨慕你啊。」

范閒失笑說道：「你就這麼喜歡當商人？父親的爵位還等著你繼承，好好讀書吧，將來整個朝廷的銀錢說不定都歸你管去。」

「那得當成戶部尚書。」范思轍滿臉陰鬱說道：「父親是探花出身，眼下還只是個侍郎。明明那個老尚書都躺床上幾年了，朝廷也沒讓父親頂上去。我啊……頂多能捐個功名，這條路只怕是走不通的。」

范閒有些意外地看了弟弟一眼，這小傢伙雖然有很多頑劣不堪的地方，但看己看事卻是出乎意料的精明。他想了想後說道：「愛做生意就做去，父親那裡我去說。」

范思轍大喜過望，忽又愁眉不展道：「可是母親那裡怎麼辦？」

范閒心裡一頓，想起了許久沒有考慮過的柳氏。京都范府，似乎是其樂融融，但誰知道這種看似美妙的局面，能延續多久呢？

第十五章　參將自殺

范閒牽著范思轍走出書局門口，忽然想到一件事情，回身很誠懇地對葉掌櫃說道：「前些天說的事情，麻煩你安排一下，我不想讓太多人知道。」

葉掌櫃雖然不明白這位年紀輕輕的東家，為什麼對慶餘堂的那些劫後之人感興趣，但還是點頭應了下來。他們這十七個大掌櫃，這些年裡早已經習慣了在京都的生活，隨著各個王府做事，雖然無法做自己的生意，但生活還算得上是富貴。

范思轍好奇問道：「大哥，安排什麼？」

「你知道慶餘堂是什麼地方嗎？」

「我當然知道。」這位葉掌櫃就是范思轍許了大價錢請回來的，當然清楚，悠然神往道：「這是當年葉家的掌櫃們，如果我能經商，手底下有這麼一幫子能人，那該有多好啊。」

范閒一怔，愈發覺得自己平時是不是過於小心了，看來葉家這兩個字早就已經成了黃紙堆裡的陳年舊事，京都裡的人們不再將它看作是某種禁忌。

上了來接自己的馬車，發現范若若也在車廂裡，范閒自責說道：「早知妳來了，我們就該早些出來。」

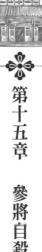

范思轍看著姊姊，無來由地害怕，解釋：「我只是來看看，這生意和我可沒關係，妳不要告訴父親。」

聽著這話，范若若本來淡漠的臉上泛出一絲笑容，說道：「都是一家人，誰樂意讓你挨板子去？」

東川路由白日的喧鬧變作了此時的寧靜，范府的馬車噠噠地向著京都東城駛去。斜陽西下，馬車的影子拖得老長，在街上的石板間向前滑行，隨著石板細微的起伏往上彈起，似乎想拚命地掙離石板上的涼意，投身於火紅的暮色之中。

仍是那句老話，范閒覺著目前的家庭生活還是挺幸福的。幸福這種玩意兒，既然手上已經抓住了幾絲，就得抓牢一點兒。所以對於暗殺自己的那件事情，司南伯范建囿於官面上的身分，又無法說清楚真正的真相，所以只好暫時忍耐。而范閒目前卻是個逍遙自由身，所以他並沒有什麼顧忌。

為了完成自己重生後的三大目標，他不能接受自己處在一個不安全的環境之中。前世的那個聯合國曾經說過，人們應該有免於恐懼的自由。雖然范閒不懂政治，但心想，就算老子穿了，也得有人權不是？

王啟年灰頭土臉地坐在桌子邊上，這房子是離京前用范閒給的銀票租下的，地點很不起眼，應該不會有人注意到這裡。

范閒趕緊把茶推了過去，說道：「辛苦了。」

見他用敬語，王啟年可不敢當，趕緊匯報這次的任務：「如同大人所料，司理理一行人回京的時候，路上就遇著攔截的人了。不過院裡早有防備，一舉擊潰來敵。依大人吩咐，從滄州城出來後，屬下就一直跟著院裡的隊伍，那些攔截的人馬化裝成馬賊，但觀其進退有據，應該是軍隊。」

范閒一驚，心想怎麼把軍方也扯進來了，小心問道：「是州府軍還是什麼？」

「不是很清楚。」王啟年想了想，又說道：「依大人之令，一路只是跟蹤尾隨，最後發現那名領頭的校官逃到了梧州。」

「梧州？」

「不錯，當夜那名校官就與梧州參軍會面。」王啟年忽然想到有些事情必須交代，趕緊說道：「其實當時與屬下一同跟蹤的，還有另外的人。」

「誰？」

「宗追。」

范閒恍然大悟。「就是你曾經說過，當年與你齊名的宗追。你不是說過他一直跟在陳院長身邊嗎？」他忽然間明白了，看來與自己一樣，監察院方面也在藉著司理理，追查幕後的線索。

「是啊。當天我遠遠看見陳院長的馬車了，黑騎也在那裡，不然無論如何都不可能抵擋得住那些騎兵。」王啟年有些為難問道：「范大人，既然院裡已經在追查了，我們還要繼續嗎？」

「嗯。先不說這些，梧州那位參軍是朝中哪位的門下？」

「對方很小心。那位參軍姓方名休，倒沒有什麼背景，只是與巡城司的方參將是遠方親戚。」

范閒皺眉思考著，巡城司肯定在這件事情裡扮演了不光彩的角色，只是自己應該怎麼往後挖呢？或者說，自己真的應該往後挖嗎？如果牽扯出太多的大人物，只怕事情很難收場。本來被朝廷宣傳成正面英勇人物的自己，說不定又要去被迫扮演別的角色了。

他深深地吸了一口氣，嘴唇有些發白，輕聲問道：「司理理什麼時候到？」

「明天。」王啟年看了他一眼，忽然開口說道：「院長大人也是明天回京，范大人，要不要先請示院長之後，我們再請命提審司理理？」

「費大人呢？」

「好像沒有。」

聽到費介沒有回京，范閒略有些失望，但想到陳萍萍馬上就要回京，又無來由地精神一振——監察院可是自己老媽一手弄起來的，雖然這麼多年過去了，人心總是會變的，但是剛投生於這個世界時所見的那一幕，和後來費介對自己的細心教導，讓范閒很確信監察院不是敵人，不是友人，而是……自己人。

他這時候的感覺，就像是一個正被欺負的沒娘孩子，忽然來了一大幫五大三粗的舅舅幫忙幹架。小傢伙一邊抹著臉上的髒淚珠子，一邊想著：幹你娘的，以後這京都，誰還敢欺負小爺我？

這個時候，王啟年忽然呵呵一笑，說道：「恭喜大人了。」看來連剛剛回京的他都知道范閒出任太常寺協律郎的消息，只不過大部分的人都不知道他會娶宮裡的哪一位而已。

范閒無奈一笑，沒有說什麼。

在慶國的官場上流傳著一個說法：「世上沒有監察院查不出來的東西，哪怕是你藏在夜壺裡的銀子。」

范閒也相信這一點，雖然父親的手下沒有查到什麼蛛絲馬跡，但如果說這個世界上還有人能夠查出來，那就一定是那個叫陳萍萍的人。為了安全起見，范閒讓王啟年暫時停止活動，只讓他去安排一些人手，注意院裡的一舉一動。

陳萍萍回京，整個官場都有反應。聽說陳萍萍回京當夜，就被皇帝急旨召進宮中，長談一夜，才放精神已然有些委頓的陳萍萍回府。文武百官一面豔羨陳萍萍在皇帝心中聖眷不減，一面卻又腹誹著他早些因勞成疾，歸老去吧。

當陳萍萍在宮裡的時候，監察院的行動卻在有條不紊地進行著。當天夜裡，一大隊監察院一處官員，殺氣騰騰地闖進了巡城司衙門，開始進行查抄的工作；另外一隊人卻是直撲城南方參將的府邸。

參將府外的高樹上，范閒雙手牢牢地抓著樹枝，整個人體內的真氣緩緩流淌，悄無聲息地隱沒在繁藏的樹葉之中，雙眼冷然看著府裡亂象。

沒有過多久，這次行動就結束了。

滿臉失望的監察院官員從後院裡退了出來，帶來了一個令人失望的結果：巡城司參將方達人畏罪自殺，就在監察院到達的半個時辰前，懸梁而死。

范閒嘆了一口氣，等眾人散後，從樹上溜了下來。走在安靜的夜街之上，他心中還在想著這個事情。方達人身為一名武將，即便勾結北齊國謀刺之事暴露而選擇了自盡，拔刀自刎似乎更符合武人性格一些，懸梁而死的死法宮怨氣太濃，只怕並非他心甘情願。

他心念一動，便再無法按捺，直接按王啟年留的地址找過去。

王家在城南一條普通民巷裡，夜間大老爺們都躺在外面乘涼啜茶，卻將家裡的小媳婦兒、中媳婦兒關了起來。范閒毫不引人注目地從街沿下行過，找準地方，一閃身就消失在陰暗的巷角中。

王啟年雖然是個低層官吏，但畢竟是監察院的人，之所以前些日子離職後顯得無比窮困，是因為他所有的積蓄都用來買了這座小院子。

范閒翻牆而入的時候，王啟年正滿臉疼愛地看著自己的兒子，一手拿了只大蒲扇在扇，耳聽著有異動，機警萬分地一扭頭，卻看見了范閒那張乾淨漂亮的臉，不由得大感吃驚。

「噓！」范閒向他比了個手勢，悄無聲息地跟著他來到一個安靜的地方。

王啟年沒有想到白天才向這位年輕的大人述了職，對方竟然馬上又找來了，滿臉狐疑問道：「大人，出了什麼事？」

范閒將剛才方參將自殺的事情告訴他。王啟年皺眉道：「對方下手倒真是快，這下子就有些難辦了。」

「你帶我去趟大牢，我要見見司理理。」范閒說道。

「院裡在查，我們這時候插手，會不會引起什麼誤會？」王啟年考慮的比范閒要周全許多。

范閒想了想，無奈說道：「陳院長被召進宮了，我怕大牢裡又會有什麼意外。」

王啟年心想確實得抓緊一些，恭敬說道：「大人，這些事情您還是不要沾手的好，讓下官處理吧。」

范閒搖搖頭，說道：「還是一起去吧。」說實在話，他一直對於監察院的大牢很好奇，當然，對於那位司理理姑娘也很好奇。

京都已然入夜，一大片濃墨似的黑裡，點綴般地亮著些光明，流晶河畔最盛，瓦弄巷次之。而墨中的沉墨，最黑暗的地方，卻是監察院。這天晚上，王啟年領著一個全身籠在灰色大袍裡的神祕人，進入了監察院大牢。

第十六章　天牢欺弱女

因為監察院直屬皇帝指揮，所以如今慶國的天牢不在刑部，也不在大理寺，而是設在此處，看管著一應重犯，戒備格外森嚴。天牢的地點離監察院並不遠，只是拐個街角便到了，一旦有事，可以馬上支援。王啟年如今在表面上，至少已經不再是監察院的一分子，但憑藉著范閒手頭的那塊腰牌，二人竟是輕輕鬆鬆地獲取了看守的信任，進入天牢。

天牢的兩扇鐵門悄無聲息地打開，全然沒有范閒想像中的陰森磨鐵之聲。負責看守的護衛仔細查驗過腰牌後，恭敬地請二位入內，然後又從外面將鐵門關上。

鐵門內便是一道長長向下的甬道，兩旁點著昏暗的油燈，石階上面略覺溼滑，但沒有一星半點青苔，看來平日的打理十分細緻。往下走去，每隔一段距離便能看到一位看守，這些看守看著不起眼，但范閒細細打量，發現竟都是四品以上的角色。

不知道走了多久，空氣都變得有些渾濁起來，與周遭渾濁的燈光一融，讓人的感覺變得有些遲鈍，似乎此地已然脫離了清新的塵世，已達黃泉凶惡之地。

「請二位大人出示相關文書或是內宮手諭。」一名眼神有些渾濁的牢頭看了王啟年一眼。

王啟年對這個牢頭很恭敬，將范閒的腰牌遞上去。牢頭看上去十分蒼老，臉頰兩邊的皺紋都已經擠成了被細水沖刷後的乾土壟一般。他接過腰牌，再看王啟年的眼神就有些怪異。「小王，升官了？」

王啟年恭敬地一側身，讓出後面全身被籠在灰黑袍子裡的范閒，介紹道：「今天陪這位大人前來審案。」

牢頭發現看不清對方的容顏，但知道自己手上這塊腰牌的分量，點頭示意了一下，從桌上取出鑰匙，打開身旁的門，一擺手請二人進去。

范閒一皺眉，心想難道待會兒要隔著柵欄問司理理？他不願意在太多人面前暴露自己的聲音，所以轉過身去，用眼神示意了王啟年一下。

王啟年微笑著搖搖頭。

看著身後的鐵門關上，范閒有些好奇問道：「你怎麼怕他？」

王啟年愁眉苦臉說道：「他就是七處的前任主辦，一輩子都在牢裡過的，到了外放的年限，他居然肯回來繼續當個牢頭，說是喜歡這裡的血腥味道，您說這樣的人，我能不害怕嗎？」

范閒打了個寒顫，心想這監察院果然是一窩的變態，當年母親出錢搞了這麼個怪物機構出來，也真不知道她是怎麼想的。

按照先前問好的位置，二人很方便地就找到了關押司理理的牢室。望著柵欄裡面那個模樣媚麗的女子，范閒眉頭一皺。一個弱女子，被關在這樣可怕的地方，坐姿、神態卻依然鎮定自若，看來對方在北齊國一定是受過訓練的角色。他旋即又想到，看來司理理也並不是個真正的厲害人物，不然當初一定不會逃離京都，而是會自投羅網，胡亂攀咬幾個大人物，將慶國的朝政搞得日日不安。

范閒並不知道自己的推論與押送司理理回京的那位官員極為一致，他將罩在頭上的灰袍取下，望著司理理，溫柔說道：「司姑娘。」

司理理早就知道牢外有人來了，今天剛到京都，便有人來開審，看樣子對自己還是極為重視，所以刻意擺出一副淡然自若的神情，但……沒料到來的人竟然是范閒！

「范公子？」司理理無比詫異，卻強行忍住了自己呼叫的聲音。

「司姑娘，醉仙居一別，已有月餘，著實料不到再次相見，竟然是在這樣的場合之下。」想當初同床共寢之時，滿指香膩，口舌交纏，他何曾想過這個女子竟是北齊國的暗探。

司理理不知道想到什麼，面色一黯說道：「不曾想到，范公子竟然如此深藏不露。」

范閒幽幽嘆息道：「瘦玉蕭蕭伊水頭，風宜清夜露宜秋。更教仙驥旁邊立，盡是人間第一流。本以為妳我即便只是逆旅中偶然同遊之人，也算是極有緣分。實在是不明白，為什麼姑娘忍心對在下下此毒手。」

這首詩乃是前世錢惟演所作的《對竹思鶴》，講的便是清高脫俗。范閒認為司理理既然名冠京華，素有才女之稱，在眾人的惜愛目光中生存，應該骨子裡有些清高才對。他此時故意嘆出，自是意圖弱化一下這名女探子的心志。不料司理理竟是緩緩低下頭去，似乎沒有什麼觸動。

范閒再嘆息。「卿本佳人，奈何作賊。」

司理理嫣然一笑，果然佳人如蘭。「公子能入此大牢見我，想來身分也不簡單，大家各自為主效命，何必多說？」

范閒絕殺詩歌、嘆息用畢，結果屁用都沒有，他苦笑想著原來不是每個女人都容易陶醉在這種場景裡面，自己未免太荒唐了些，略略穩定了一下心神，手上已經多了一罐小藥瓶。

他將小藥瓶扔進去，冷冷說道：「這是毒藥，總會有人來逼供的，如果妳不想受活罪，自己吞服了去。」

小藥瓶在乾草上滾了兩滾，在司理理的身邊停下來，司理理撿起這個小藥瓶，握得緊緊的，她是斷然沒有想到，先前還溫柔可親的范公子，一轉眼工夫竟變成了一個誘惑自己死亡的魔鬼。

如果她願意死的話，當初就不會逃離京都。

范閒算準了這點，看著她的雙眼，柔聲說道：「既然妳要殺我，難道我還應該疼惜妳？妳的想法未免也太荒唐可笑。既然我給妳指了一條少吃些苦頭的道路，為什麼不謝謝我？如此怕死的人，怎麼也配做探子。」

司理理氣得緊咬牙齒，恨意十足地抬起頭來，一雙幽深的眸子穿透略顯凌亂的秀髮，盯在范閒的臉上。

范閒臉上一片平靜。「捨生忘死這種話就不要多說了。其實妳不是愚蠢的人，知道自己就算供出與北齊勾結的朝中大員，最後也是免不了一死，所以乾脆咬牙不說。」

司理理忽然覺著范閒說話的聲音越來越遠、越來越輕，卻越來越可怕。

「我不是朝廷的人。我只是單純地想找到那個人，然後報仇。」

「我願意和妳做個交易。」

「除了相信我，妳再沒有別的路可以走了。」

范閒淡淡地說著，言語裡卻是陰寒無比，聲音越來越低，就像是在自言自語：「我是個不介意對女人用刑的人，因為妳先想著殺我。同時我是個女權主義者，認為在生死鬥爭之中，男女雙方本來就是平等的。」

畢竟他從小就挖墳，表面上的清逸脫塵並不能完全掩飾骨子裡偶爾爆發的陰鬱恐怖。王啟年沉默地離開，去讓那位牢頭來開門，同時準備一應相關的刑具。

無數聲弱女子的慘叫在幽深的天牢裡響起！

許久之後，范閒微微皺眉望著暈倒在乾草堆上的司理理，看著她血肉模糊的五指，臉上沒有一絲表情。反倒在旁邊一直默不作聲的王啟年心中有些異樣，他實在想不到如此清逸脫塵的一個公子哥，看見先前恐怖的用刑景象，竟還能如此冷靜，真不知道他的溫柔下，掩藏著多少不為人知的冷酷？

「用刑要管用，至少需要五天的流程。」王啟年有些困難地嚥下一口口水，低聲解釋：「眼前這個司理理明顯是個新手，所以才會讓大人逼出一些情報，但歸根結柢是受過訓練的人，一旦涉及到一定要保住的祕密，又承受不住身體上的痛苦，自然就會昏了過去。」

當那個恐怖的牢頭來時，范閒已經將自己的臉隱藏到灰袍裡。牢頭佝僂著身子收拾刑具，一邊收拾一邊搖頭說道：「這位年輕的大人，用刑也是一門學問，你要在短短半個時辰之內問出來，這本身就是對我們專業人士的一種侮辱。」

范閒一時氣悶，側著身子讓牢頭離開，看著他走遠了，才開口對王啟年苦笑道：「看來還是交給專業人士來做吧，過幾日我們來等消息就好，我看此處的防衛，應該不會有人有能力潛進來滅口。」

他正準備離開的時候，司理理悠悠醒來，觸到手指傷口，痛得淒聲慘叫。平日裡在花舫上弄弦而歌的脣與手，今日手已毀了，脣中也只能發出悽慘的聲音。

范閒微微一頓，回身隔著柵欄看了她一眼。

司理理咬著下嘴脣，滿臉蒼白，冷汗早已打溼了她的頭髮，兩隻眼睛像是受傷後的雌獅一樣，狠狠地盯著范閒的臉，似乎想將他的容貌全部記在腦海中。

范閒就這樣沉默站著看她，王啟年知趣地搶先離開了一段距離。

「剛才我給妳的藥瓶收好了，下次用刑如果真覺著受不了，就吃了它。」范閒第二次用死亡來考驗對方，語氣十分淡漠。

司理理此時終於忍不住哭了出來，恨恨地望著他，眼光無比怨毒。

第十七章　言辭若香

潮溼的氣味混著鮮血的腥氣，在甬道盡頭的囚室外開始發酵。月前還在床上假意恩愛的一對男女，早已調換了彼此角色。范閒看著司理理悽慘的模樣，微微皺眉。當初還以為自己會像是明清小說裡寫的那樣，與這個女子來上一段妙事，又或者像是白居易一樣將她領回家去，誰知道故事根本尚未開始，便已經草草結束。

不過這沒有什麼好嘆惜的，既然對方要殺死自己，如果此時還像費介當年說過的一樣，投予多餘的同情心，實際上是對自己以及身邊人極大的不負責任。

迎著那兩道怨毒的目光，范閒很溫柔平靜地解釋：「我認為性命這種東西，能自己掌握就自己掌握，所以才將毒藥給妳，妳應該知道妳死對於我沒有什麼好處，所以不需要用這種目光望著我。我依然憐惜妳，但並不會心生內疚。我三名護衛的頭顱被你們的人拍成了爛西瓜，誰會為他們的死感到內疚？」

他擺擺手。「也許妳不相信，我曾經很恨這個老天，自認為一輩子都在做好事，最後卻得了個最悽慘的結局，如果恨有用的話，這老天估計早就被我恨出了幾百萬個窟窿。所以我後來明白了，在還有能力掌握自己身體的時候，必須慶幸自己還有日子可以過。」

司理理依然沉默不語，只是將滿是傷口的雙手輕輕地抬起，不讓它們與粗糙的茅草接觸。

「司姑娘，想開些吧，這個世界上什麼都沒有自己性命重要。」范閒平靜說道：「妳是慶國人，卻為北齊賣命，能夠捨棄如此多，想來應該不是為了金錢，而是為了報仇之類的原因。我不知道京都那些關於妳的傳聞是不是真的，但是如果妳想做些什麼事情，就必須要保證自己活著，而妳這時候想活下去，就必須付出一定的代價。」

司理理猛地抬起頭來，眼睛裡的光芒雖然黯淡，卻像是墳塋中的冥火，始終不肯熄滅。許久之後，她才咬牙說道：「你怎麼保證我能活著？」

范閒精神一振，半蹲了下來，說道：「妳今天剛到京都，我就能到天牢裡來審妳，妳應該能猜到我在監察院裡的地位。」

司理理無力地搖搖頭。「你認為我會相信你嗎？」

「這和相信無關。」范閒溫柔說道：「這本來就是賭博，只不過現在妳比較被動，因為在生與死之間，妳沒有選擇的餘地。」

司理理眼光有些無助地游移著，似乎有些心動。她轉過臉來，看著范閒那張乾淨漂亮的臉，不知為何，想到了那日深夜裡花舫之上的二人交纏，一股毫無道理的恨意湧上她的心頭，她像瘋子一樣地撲上來，一口唾沫往范閒的臉上吐去。

范閒側身避開，十分詫異，明明這個女子眼看著便要鬆動心防，怎麼忽然間又變了一副面孔？他哪裡知道，不論前世今生，不論何種職業，女人的心思總是如海底細針、山間走石般難以觸碰，難以捉摸。

范閒略感煩躁，細如初柳的眉頭緊緊地皺了起來，臉色不停變幻，不知道在想什麼。他想到昨天夜裡那名方參將自殺，再想到梧州那位方參軍恐怕也已經死了，就知道對方下手狠且快速——如果想要抓住真正想對付自己的人，似乎只有靠著司理理的嘴。如果口供來得太晚，只怕與司理理聯絡的人也會死去，或者離去。而用刑似乎不足以在短時間內令這個北齊女間諜的神經崩潰，可惜如今范閒需要的便是時間，不然即便熬上幾日又怕什麼？

看模樣，從她的嘴裡問不出來什麼。范閒似乎有些失望，從柵欄前站起身來，好像是要準備與王啟年一道離開。忽然間……他深吸了一口氣，皺眉站回牢室之前，隔著柵欄冷冷地看著司理理。王啟年有些詫異地看了他一眼。

范閒的聲音清清淡淡地響了起來。「說出是誰做的，我以在這個世界上的祖先名義起誓，我絕對會放了妳。」

回答他的是死一般的沉默。但范閒不肯死心，漸趨溫柔的眼光注視著司理理的臉，注視著司理理平舉在胸前那雙血淋淋的手。

天牢裡的溼氣有股發霉的味道，而橫亙在范閒與司理理之間的柵欄與時間似乎也開始發霉了。不知道過了多久，司理理依然是緊咬著下唇，沒有說話，顯然她的內心深處也在進行著某種極痛苦的掙扎。范閒扔給她的那瓶毒藥是青瓷瓶，此時在她的手下、在乾草之上安靜地躺著，似乎在散發著某種很詭異的味道。

很久之後，范閒嘆了一口氣，似乎放棄了，臨走前對司理理說了最後一句話：「妳舉著雙手的樣子……很像是可愛的小狗。」

後來王啟年一直覺得范閒有些瘋狂，在那種局面下還能調笑敵國的探子。范閒自己卻沒有這種自覺，當時純粹是下意識裡說出來的。當然，他也不知道自己這隨口一句話，馬上會造成什麼效果，以後又會給自己帶來什麼。

司理理聽到他說自己像是可愛的小狗，微微一怔。出乎所有人的意料，這位女探子卻是噗哧一笑，一聲失笑後，她的面色一陣變幻，不知道在想什麼，只是覺著自己的精神此時無比放鬆，似乎這一笑之後，就卸下了所有的負擔，靈魂開始怯縮地躲在自己的軀殼中，小心翼翼地祈求著生存——她的身體就像是泡在溫暖的熱水裡，十分舒服，真切地開始懷念起生活裡的美好。

她緩緩地抬起頭來，有些蒼白的雙脣微微翕動，說出了三個字：「吳先生。」

范閒聽得清清楚楚，是「吳先生」三個字，一愣之後回頭望向王啟年。王啟年點頭表示聽說過這個名字，范閒這才鬆了一口氣，一道淡淡的興奮湧上心頭。他伸手入柵欄，在司理理不解的目光中，從乾草上拿回那個裝著毒藥的小瓷瓶，對她說了聲：「謝謝。」然後轉身離開。

司理理似乎明白些什麼，滿是血的雙手緊緊握住柵欄，對著離去的背影悽叫：「不要忘記，你用祖先的名義發過誓！」

厚重的鐵門悄然無聲地關上之後，天牢裡回復了平靜與灰暗。這裡的犯人一般關不了幾天就到地府去了，因此剩下的犯人並不多，此時甬道最深處隱隱傳來的幾聲哭泣顯得十分清楚、十分悽楚。

一會兒之後，牢頭恭敬無比地推著一輛輪椅從密室裡走出來。陳萍萍正坐在輪椅上閉目養神，忽然睜眼問道：「你看我選的這個提司如何？」

他問的自然是范閒。

牢頭想了一想。「心狠手辣，他只占了半截。」

「哪半截？」

「手或許是辣的，但骨子裡依然是個溫柔的小男人。」

陳萍萍微笑著，蒼老的面容上浮現出一絲欣慰。「如此就好，如此就好。心溫柔、手段狠，總比心狠、手段爛要強些，至少錯打正著地從司理理嘴裡拿到了消息。」

牢頭冷靜問道：「司理理怎麼處理？」

陳萍萍想了想，淡淡說道：「看一段時間，如果能發展成我們的人，就嘗試一下。如果不行，自然殺了。」

「不需要向那位范提司交代？」

「我是準備將這個院子交給他，但他既然現在還沒有這個能力，自然沒有必要知道太多。」

「是。」牢頭應了聲，又道：「一處已經準備出發。」

陳萍萍咳了兩聲，此時滿朝文武都以為他還滯留在皇宮裡，誰也想不到他竟然隻身來到了天牢中。

好不容易咳嗽好了些，他示意牢頭將自己推出去，閉目想了一會兒後說道：「那個吳先生既然已經逼死了方參將，估計這時候早就離開了京都，只怕來不及。」

牢頭聳聳肩。他當年是負責七處事務的主辦，從來就瞧不起一處的辦事效率，查案這種事情也沒有什麼樂趣可言，所以他並不是很關心能不能捉住那位吳先生。他看著長長的甬道，有些頭痛說道：「院長大人，下次您不要再來偷聽了，這輪椅要搬上去，真的很難。」

陳萍萍笑了笑，他今天從皇宮出來後便到了這裡，就是想瞧瞧那位故人之子現如今究竟是個什麼模樣，究竟有沒有能力接手自己為他準備的一切？關於牛欄街遇刺一事，他與五竹一樣，都沒有怎麼放在心裡。這只是小事罷了，若范閒就那樣死了，自然也就不需要多操心。而看范閒在處理這件事裡所表現出來的特質，才是更重要的。

這是一次小考。

范閒不知道這些事，急匆匆地與王啟年出了天牢，從他口裡得知，吳先生是京都有名的謀士，只是一向徘徊在二皇子與太子之間，似乎沒有什麼明顯的傾向；但據傳言，官場上許多事情的背後，都有這位中年人的身影。

范閒眉頭微微挑起，好看的臉上略微有些沉重。對方是條老狐狸，一定會想到將所有的線索全部斬斷，這個時候說不定已經跑到哪座山裡去隱居了。

所謂謀士最喜歡做這種事情，等個七、八年，待事情淡了後，再屁顛屁顛地跑出來，繼續拋灑一肚子壞水。

「怎麼能確定司理理說的是真的？」王啟年向他請示。

范閒平靜回答：「很簡單，那個吳伯安如果還在京中，那就不是他；如果他已經跑了，那就是他。」

很簡單的判斷，也許最接近事情的真相。這個世界上有太多事情都是被人類愚蠢的腦袋弄複雜了。

王啟年又緊張說道：「難道真要放了司理理？大人，您目前可沒有這種許可權，可是先前又……」雖然監察院的人向來不敬鬼神，但對於祖宗這種存在卻是無比尊重。

范閒沒有回答他，只在心裡想著，自己在這個世界上的祖宗……和自己似乎關係不怎麼大。

他知道這個時候自己不方便再出面，便讓王啟年去通知一處。沐鐵知道自己的身分，應該會相信王啟年說的話。

二人分手的時候，范閒的下頷極隱密地向街角的黑暗處點了一點，向那個人確認了吳伯安這個名字。

等王啟年進入監察院後，無比意外地發現一處的同僚們早已經整裝待發，不免驚訝。沐鐵看著他微微一笑。

當夜京城無事，范閒回到范府之後，與眾人打了個招呼，便進入到自己向父親索要的一間密室裡，小心翼翼地從懷裡取出一個密封極好的小皮袋，將那個小瓷瓶從皮袋裡倒出來。

這瓶子用的是青砂工藝，氣眼比一般的瓷器要大些，所以足夠容納一些淡淡的迷香。先前為了讓司理理放鬆警惕，范閒著實花了不少工夫。從牆角取出一個陶罐，打開蓋子，一股撲面而來的迷香險些讓他自己都有些暈眩。

將小青瓷瓶重新沉入陶罐之中，范閒回到臥室，雙腿絞著薄薄的絲被，有些忐忑不安地睡去。

第二日王啟年前來回報，有些慚愧地說吳伯安早已經離開了京都，他早就料到這點，並不怎麼失望。

離京都約有十八里地有處莊園，可以看見蒼山之上的雪巔，即便已是初夏，莊園之中依然十分涼爽，葡萄架子已經展了葉子，一片青蔥。

范閒千辛萬苦才問出來的吳伯安，此時正神態逍遙地坐在葡萄架下，看著對面的年輕人，略帶一絲責怪說道：「你不應該來。」

年輕人是宰相家的二公子林珙，他望著吳伯安，極有禮貌地說道：「吳先生要被迫離開京都，小姪自然要來送一下。」

第十八章　葡萄架倒了

吳伯安微微一笑，他自認胸腹之中有天下，這所有的事情都在計算之中，世人總以為自己在二皇子與太子之間搖擺，卻哪裡知道自己與宰相的關係，責備道：「太冒險了，宰相大人並不知道你我二人設的這計，如果讓人知道了，只怕你父親也極難脫身。」

林珙陰險一笑說道：「先生先去嶗山清修一陣子，等京都鬧上一鬧，太子就知道，一定要依靠我們林家，將來才能坐穩這個天下。」

「不錯。」吳伯安顯得憂心忡忡。「自從小姐的婚事傳出來後，不知道是不是覺得長公主再沒辦法控制內庫，皇后那邊顯得冷淡了許多。」

從年初的宰相私生女事件，再到最後的指親，吳伯安覺得皇帝一直在削宰相的臉面，只怕是在為將來太子繼位做打算。果不其然，太子開始與宰相府疏遠了起來，所以他暗中策劃此計，不但可以一舉殺死范閒，暫時穩住內庫的局面；也可以讓太子陷入某種不安定的風言風語之中，逼著太子重新建立與相府之間的緊密關係。

只是從一開始，宰相就嚴厲地反對這個計畫，不過倒是二公子林珙顯得十分熱情。一位公子、一位謀士，便開始暗中操作這些事情，假宰相之名，動用在軍中隱藏許久的方氏兄弟——只是吳伯安萬萬沒有料到，范閒竟然能在那樣恐怖的襲擊之下，逃出生天，更是生生擊斃了那名八品高手，留下了抹不掉的痕跡。

不過局面依然在掌控中，方達人已經被滅口，就算監察院查到背後是自己，也不可能查到宰相那裡，所以吳伯安讓林珙趕緊回京。

林珙傲然笑道：「這處莊園我已經經營了許久，即便是大內侍衛或監察院的人來了，也極難進來捉人。更何況你我行事如此隱密，又有誰知道你我會在這裡？」

吳伯安一想，果然如此，且將心放下後，骨子裡擺脫不了的名士風氣又流露出來，一搖紙扇對著頭頂的葡萄架子，笑著說道：「這葡萄架子搭得極雅，卻讓在下想起個笑話。」

「什麼笑話？」

「有一名官員懼內，有天被家中娘子抓破了臉皮，第二天上堂，太守問這是怎麼回事？官員尷尬應道：說昨夜在葡萄架下乘涼，不料架子倒了，劃傷了臉面。太守大怒，喝斥道：這定是你家潑婦做的，豈有此理，速傳衙役去將你妻子索來。正此時，誰也沒想到太守夫人正在堂後偷聽，大怒之下衝上公堂，對著太守一通喝斥。太守慌了神，趕緊對那位官員說：你先退下，我家的葡萄架子也倒了……」

二人講完笑話，齊聲哈哈笑了起來。二公子林珙自然是聽過這笑話的，卻從笑話裡聽出了一些別的意思。難道吳先生是在暗諷自己父親懼內？只是母親早亡……難道是說宰相畏懼長公主？

林珙微感恚怒，正此時，眼角餘光卻看見一個黑影出現在園子裡面。

那是一個瞎子，眼睛上蒙著一塊黑布，手中提著一把鐵釺，釺尖上有鮮血正緩緩滴下。

林珙、吳伯安猛地站起來，知道對方悄無聲息地潛入此處，那外面的高手們一定都死在了這把鐵釺之下。

一想到這莊園裡的高手們，竟然臨死前連聲慘呼都沒有發出來，林珙心頭一陣惡寒，畏懼喊：「你是誰？有話好說！」

五竹沒有回答他的話，像個鬼魂一樣從園子那頭，疾速衝了過來。

林珙大吼一聲，抽出腰間軟劍，當頭砍了下去。

五竹一側身，閃過劍尖，整個人的身體已經貼住林珙的面門，兩個人貼得極近，看上去有些怪異。

噗的一聲。

鮮血從林珙背後戳出來的鐵釺上滴落，他看著面前的那方黑布，眼中滿是恐懼和不可思議。自己是堂堂宰相之子，這個人竟然連說話的機會都不給，就殺了自己。

鐵釺已經刺穿了林珙的胸膛，然後五竹整個人才貼了上來，受餘力一震，林珙的屍體無力地在鐵釺上向後滑了幾寸，看上去很恐怖。

哧的一聲，五竹平靜地從林珙身上拔出鐵釺，看似極緩，實則快速地向旁邊移了三步，避開了對方胸膛上噴出的血泉。

鐵釺不偏不倚地刺穿林珙的心臟，血花從小孔裡噴射出來，十分美麗。

看著這血腥的一幕，吳伯安面色慘白，卻死死捂著嘴巴，不讓自己發出半點兒聲音。他看見對方蒙在眼睛上的黑布，知道對方是個瞎子，試圖蒙混過關。

五竹微微偏頭，轉身「望」著他。

吳伯安心中湧起強烈的絕望，但面上卻露出一絲慘笑，盡量讓自己的聲音變得穩定些：「我不是宰相的人！這位壯士，賣命於人，並不見得是件有前途的事情。老夫吳伯安，在京中交遊廣泛，若壯士雄心猶在，不若——」

他的聲音戛然而止，很困難地低頭，看著已經穿過了自己喉骨的那把鐵釬。

他不明白，這個刺客為什麼不願意聽自己把話說完……自己是個文弱書生，並沒有什麼威脅。而且他自命自己不僅是算無遺策的謀士，更是辯才無雙，只要這個瞎子刺客肯把這番話聽完，一定不會殺死自己——自己這一生還有許多大事要做，怎麼能就這麼死了呢？

然而，謀士吳伯安就這麼簡單地死了。

其實五竹在這個世界上活了三十幾年，也一直沒有弄明白，為什麼不管是在東夷城、在北魏、在京都，或者是在這裡，每當自己要殺對方的時候，這些人總喜歡喋喋不休地說個不停？小姐當年說過「刀劍總是比言語有力量些」，五竹一直認為自己很明白這句話的意思，卻不懂為什麼世人總不明白這個道理。

五竹收回鐵釬，有些孤獨地向園子外面走去。

當他離開之後，葡萄架子終於承受不住先前五竹快速移動所挾的殺氣，喀喇一聲倒了下來，蓋在那兩具屍身之上。綠葉亂遮，老藤糾結在一處。

連著幾天，監察院都沒有別的消息，沐鐵倒是曾經來過范府一次，進行拍馬屁的工作。只是吳伯安這個並不出名、但其實很厲害的謀士忽然在人間消蹤匿跡，范閒的心情似乎不太好，所以沐鐵的手掌輕輕落下，卻重重地落在自己的腿上，沒落什麼好印象。

司南伯范建手中的暗處力量也悄悄加入到搜索的隊伍中，依然一無所獲，等到王啟年灰頭土臉地彙報行動失敗後，范閒也只好暫時將這件事情壓下，強行將心思轉移到妹妹、書局、雞腿姑娘這些比較陽光的辭彙上來，耐心等待著五竹的手段。

這天下午，他強打精神帶著妹妹和范思轍，去靖王府上做客。

不料今天靖王卻不在府中，世子李弘成無奈說道：「父王今兒個入宮去了，說是太后想他來著。」

范閒打了個哈哈，沒有去多想這件事情，和李弘成去了後園涼棚下面，一邊吃些瓜果，一邊躲避一下初夏的炎熱。都不是外人，所以郡王的幼女，那位曾經讓范閒很感興趣的柔嘉郡主也在場，並沒有避諱什麼。

范閒看著這個小姑娘，不由得一陣後怕。當時聽范若若講那段關於《石頭記》的事情，還曾經幻想過，這位郡主姑娘在知道自己就是《石頭記》作者之後，會不會因什麼愛什麼，對自己產生點兒什麼之情？

但看見柔嘉郡主之後，范閒馬上斷絕了這個想法。

郡主很漂亮，小臉蛋紅撲撲的，人也是極溫柔有禮的那種，甚至是范閒來到這個世界後見過的最溫柔的女孩。但范閒依然毅然決然地鼻孔朝天，不施半分青目。

因為這位柔嘉郡主，今年剛滿一十二，正是一顆純潔無比的青澀果子，連少女都算不上。范閒此人骨子裡有些多情，卻不是濫情之人，只要一想到與十二歲的小女生如何如何，他便心頭一陣恐慌，避之不及。

誰知怕什麼來什麼，柔嘉郡主今日一直乖乖巧巧地坐在范若若身旁，兩道目光卻是有意無意地瞄著范閒，一對大眼睛忽閃忽閃，羞意十足，看得范閒心思思、心慌慌、心亂亂、心怕怕。

范思轍被王府下人領著去射箭了，范閒與李弘成有一搭沒一搭地說著話，兩位姑娘也在輕聲說些什麼。范閒正覺尷尬之時，忽見一名王府屬下急匆匆地走進來，附到李弘成耳邊說了些什麼，只見李弘成面色一變，兩道疑惑的目光望向范閒。

「出什麼事了？」范閒看著涼棚，微笑說道：「王府的葡萄架子搭得倒是挺好的，只不過讓我想起一個笑話來。」

李弘成沒有給他機會在女孩子們面前賣弄自己那點兒才學，面色沉重地將他拉到一旁，輕聲說道：「出事了。」

第十九章　二舅子死了

「什麼事？」范閒知道肯定事情不簡單，不然李弘成這傢伙也不會這麼緊張，但仍然強顏道：「你家的葡萄架沒倒就成。」

說來奇怪，李弘成早就到了適婚的年齡，不知道為什麼，卻一直沒有娶夫人進門。

「沒空與你講玩笑話。」李弘成沉著臉說道：「昨天蒼山腳下一處莊園裡出了命案，吳伯安和宰相的二公子林珙都死了。」

范閒大驚失色，問道：「什麼？」

李弘成說道：「不錯，你未來的二舅子死了。」

范閒一時沒有想到這複雜的親戚關係上來，心裡有些驚慌。吳伯安的死是在他的預料中，但是……如果不是五竹叔出手而是有人滅口，怎麼也不至於將宰相的二公子賠了進去。范閒有這個自知之明，自己的身價，如今還遠遠及不上那位二舅子。既然吳伯安和那位二舅子死在一起，難道說上次想殺自己的……是宰相老丈人？

他對這位沒見過面的妻舅並沒有什麼感情，但想到隨之而來的事情，不免也有些苦惱，略鎮定了一下之後問道：「人是怎麼死的？」

李弘成將被人發現的場景複述給他聽了。本來以那個莊園的偏僻而言，這樁命案恐怕要很久之後才會被人發現，但沒有想到第三天正好是山令傳榜的日子，一入莊園便看見滿地屍首，大驚之下層層上報。因為死的是宰相兒子，還有那個身分特殊的吳伯安，所以這消息經過京都府和刑部，直接到了皇宮裡面。

靖王今日入宮，偶然聽到這個消息，便請宮中相熟的公公傳話回來。

范閒心頭一動，靖王應該知道自己今天會來王府作客，冒險讓人傳消息回來，看來是想通知自己。只是為什麼對方會認為自己需要這個消息？

看見他的神情，李弘成壓低聲音說道：「監察院在找吳伯安，聽說和你上次遇刺的事情有關係，這次他死得如此蹊蹺，當心別人疑你。」

范閒裝作嚇了一跳，連連擺手道：「這事與我可沒關係，連監察院都找不到的人，難道我還能找出他來？如果宰相大人真的信了這事，我以後在京都裡還活不活了？」

李弘成看他神態不似作偽，舒了一口氣。「如果真是你幹的，我不免要重新估計一下你的力量，將來得討好你才行。」

范閒此時已和他相當熟稔，笑罵道：「這又是什麼混帳說法，我只求宰相大人不要把他兒子的死，和我聯繫起來，就要去燒高香了。」

李弘成說道：「應該不會。你剛才的解釋很有力，陳院長都抓不到的人，你初入京都更是不可能抓得到。就算抓住了，也不可能為報私仇洩憤就胡亂殺人。」他望著范閒認真說道：「這事我信你，父親那裡，我也會替你說去，相信宰相也不會亂來。」

范閒嘆了口氣說道：「只怕宰相首先要想辦法解釋，為什麼二公子會和吳伯安在一起。要知道，吳伯安可是與北齊奸細有聯絡的人，叛國的罪名是坐實了的。」

李弘成點了點頭，略帶憂慮說道：「只是宰相大人老來喪子，受了這打擊，若再被政敵借吳伯安之事攻訐，只怕日子會不大好過。」

范閒偷偷瞄了李弘成一眼，心想宰相的政敵不就是他和二皇子嗎？何必還說得如此清風霽月不繞懷的。

離開靖王府後，范閒上了馬車，范若若注意到他的臉色有些不對勁，關心問道：「是哪兒不舒服嗎？還是說先前晒狠了？」

范思轍也湊趣坐過來，討好地將手中的摺扇遞給范閒。

范閒心裡有些不安，所以情緒比較煩躁，不耐煩地說道：「沒事！」話出口後，才覺著語氣有些不對，苦笑著解釋：「有些麻煩事，我得多想想，你們先不要管我。」

進了范府，范閒首先便是往父親的書房裡跑，結果發現父親不在家，說不準此時是被召進宮去了。

他有些不安地回到自己的房間中，坐到桌前時，才發現自己的背後已經溼透了。其實在李弘成複述吳伯安和宰相二公子的死狀時，范閒就知道是誰下的手。在這個世界上，再沒有人比他更熟悉五竹出手的方式和留下的痕跡。

那天夜裡，范閒在天牢中查出吳伯安這個名字之後，就知道吳伯安已經是個死人——只是沒有想到林婉兒的二哥也會一同死去。

雖然不知道五竹是如何找到那個吳伯安的，但是依五竹冷冷淡淡的性子，一針子捅死兩個謀害自己的幕後黑手，實在是件很正常的事情。五竹是宗師級強者，在他的眼中，什麼宰相府公子，或許和澹州那個來殺自己的刺客一樣，只是個血肉之軀而已。只要不會牽連到范閒，五竹的鐵釬前，從來沒有禁忌。

范閒的不安在於，既然連靖王都認為自己與林珙的死有關聯，那宰相會怎麼想？他是想報當日護衛被殺、自己和藤子京重傷之仇，他也有想過幕後主使人可能是宰相、自己未來的岳父。如果真是這樣，范閒自忖也只會殺死吳伯安以警告對方，卻沒有想到林婉兒的二哥就這樣乾淨俐落地死了。林家就兩個兒子，聽說大的那位還有些問題……

想到林婉兒，范閒又是一陣頭痛。就算林婉兒從小生長在宮中，與林家人沒有什麼感情，但畢竟雙方是血肉之親，這是無論如何也擺脫不開的事實。

他站起身來繞著桌子走了兩圈，眼光漸趨堅定。他下定決心，這一輩子不能讓林婉兒知道這件事情，不能讓她知道是自己的叔叔殺了她哥哥。

莊嚴無比的皇宮深處，天下最有權力的那個人所處的房間，卻遠遠不如他所管轄的疆土那般有氣勢。寶鼎裡的焚香漸漸散去，只留下厚厚的香灰，門外西去的陽光側向照了過來，那些撲檻而來的柳綿在光線之中纖纖可數。

房內鋪著淺色石磚，左右依次站著十數位朝中大員。今天並不是正式的朝會，所以這裡並不是太極宮，只是一處偏殿房間，慶國偉大的皇帝也沒有坐在高高的龍椅之上，只是隨意揀了把椅子坐著。

皇帝今日穿著一件水青綢的便服，腰間紮著一條盤龍金絲帶，烏黑的頭髮束得緊緊的，只是偶爾會在鬢角處發現幾絲銀絲。他就這樣隨意坐在椅子上，比四周站著的臣子還要低些，但那股氣勢卻像是坐在世界的最高端，俯視著腳下的萬千臣民。

今日國事已畢，留在房裡的都是幾位老臣、重臣。

陳萍萍在左手第一位，因為身體原因坐在輪椅上，所以顯得很特殊，頭顱無精打采地微微垂下，似乎要睡著了一般。這些大臣們知道身為皇帝第一親信的陳萍萍，曾經得過明旨，不用參加例行朝會，但今天這會議卻是必須要參加的。

宰相林若甫在右手第一位，他今天也有特殊待遇，坐在一張圓凳子上，只是官服略長，所以顯得有些滑稽。這位名噪天下的奸相，生得卻是眉清目秀，眸子炯炯有神，只有微白的鬍鬚揭示了他真正的年齡，年輕的時候想必是位美男子。

今日他的雙眼有些紅腫，嘴唇有些發白，想來是先前哭過。

「宰相大人節哀。」皇帝輕聲說道，房間裡嗡嗡的回聲響了起來：「你且在府中休養數日，也好……送送那孩子。」

林若甫站起身來，恭敬行了一禮，哽咽說道：「老臣不敢，犬子之事，驚擾了陛下已是罪過。」

幾位各部大臣也溫言相勸林若甫，人死不能復生，如何如何。

林若甫忽然高聲說道：「懇請陛下為老臣做主，為那死去的孩子討個公道！」說完這話，他就直挺挺地跪下去。今日午間得知了二兒子的死訊，一向心如鐵石的林若甫也險些暈厥過去，所謂白髮人送黑髮人，哪裡禁得住這般情緒上的衝擊。

皇帝的唇角不為人知地翹了一翹，不過沒有人敢盯著他的臉看，所以也沒有人注意到這個小細節。皇帝似乎有些詫異林若甫的說法。「自前日范家小子遇襲之後，京都之側又發生如此凶案，這京都府自然難辭其咎，宰相放心，朕自當重重處分，給你一個交代……各司定要抓緊緝拿凶徒，以刑部為主，若有不協事，陳院長在一旁統領一下。」

陳萍萍看似熟睡，此時卻睜開雙眼，微笑著應了下來。

林若甫雙眼裡暴出兩道精光，卻是片刻即逝，向著皇帝叩了個頭，才在眾人的勸說下站起來。

皇帝平靜看著他。慶國並不如何講究殿前儀範，這位九五之尊知道宰相這個頭是不好禁受的，忽然皺眉說道：「前次事情，有北齊賊子的影子，意圖引起朝廷風波，今次莫非又是外賊潛來作案？這邊境，如今難道疏漏成這副模樣？傳旨下去，著北三司好生調查。」

他忽然厲聲訓斥道：「陳萍萍，你的院務也得用些心才是，四處難道是吃白飯的！你這次回鄉省親，硬是多拖了一個月。難道要朝中大臣的子弟個個死於非命，你才肯回來！」

天子一怒，滿堂俱靜。

第二十章　御前栽贓

聽著皇帝的聲音越來越高，群臣驚懼。極少見皇帝如此發怒，更少看見皇帝對陳萍萍如此嚴厲訓斥。

陳萍萍卻是面色不變，開口自辯：「回京之時，因為朝中有人意圖劫走北齊密諜司理理，這位司理理與前些日子范氏子遇刺一案有關，茲事體大，我得院報之後繞了一段路，押那探子回來，所以耽擱了些時辰。」

「嗯，原來如此，那倒罷了。」皇帝輕輕嗯了一聲，竟是將這事高高舉起，又輕輕落下。

眾大臣原本驚得不行，心想皇帝似乎連陳院長都不怎麼喜歡了，接著發現皇帝如此發落，才明白原來遲歸一事終究不成體統，皇帝是藉此事將這筆帳清掉。眾人緊接著想到陳萍萍所言司理理一事，這還是頭一次聽說有人意圖劫囚，不免心頭震驚，暗忖莫非真的有朝中大員與北齊勾結，妄圖惑亂朝政？

「司理理一事暫且放下，先將宰相公子這件案子查個水落石出。」皇帝冷冷看著陳萍萍。

陳萍萍在輪椅上欠了欠身子，又看了林若甫一眼，才微笑說道：「這兩件案子，其實……倒是一件。」

「怎麼講？」不只是皇帝，就連其餘幾位大臣也來了興趣，唯有林若甫似乎想到什麼，臉色變得十分難看。

「宰相大人心憂子逝，有些話我本不當說，不過做臣子的，在陛下面前不敢隱瞞，還請陛下恕臣出言無狀之罪。」

皇帝皺眉道：「說來聽聽。」

陳萍萍握著滿是青筋的枯手成拳，堵在脣邊咳了幾聲，似乎將胸裡的悶痰全部咳了出來，才淡淡說道：「宰相二公子林珙被殺之時，與吳伯安在一起。」

「這吳伯安是誰？」皇帝皺眉道：「講清楚些。」

吳伯安在京都官場中頗有幾分名聲，此時房裡的大臣大多知道，只是以往總以為這個謀士是在太子與二皇子之間搖擺，哪裡想到竟會與宰相家的公子待在一起，此時再投往宰相的目光，不免多了幾分擔憂。畢竟大家是文官一體，如果被瘋狗陳萍萍咬出什麼，大家都沒顏面。

林若甫此時卻是安坐圓凳之上，雙眼紅腫未消，看不出有什麼擔心的。

「臣日前追查范氏子遇刺一事，司理理供認，與北齊方面聯絡的人，正是吳伯安，而私放西蠻箭手入京都的人，是巡城司參將方達人；在滄州城外意圖劫囚的騎兵首領，是方達人遠房堂弟，梧州參軍方休的手下……如今看來，這事件的籌劃者便是吳伯安，方休與方達人都是執行者，負責接應北齊的刺客及殺人滅口。至於那些箭手的屍體被搶先火化一事，目前還沒有查到什麼頭緒。」

「你想說什麼？」

「臣無他意，只是好奇，為什麼林二公子死前，會與前些日子范氏子遇刺事件的主謀者待在蒼山腳下的莊園裡？」

此言一出，群臣譁然。禮部尚書郭攸之率先出來為林若甫辯解：「且不說那司理理是不是受刑不過，胡亂攀咬，即便吳伯安與前宗案子有關。」他轉向皇帝請罪道：「臣一時情急，陛下莫怪，著實是因為那吳伯安乃二十年前進士，在京中頗有才名，交遊甚廣，林二公子與他在一處實屬尋常，豈能因此事而隨意汙蔑死者？宰相大人喪子之痛未去，陳院長便如此胡言亂語，實在是……不堪！不堪！」

林若甫此時站了起來，對皇帝躬身行禮，沉痛說道：「犬子不肖，行事孟浪，遭此不測，但若說他有不臣之心，老臣是斷斷不信的。」他又說道：「那吳伯安，臣也見過，確實是個有才之人，還曾與他遊歷京都四周名勝，若與吳伯安有故，便與命案有關，那豈不是臣也脫不得這嫌疑？」

「不錯。」一名大臣也搖頭說道：「臣也曾與那吳伯安見面，觀其人面，似乎頗正，若此人真是狼心狗肺之徒，這又與林二公子何干？陳院長當謹言才是。」

林若甫面現激動說道：「若臣與此事有關，天厭之，天厭之！」

見宰相說了如此重的話，幾位大臣隨他一同跪了下來。見大臣們跪著，皇帝撐頷於椅斜，瞥了陳萍萍一眼，眼裡卻盡是笑意。轉瞬間，皇帝面色如霜，請諸臣起身，正色道：「陳萍萍已先請罪，還未說完，容他先說下去。」

朝堂之上總是如此，陳萍萍一院獨大，文官系統總是喜歡抱團。陳萍萍淡淡看了林若甫一眼，說道：「宰相大人息怒，本官只是覺得不解。監察院暗索京都一日一夜，都沒有找到吳伯安，貴公子卻能與這位謀士在葡萄架下把酒言歡，自然想問個明白。」

「吳伯安究竟是不是前宗案子的幕後主使，此時猶未可知，也許當時他與林二公子約好去蒼山賞景。陳萍萍，此事稍後再論。」皇帝忽然冷冷開口，阻止了陳萍萍的陳述。

見皇帝站在己方，各部大臣們鬆了一口氣，林若甫的心裡卻被稍後再論四個字擊中心房，一陣寒意湧了上來，知道皇帝是在警告自己不要借題發揮。

這是一種交換，一種不藉助言語、但雙方心知肚明的交換。林若甫相信府中謀士袁宏道的判斷，兒子的死與范家應該沒有什麼關係，所以沉默不語，接受了這個事實。畢竟，如果監察院真順著吳伯安勾結北齊的事情追下去，事涉謀逆，只怕自己這個宰相也做不成了。

「你先前說這兩宗案子本是一宗，究竟是個什麼說法？」

陳萍萍面無表情地看了這些大臣一眼，大臣畏他眼神寒毒，有些不自在地咳了幾聲。他輕聲說道：「經刑部與院中查驗死者傷口及當時場景，判定行凶者乃是東夷城四顧劍一脈，所以臣斷言兩宗案子本是一宗。」

聽見四顧劍三個字，就連不諳武道的大臣們都有些動容。難怪先前講述蒼山莊園遇襲之事時，聽說凶手只有一人，就悄無聲息地殺死十數位高手，而且均是一擊致命。只有林若甫面色不變，似乎早就知道這件事情。

「嗯？」皇帝皺起眉頭，四大宗師的名頭雖然還不放在他這位九五之尊的心上，但這些超然的武道強者，對於朝廷威嚴來說是很難忍受的存在。

「因為前些日子被范氏子反擊殺死的刺客中，有兩名女刺客，據院中檔案，這兩名女刺客應該是東夷城四顧劍門下，只是不知道是那人的徒弟還是徒孫。月前便有院報，四顧劍不在東夷城內，據臣看來，那劍痴應該是來了慶國。」

皇帝緩緩閉上眼睛，寒聲問道：「他為什麼不是去殺范家的孩子，而是找到了吳……伯安？」

「世人皆知四顧劍乃是位劍痴，門下弟子暗殺他人被反擊而死，只怕他還會讚嘆對方手段了得，更不會視其為仇；而此人又最是厭惡陰謀詭計，嚴禁門下弟子涉入家國之爭，如果不是吳伯安許了什麼好處，說動了那兩名女刺客，這兩名女刺客就不會死了，只怕在他心中，只有那個吳伯安才是真正的仇人。」

陳萍萍淡淡而言，撒起謊來真是面不改色。

許久之後，這間屋子裡響起了慶國皇帝威嚴的聲音。

「京都府尹梅執禮上摺請罪，罰俸降職一年。監察院進駐巡城司糾察，免焦子恆巡城司職務，刑部繼續偵辦兩宗命案，待卷結之後，發詔令東夷城交出元凶，照此辦理吧。」

說完這句話，皇帝上前對林若甫安慰幾句，便離屋而去。

眾臣退後，已有宮女上前推著陳萍萍的輪椅入了內殿。大臣們對於這件事情並不驚訝，他們從來沒有幻想過自己有一天能夠獲得陳萍萍這樣的恩寵，所以才會在大小事情上都緊緊抱團，與監察院的勢力對抗著，也等同是與皇帝的私人勢力對抗著。這是慶國建國以來文官們的傳統觀念，似乎已經根深柢固地紮進了他們的腦袋裡，永遠無法擺脫。

大臣們甚至滿懷惡意地想著，瘋狗陳萍萍或許正是因為癱了，又沒有子嗣，才會讓皇帝如此毫無保留地信任吧。

安靜的深宮之中，沒有一個太監、宮女，只有皇帝與陳萍萍相對而坐。

皇帝端起茶杯，啜了一口，似乎覺得茶溫不怎麼合適，眉頭一皺，竟是將杯子摔碎在陳萍萍的輪椅之前，「啪」的一聲，瓷杯化作碎玉四濺，茶水打溼了陳萍萍的褲腳，但他腿腳不便，無法躲開。

與先前不同，皇帝此時的聲音顯得特別寒冷和壓迫感十足：「四顧劍？這個答案荒唐了些吧。」

陳萍萍就像是沒有看到眼前這一幕般，滿面微笑，十分恭謹回答：「臣不敢瞞陛下，那傷口凌厲，頗有隨興之意，刑部與院裡一致看法如此。」

皇帝翹起脣角，笑著看了他兩眼，忽然眼中閃過一絲異色，喝問道：「是不是老五在京裡？」

陳萍萍緩緩抬起頭來，張開雙脣，半晌之後才說道：「不錯，五大人如今正在京都。」

皇帝似乎有些疲憊，揉了揉眉心，淡淡說道：「你究竟還有多少事情瞞著朕？」然後嘆息道：「罷了，既然你連朕都敢瞞，那就一定要瞞住天下人，不要讓那些人知道老五的存在。」

第二十一章　破題

「是。」陳萍萍恭敬應下。

「那兩名女刺客真的是四顧劍門下？」

「是。」

皇帝忽然皺眉問道：「那四顧劍難道不會真的為了報仇，去殺范氏子？」

陳萍萍恭敬應道：「一代宗師，總是有些架子的，眼下還在東夷劍坑裡潛修，只要范閒自己不去東夷城就好，而且這件事情臣也在處理當中。」

「知道了，那些事情前天夜裡還沒談完，今天繼續。」皇帝半閉著眼睛養神，問道：「拖了許久才肯回京，就算你不怕御史們上書，朕也要顧及這天下臣民的議論。朕知道你是在使小性子，不滿意對他的安排。」

陳萍萍輕輕搓著右手無名指的指甲，不知道是緊張還是激動，但那張滿是皺紋的臉上卻依然十分平靜，「這件事情後，估計宰相會記仇，雖然他會相信是四顧劍出手，但總會認為自己的兒子是因為范氏子死的，這門婚事……還是算了吧。」

皇帝靜靜說道：「不妨事，靖王已經入宮，不知道為什麼，他很喜歡那個小傢伙，別看他不管事，但若他真要護個人，這朝廷裡也沒有誰敢再動。至於林若甫，他是聰明人，林珙死後，他應該相信誰，二十年後，總該有個真正聰明些的決斷才應該。」

「靖王？」陳萍萍有些意外。

「當然他沒有認出來，所以不知道他與那小傢伙是何處來的情分。」皇帝嘆息道：「也許一切皆是命數。」

似乎這句話涉及到了某些經年之痛，一帝一臣同時極有默契地沉默下來。

陳萍萍忽然說道：「四年前臣就反對過，今日，臣依然反對這門婚事。」

皇帝睜開眼睛看著他，說道：「你比朕還要小，但這些年勞心勞神，卻老了許多，以後還是少管些事情。這些小傢伙的事，哪裡有資格讓你操心。」

陳萍萍微笑應道：「這件事情完了，臣就告老。」

「什麼事情？」

「陛下，那個孩子的事情。」

皇帝的語氣變得淡了起來：「為了將他母親的東西留給他，朕轉了這多道彎，假意心疼晨兒，封她為郡主，讓這份產業做嫁妝，然後請太后指婚，這才名正言順地讓他得到這些東西。朕用心良苦，莫非你還有什麼不滿？」

「臣不敢。」陳萍萍心知肚明皇帝為了讓范閒能夠重獲葉家產業，著實施了不少手段，他正色說道：「只是臣總想著，萬一哪日臣去了，這監察院該如何處置？如果將院子再交到一個外人的手裡，實在是很危險的事情。」

與皇權的繼承不一樣，監察院是一個有些畸形的存在，全依賴於慶國皇帝對陳萍萍的無上信任，依賴於陳萍萍對皇帝的無上忠心。陳萍萍一旦死亡，不論是誰接手監察院，都極有可能對慶國的朝局產生難以想像的可怕影響。交給臣子，有可能出現一權臣威脅到皇族；交給皇子，則有可能造就一位過於勢大的皇子，影響到皇位的交迭。

皇帝又閉上了雙眼，似乎在思考什麼。「你是認為朕應該將院子交給他？」

「不錯，那孩子既然不是外人，自然不會威脅到宮中。可是他的出身又註定了不可能參與到天家的爭鬥之中，所以最能夠保持中立。」陳萍萍緩緩應道。

皇帝似乎有些心動。「且待朕思琢思琢，你好生將養身體，總還有一、二十年好活，這事情不用太著急。」

「是。」陳萍萍見今天的目的已經達到，恭敬行禮退出，早有遠處宮女看見過來扶著，往宮外的道路走去。

皇帝站起身來，閉目良久，忽然睜眼看著往宮外行去的輪椅，他不曾懷疑過陳萍萍對自己的忠心，但一直有些疑慮，為什麼這條老狗會對那個女子如此念念不忘，不惜一切地替那孩子爭取所有可以到手的權力？想到那個孩子，這位天下至尊的臉上忽然閃過一絲溫柔，心想他來京後還沒有見過對方，什麼時候得去瞧瞧。

宮女將輪椅推出內殿，有侍衛接過，然後緩緩推行至外宮，再至宮門口，便有監察院的人接過去，將陳萍萍攙扶上馬車。馬車在朱雀大街上向前行進，輾壓著石板路，發出有韻律的登登聲音，卻是半天都還沒有行出內城。

往東城去的路很安靜，這時候天色也已經半黑了，馬車往斜裡一拐，在一個僻靜的地方停下來，這裡早有另外一輛馬車等候在此。監察院的官吏與那馬車旁的護衛似乎並不熟悉，卻很默契地同時離開馬車，散落在四周，形成了一個比較隱蔽的防衛圈。

兩輛馬車挨得極近，同時間內，馬車裡的人將側簾掀開，對視一眼，正是陳萍萍與范閒的父親，當朝禮部侍郎范建。

陳萍萍看見這張滿臉正氣的面容，便十分惱火。「趁我不在京，你就哄著陛下給你家兒子找了門好親事！」

范建見他發火，既不恐懼也不緊張，微微笑著應道：「四年前，你壞了我的事，我只不過是現在想辦法將事情圓回來而已。」

陳萍萍冷冷道：「得那麼一堆臭錢，又有甚值得可喜的？」

范建搖頭道：「錢是最重要的東西，不要忘記當初院子初成之時，若不是閒兒母親，你們喝西北風去。」

「如今這內庫早不是當年的葉家，你范家若是接過去，只怕會焦頭爛額。陛下逼林家認了私生女，就是想讓你和宰相能和平相處，同時也是為以後考慮，不然將來讓人知道郡主嫁皇子，那是個什麼說法。」陳萍萍冷笑道：「聽我一聲勸，退了這門婚，對你、對他都是好事。」

「你以為我不知道你在打算什麼？」范建皺眉道：「你一直認為長公主和當年的事情有關係，但是這麼些年了，你也沒有找到證據。」

「不僅僅是這個原因。」陳萍萍寒著一張臉說道：「就算陛下覺得虧欠他，但你想想，如果陛下真聽了你的，將葉家還給他，那這院子怎麼辦？陛下雄才大略，絕對不會允許世上有人同時掌握這兩樣國之利器，即便是他也不行。」

范建的眉頭皺得更緊了。「你既然知道這些，為什麼還要讓我兒子牽涉到這些事情裡面，讓他做個富家翁豈不是更好。」

「富家翁就這麼好做？」

「有你我在京都裡，長公主也受了教訓，以後的幾年應該會很平穩。」

陳萍萍寒聲道：「不要忘記，你的……兒子，一月前才險些被人給殺了。」

范建盯著他的雙眼。「這是我的疏忽，何嘗不是你的問題？如果你不是賭氣不回，京裡也不至於會有這些風波。」

陳萍萍靜靜道：「如果你兒子就這般死了，還用得著你我如此用心？」

一陣沉默之後，范建開口說道：「在這件事情裡，我付出的代價遠比你大，如果兩邊無法抉擇的時候，我希望你尊重我的意見。」

陳萍萍想了一想，認可了對方的說法。所謂話不投機半句多，范建冷冷地放下車簾，一聲令下，兩輛馬車分道揚鑣。

黑夜籠罩著皇城，在這片濃墨汁似的背景中，人們有的為了利益相聚，有的為了理念相聚，然後往往又會因為這兩個詞分開，只等某日、某個機緣巧合的緣故，再次走到一起。

皇城根下，高高的朱紅宮牆旁，緩緩地有人抬著一頂轎子，後方遠遠地跟著幾名親隨。遠處宮門的禁軍看見這頂轎子繞著宮牆行走，卻沒有人上前發問。

那是宰相林若甫的轎子，這是宰相的習慣，每當慶國陷入某種問題之中，他總是會令人抬著自己的轎子繞著宮牆打轉。有的人說他是在森嚴的安靜環境中思考問題，鄙視宰相的人則認為這種怪癖說明了他對於權力的某種病態狂熱。

慶曆二年，南方大江發了洪水，宰相便是坐著轎子繞宮牆轉了許多圈，第二天便上了一道摺子，詳細地記述了賑災、救災一應事項分工及流程，條理清晰；而在最關鍵的銀錢用度上，卻有些捉襟見肘，戶部有些獨力難支，恰好此時內庫有幾大筆海外貿易銀兩入帳，險之又險地為宰相的計畫提供了保障，皇帝龍顏大悅。

世人常道，宰相是奸相，看他府第便知。宰相是能相，看這天下便知。但不管是奸相還是能相，其實在某些特定的時候，他總是會回歸到最原始的角色，比如父親。今日宰相繞著宮牆「散轎」，無人敢來打擾，正是因為大家知道他的二兒子死了，大人的心情不好。

夜色漸漸地深了，皇宮裡點起了紅燭、燈籠，隱隱約約的黃色燈光從高牆之上灑了過來，但宮牆這面卻依然是漆黑一片。轎子緩緩走到宮牆某側僻靜地，迎面遠遠有一個燈籠搖搖晃晃地過來了，走得近了些，才看明白原來那也是一方轎子。

第二十二章　那個女人

兩頂轎子同時停下，轎夫小心放下前棍，就像范建與陳萍萍會面時一樣，悄無聲息地退到遠處。轎頭自然傾前，坐在裡面的人應該會很不舒服才對，但很奇怪的是，不論是林若甫還是那個轎子裡的人，並沒有出來相見。

轎頭相向而拜，像是兩個朋友在揖手問安，又像是一對新人洞房前在拜天地。

「若甫，不要太過傷心了。」對面轎子裡終於響起了柔柔弱弱的聲音，竟然是永陶長公主親自出了宮，來見自己許多年前的情人！

聽著這個熟悉的聲音，轎中的林若甫微微皺了皺眉，似乎想到很多年以前的事情，他淡淡說道：「長公主關心臣之家事，臣不勝感激。」

聽見他這番拒人於千里之外的話，永陶長公主的聲音馬上變得淒柔起來：「這主臣之別……在你我二人間怎能提起？為何你今日說話如此生分。」

林若甫的轎中傳出一聲冷笑。「公主殿下，若甫無能，卻不想成為公主殿下手中隨意揉捏的麵團。」

另一頂轎中沉默了下來，似乎想不到對方會說出如此傷人的話語，半晌之後才悽楚應道：「若甫你這是何意？珙兒雖不是我的孩子，但逢年過節，我總是讓人送禮物至府上，我也如你一般疼愛……我、我，堂堂公主之尊，莫非卻是你的出氣筒？罷了罷了……今日你心情不好，還是先別說了。」

林若甫忽然冷哼一聲說道：「今日與長公主相見，便是要講與公主聽，十月分晨兒的婚事，我已經允了。」

宮牆外一片黑暗，只有擱在永陶長公主轎旁的那個燈籠散著些許光芒。長時間的沉默足以證實轎中那位看似柔弱的女子，此時心中是如何的震驚，聽到這話後又是怎樣的憤怒。許久之後，永陶長公主清冽如三九寒風般的聲音才透出轎簾之外——

「那是我的女兒！我不會讓她嫁給范家那個小雜種。」永陶長公主不論在宮中、宮外，一直給人一種柔弱不堪的形象，誰知道此時說話竟如此狠厲。

「您……能拗得過陛下嗎？」林若甫的聲音裡無來由地多出一絲自責自怨自嗟。「何況……陛下讓天下人都知道，晨兒是我的女兒，這就註定了她也只能是個不怎麼光彩的角色。」

永陶長公主的聲音馬上恢復成萬分淒美：「你真的忍心……」

林若甫現在聽見對方這種聲音便覺得十分噁心，厭惡說道：「公主若是擔心內庫的事情，這如今已經不在我的考慮範圍。」

永陶長公方顫聲說道：「你不考慮，誰去考慮？我一個婦道人家，獨處宮中，這些年難道容易嗎？」

轎中的林若甫面上憎惡之色大作。「我有一女，卻終年不得相見，只在宮庭大宴上偶爾能遠遠瞥上一眼，做父親做成我這種模樣，難道我容易！」

永陶長公主悽楚地辯解：「這是沒法子的事情，當年我珠胎暗結，又不忍心誤了你的前途，這才獨自一人將她養大。這些年來，我在宮中為你打理，從內庫裡暗調銀兩讓你使用，難道你就不念我的一絲好？」

林若甫的聲音寒意大作，低聲咆哮道：「我的前途？從當年至今，我何時主動要過這等前途？當年窮酸讀書郎，如今卻成了一代宰相，似乎風光，但有女不得見，生了個兒子……卻……」他在轎中顫著聲音說道：「……卻慘死在前，這哪裡是我的前途、我所想要的東西？這只是妳想要的權力，妳不甘心嫁給一個永世不能出頭的駙馬，安安穩穩地過下半輩子罷了，莫非我還要因為這些事情謝妳？」

永陶長公主聽著這些話，心頭大怒，尖聲哭罵道：「林若甫，事已至此，你卻來說這些混帳話！若你真的不甘心，當年調你入都察院任給事中的時候，你為什麼不說話？讓你進翰林院的時候你為什麼不難過？為你求來吏部侍郎實職的時候，你為什麼不自責？步步高升的時候，你不記著我的好，如今稍有不順，便將所有怒氣發洩到我身上！」

「很好，睿兒。」聽著永陶長公主的聲音越來越高，林若甫的聲音反而安靜下來，說的話卻無比怨毒：「我寧肯妳是這樣的一個潑婦，也不希望妳永遠是那種哀哀戚戚的模樣，妳知不知道，那樣很噁心的。」

永陶長公主被氣得說不出話來。

「關於晨兒的婚事，我決定了，我觀察過范閒，不管他是什麼樣的人，但至少是一個不容易死的人。」林若甫冷冷說道：「我不希望我的女兒變成一個寡婦。」

永陶長公主痛斥道：「你今日是不是昏了頭了？珙兒才被謀害，你就急著拉攏范家，難道你真信陳萍萍那條老狗說的？四顧劍何等身分的人，怎麼可能來京都殺人！說不定范建就是幕後的主使。」

林若甫冷冷道：「死的是我的兒子，妳以為我沒有去看他最後一面？那些傷痕是掩飾不了的，四顧劍的劍意凌厲卻隨興，就算我認錯了，我府上那位卻不會認錯。」

見說服不了對方，永陶長公主語氣放軟，哀求道：「你再等我查查，就算你不憐惜我，但也不要讓晨兒嫁入范家。」

一陣沉默之後，林若甫終於開口說道：「吳伯安向我提議刺殺范閒的計畫，我沒有同意，沒有想到他卻說動了愚蠢的珙兒。」

永陶長公主沉默了，知道已經很難讓對方相信自己與這件事情並沒有什麼關係。

「吳伯安是妳的人。」林若甫的聲音寒冷得似乎要將在夜風中搖擺的轎簾都冰凍住。

「我一直都知道他是妳的人，他是妳用來監視我的人，但我沒有想到，我的兒子會因為妳死去，所以，到此為止吧。」

夜風漸起繞皇城，一頂青轎緩緩遁入黑暗中，一只燈籠頹然無力地倒在另一頂孤獨的轎子旁邊，轎中隱隱傳來女子的飲泣聲。

太監心驚膽顫地上前，宮女在旁打著燈籠，一行人緩緩沿著皇城的角門入宮而行。

轎子走了許久才到了永陶長公主暫居的廣信宮，轎簾一掀，滿臉淚痕的永陶長公主從轎子裡走了下來，幾個太監和宮女趕緊低頭，不敢去看。

永陶長公主柔弱無力地走上石階，終於擦拭淨臉上的淚水，忽而嫣然一笑，像露後楊柳一般展現青青之姿，怯怯生生說道：「都殺了吧。」

數道寒光乍現！幾名太監來不及求饒，便被永陶長公主的貼身宮女用袖中短刀割喉而死。夜殿之內，屍首倒地，發出輕微的幾聲。

宰相府並不是京都最大的一處宅子，卻是最富貴的一座宅子，不論是靖王還是累世富貴的田陵候府，都及不上相府。相府的正門以及裝飾，看上去並不如何富貴，但真正懂行的人，一眼便能瞧出來府內的擺設，都已經是些斂去風華、只餘內在的高級玩意兒，隨便幾張椅子，估計就能置換成靖王府那一大片苗圃。

當然，這裡所做的比較，自然是將皇帝的宅子剔除出去，他老人家的宅子叫皇宮，那傢伙誰敢比去？

林若甫能在短短的二十餘年間，斂取如此多的財富，世人皆知其貪其奸，奈何皇帝卻總是睜著眼當作沒有看見，這真是件讓人很糊塗的事情。

走過前廳，與那些前來慰問的文官們打了個招呼，林若甫面色有些頹然地走進內宅。官員們知道他心情低落，不便打擾，所以紛紛告辭，只有幾個有緊急公務的官員手足無措地等著。

林若甫似乎想起了他們，走了回來，問了一下發生什麼事情，強打著精神處理完手頭這些事情，才無力地揮揮手讓他們走了。

這些官員離開相府的時候，又是自責又是感佩莫名，宰相遇此慘禍，竟然還能以公事為先，實在是不世出的國之砥柱。

來到內宅，進入書房後，林若甫坐在桌邊，長久不發一語。

「大人，此時與東宮翻臉，似乎不大合適。」林若甫最親近的朋友，也是最私密的謀士，袁宏道端了一杯茶給他。

袁宏道今天穿著一件素服，他看著林若甫強打精神，不由得心頭一黯，說道：「先不說這些了，大人先去歇息吧。」

林若甫搖搖頭，皺紋裡滿是濃濃的憂愁，輕聲說道：「事已至此，為了這滿府子姪，還有林氏族人，我總要籌劃個路數。」

第二十三章　夏至

袁宏道皺皺眉頭，又聽著林若甫柔聲說道：「我在朝中太久，不知道得罪了多少人，膝下二子一女，原本指望著珙兒能夠成器，不料卻遭此橫禍，如今便只有大寶和晨兒……總得為他們安排一下才妥當。」

袁宏道再次皺眉。「只是如此轉變，似乎來得劇烈了一些。」

林若甫的眼光忽然溫柔了起來。「身為人父，不需要太過惜身。若說奪嫡之事，陛下正當壯年，只怕到時候你我早就死了，何必操心那麼多。」他接著問道：「確認是四顧劍下的手？」

袁宏道點了點頭。「是的。」

林若甫深吸一口冷氣。「有時候發現手中的權力並不能換來什麼……但既然范家和監察院暗中通了這麼多年氣，我想，如果加上老夫，他們應該也不會拒絕。」

袁宏道微笑道：「范侍郎依著與陛下情分，一力促成這門婚事，想來是對大人早有所盼。」

林若甫微笑道：「過些日子，我要親眼看看那個叫范閒的，看他究竟配不配得上我的女兒。」

袁宏道又道：「那長公主那邊……」

明明知道宰相的二兒子非正常死亡，與永陶長公主的計畫有不可推脫的關係，所以袁宏道很小心翼翼地提到她的名字。

「李雲睿讓吳伯安籌措第一次的暗殺，乃是一舉三得之計，殺死范閒，她可以重奪內庫之權；說動珙兒，她可以此為繩，將我相府牢牢捆在她的身上。只是她沒有想到，范閒並不是這麼好殺，而吳伯安這個賤狗，卻和我那孩兒……死了。」林若甫眼中暴出兩道寒芒。「不過她依然還有最緊要的一環，便是她算準了陛下的心思，當初就算程巨樹一行人能逃出京都，只怕也會被她假傳我的命令，讓方休在滄州殺死，以此坐實北齊殺人。」

袁宏道皺眉道：「原來，長公主是猜準了陛下想要動刀兵。」

林若甫搖搖頭。「陛下當年北伐，未竟全功，一直耿耿於懷，長公主如今送給他如此好的一個藉口，就算陛下不喜她自作主張，也要承她這份情。只不過當年和約之事太過複雜，陛下這次頂多也就是奪幾個小國，給北齊一點兒顏色看看。」

袁宏道嘆息道：「長公主智計驚人，實在是難以對付。」

林若甫緩緩閉上眼睛，說道：「我從未想過對付她……留給晚輩們去做吧。」

「是，大人。」

正此時，書房外面傳來一陣吵鬧。時至深夜，不知是何人竟敢如此喧譁，但看林若甫與袁宏道的神情，明顯知道外面是誰。門被推開了，一個二十多歲的大胖子走了進來，後面的幾個老嬤嬤和下人居然沒有攔住他，趕緊站在書房外面向林若甫請罪。

相府規矩大，沒有相爺允許，誰要是私進書房，那是會被嚴處的。

林若甫揮揮手，示意知道了，然後滿臉溫柔地看著那個大胖子，輕聲道：「大寶，怎麼又不乖了？」

被叫做大寶的這個大胖子，眉際之間很寬，雙眼有些直愣愣的，看上去似乎腦部發育有些問題。但聽到林若甫說話，卻馬上安靜下來，羞羞說道：「大寶乖的，只是弟弟還沒回來。」

這是林若甫的大兒子，小時候生過一場病，結果就變成了如今模樣，一直只有三、四歲的智商，所以極少出門。京都眾人同情相府遭遇，也不怎麼提這件事情。大寶平素裡與林珙最為親近，結果這兩天一直沒有瞧見弟弟，所以變得煩躁起來。

林若甫心中一慟，像絞似的痛了起來，捂著胸口，穩了半天才柔聲勸道：「二寶出門了，過些天就回來，大寶乖，快去睡吧。」

大寶終於安靜下來，臉上持著有些憨拙的笑容，被老嬤嬤們領去後院睡覺了。

一陣沉默之後，林若甫冷冷說道：「我只有一個兒子、一個女兒，大寶又是這模樣，袁兄，你說我應該怎麼辦？」

袁宏道皺皺眉。「若為大公子著想，晨小姐嫁給范公子並不是很好的主意，畢竟范公子似乎很難逃脫政治上的傾軋，以後的生活極難安定，將來若將大公子託付給晨小姐，不是太方便。」

林若甫搖搖頭，話語裡帶出一陣寒意：「只要他姓范，就註定逃不出這些網，所以我寧肯他是個心狠手辣之輩，如此才能護得晨兒和她大哥一世安全……」

說完這話，他馬上回復了平靜，走到書案之後，拉開那層紗幕，看著幕後的天下大勢圖開始皺眉，目光偶爾掃過東夷城的方向，但更多的還是停留在慶國北方、慶國與北齊之間那些錯綜複雜的小諸侯國。

良久之後，林若甫皺眉道：「得馬上拿出個方略來，雖然不見得是場大戰，雙方可能也不會直接接觸，但北方諸郡要往那些小國運糧運馬，都必須得提前準備好。」

袁宏道應了一聲，然後便聽著林若甫開始咳了起來，咳得太急，似乎眼角浮出些水光來。林若甫在地圖前面負手而立，皺眉籌劃，就好像他今天並沒有失去一位親生的兒子般。

袁宏道看著他的背影，在心裡嘆了口氣，略微有些感動與歉疚，想著若甫這生雖大富大貴，卻沒有什麼舒心日子，真可謂是一見公主誤終生。

不少事情都集中發生在一天的時間裡，沒有人知道暗流下的這些交易或是爭吵意味著什麼。司南伯范建與陳萍萍的會面、宰相林若甫與永陶長公主私下會面，朝廷上下，知道這兩件事情的人，不會超過范閑的十根手指頭。

所以范閑不知道自己的將來已經被安排到一條金光大道之上。

如果入京後這幾個月像黎明前的黑暗，濃黑如黏稠的墨汁糊住了他的五官，讓他備感壓力，無法放鬆，那麼後面的這些日子，卻忽然像是天神端了盆清水來，照著他的臉上一潑，既讓他感到無比清爽自在，也讓他變得無比清醒。

這些天裡，他一直催眠自己，二舅子的死和自己沒有一絲關係，唯有如此，才能面對自己此時最難面對的林婉兒。林婉兒自從知道二哥死後，精神有些低落，雖然這對兄妹並沒有見過幾面，但骨血相連，終究會感到難過。

范閑將這些看在眼裡，心中也有些不好受。雖然那位二舅子是想殺自己的幕後凶手——他有時候覺得自己有些冷血、病態，如果在澹州時聽說京都裡的范思轍死了，或許自己不會有一絲一毫的難過吧。

當然，現在的情況又不一樣，柳氏似乎默認了目前的局面，京都柳家也嗅出了些許不尋常的氣息，給予了柳氏足夠的資訊以供參考，所以柳氏異常安分，也不再阻止范思轍跟著范閒在京都裡四處閒逛。

最讓范閒心安的是，似乎沒有人懷疑到宰相二公子的死亡與自己有關係，包括宰相在內。其實這件事情是他與靖王有些多慮，當日吳伯安與林珙藏得如此隱蔽，連監察院一時間都查不出來，那除了天下四位宗師之外，還有誰能找到？只要沒有人知道范閒與五竹的關係，就沒有人會想到范閒會與林珙之死有關聯。

更出乎范閒意料的是，經過多重傳話，隱約收到相府遞過來的消息，宰相對於十月分的婚事表達了某種程度的認可。正當范閒不停思忖是不是老人家白髮人送黑髮人，真的已經心灰意冷，老奸巨猾的司南伯范建卻比朝野上下任何人都搶先看明白了這事情背後的原因。

宰相與東宮或者永陶長公主不知道因為什麼原因有了嫌隙，這是宰相在尋找新的投資方向，也許正是相府的政治重心開始向二皇子轉移的一個跡象。

一前一後的兩次暗殺事件，就像是兩道春雷般震響了京都天空，但春雷過後卻無雨水豐澤，事情漸漸的也淡了。只是宰相似乎傷心子逝，變得有些心灰意懶，託病極少上朝。那位跛子陳院長也不怎麼上朝，只是在院子裡待著，偶爾發出幾條命令。

想到此事，范閒總有些疑惑，為什麼陳萍萍回京之後，沒有召見自己？他此時還不知道在天牢之中，那位老跛子已經玩過偷窺。更疑惑的是，明明陳萍萍都回京了，費介又跑哪兒去了？

無論如何，朝中的各方勢力在這一次短促卻慘烈的交鋒之後，付出了幾條生命的代價，重新構築起一種有些脆弱的平衡。有的人接受了不得不接受的改變，比如內庫掌控權在幾年後的易手；有人開始尋找另一條保全自己以及家族的道路，比如宰相。這些變化，對於范閒而言，無疑都是極為有利的，至少他不用過多地擔心自己的人身安全。直到此時，他才給遠在澹州的范老夫人寫了一封信，告訴老人家，自己在京都過得挺好的，請她不要太牽掛。

春天之後是夏天，這雖然是一句廢話，但對於千辛萬苦終於在京都立住腳的范閒而言，他的生活中終於少了些淫雨綿綿，多了些明朗晴天。幸福的日子，似乎開始在那邊向自己緩緩招手。

夏天來了，秋天大婚的日子還會遠嗎？

第二十四章　田莊

朝廷的詔書早已經發到了東夷城，但是東夷城只是卑辭媚語地回了國書，奉上大把金銀，卻死不肯承認自己與蒼山莊園之事有任何關係——這是用屁股都能想到的應對。而孤守東夷城劍坑的那位大宗師卻保持著自己的驕傲，同時不想為東夷城四周的百萬子民帶來兵刀之災，所以只好沉默。

北面的局勢有些緊張，北齊國陰亂慶國內政是罪證俱在的事實，由不得對方辯解。所以雙方邊境線上厲兵秣馬，被各自控制的那些小諸侯國間時有小型衝突發生，似乎一場戰爭即將爆發。

烏雲在慶國北面飄著，京都卻是盛夏時節，人們自在遊走，一片安樂，享受著盛世所帶來的平安與富庶。

范閒也是其中一員，雖然那次牛欄街的事最後不算是自己出手了結的，但也算是對自己、對那些死去的人有了一個交代。

而在處理這件事情的過程之中，他學習到許多東西，雖然自己走的每一步，其實都是依託著監察院的力量，不過也了解了監察院許多辦事流程，除了費介當年說過的之外，多了不少最直接的認識。

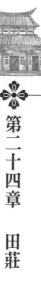

夏日難挨，范家與郭家的官司終於了斷了。在許多人眼裡，這已經是件小事，既然范閒已經成了太常寺協律郎，那將來自然是要尚宮中哪位公主的貴人，區區郭家對著宮裡，哪裡還敢多事，所以早就撤了狀紙，范閒也終於得到可以離京的許可。

發生那樣恐怖的事情之後，范閒馬上就敢出京，不能不說是個很大膽的舉動。不過如今他的身邊總是會跟著許多保護自己的人，有范宅的舊人，也有監察院的人手。如今范閒擁有一個暗中的身分——監察院提司。除了王啟年之外，他又從四處各路招了些新面孔補充到他手下。

這天清晨，趁著毒辣辣的太陽沒有出來，范府三位小主子鑽進馬車，在護衛與王啟年小隊的保護下，駛出了京都，來到了離京不遠的范族莊園。此行並不是來避暑，而是來祭拜。

在墓地裡早有護衛擺好瓜果、香燭、祭品，范閒沉默地看著還很新的幾塊墓碑，心裡的感受很複雜，重生之後一直秉持的心念在這一刻裡，竟然變得有些恍惚了。

紙錢燃起的煙霧極重，范思轍早受不得煙薰，退到馬車上去；而范若若卻是強忍著煙薰，半瞇著眼睛，牽著兄長的衣袖站在墓前。她知道眼前長眠於此的三名家中護衛是為了哥哥死的，所以心頭也是一片感激，而且她從小接受范閒書信中關於這方面的教育，所以也不認為祭拜下人是不合規矩的事情。

煙霧中，幾名新來的護衛一聲不吭地站在范閒身後，不知道是被煙薰著還是火嗆著，幾個護衛的眼裡都有些泛紅，望著范閒背影的眼神，卻是實實在在地有些不一樣。過了會兒，一名護衛好心勸道：「少爺，您來看這幾位兄弟，心意到了便成，這裡煙大，還是先回莊子吧。」

范閒的眼也被煙薰得厲害，笑著揉了揉，聽他的話上了馬車。車上范思轍正在看最近一個月澹泊書局的帳冊，看見兄姊二人上來，挪了挪位置，忽然壓低聲音說道：「大哥，這是不是收買人心的一招？」

范閒心情有些灰暗，微微一笑不去理他，只拿手將他大腦袋上的頭髮揉亂，說道：「你呀，總得相信這個人世間總是有些事情是真的，無情未必真豪傑……」

范若若輕聲接道：「憐子如何不丈夫。」

范閒有些意外地看了妹妹一眼。「妳……」

范若若低頭解釋：「哥哥前些天說過一次，我就記了下來。」

發現妹妹如此用心聰慧，范閒很高興，輕聲說道：「記住了，這是位姓周的人說的。」

范思轍看了他一眼，咕噥道：「喲，又換筆名了？《石頭記》後十幾回什麼時候拿出來？」

范閒現如今哪還有精神整那些東西，但聽著筆名二字，卻是無來由一窘，心想自己老解釋是誰寫的，確實有些多餘。

他此時有些微微惱羞，於是繼續教訓范思轍道：「人心也許可以收買，但感情這種東西是自然而成，人要是沒了感情，那不就成了怪物？活在世界上什麼都不在乎，六親不認、生死無情，就算成了神仙，又有什麼意思？」

范思轍搖頭反駁道：「你不是神仙，怎麼知道神仙的感覺好不好？」

范閒應得極快：「我不是神仙，是人，所以知道做人做成神仙那樣，又不能真的長生不老，感覺一定會很糟糕。」

說到這裡，忽然范閒就想到了五竹，心裡湧起一股強烈的不安和自責，他很擔心五竹將來老了後，會真的變成一個不會說話的孤老頭子——只是五竹堅持著遁於黑夜之中，范閒根本沒有辦法主動找到他。

馬車離開了族裡的墓地，沿著田莊之間最寬的那道田壟，有些困難地往莊子裡駛去。馬車剛到田莊周邊一個大坡下面，早就有莊子裡的人前來迎著了。

這裡不僅僅住著佃農，還有范氏大族裡的一些潦倒家庭，因為在京都這樣繁華且貴的地方待不下去了，只好往邊上的農莊裡走。只不過他們沒有田，又放不下面子如佃農一般種地交租，司南伯范建雖不是一個捨得花血本照顧窮親戚的主兒，但也總不能看這些人餓死，所以目前這些范氏族人只是幫著范府照看一下農莊，打理一下這裡的事務，每月有些進項養家。

說來奇怪，范建始終沒有提讓范閒祭祖歸宗的事情，范閒也當作忘記了，本來他心裡就還有些疑問無法解釋。只不過如今的京都，早已經沒有人將范閒看作私生子那般蔑視，范氏族中，更是知道族裡日後的富貴恐怕就是要靠這位漂亮的大少爺，所以格外恭謹。

范閒接過長者遞過來的茶水，一飲而盡，向四周點點頭，便在家中護衛的帶領下，走到西方林邊的一個小院子裡。

這裡是藤子京的院子，一入院後，發現藤子京早就爬了起來，規規矩矩地站在院中等著。藤子京看著范閒，為難說道：「少爺，我要出去迎，可侯三兒硬是不讓。」

范閒不和他客氣，攙著他便進了堂屋，解釋：「別怪侯三兒，這是我說的。」侯三兒是新近歸到范閒手下的一個護衛，先前入田莊打前站。范閒看著藤子京略顯富態的臉問道：「最近腿怎麼樣？」

藤子京呵呵笑了一下。「沒事，已經能動動了，大概過些日子，就能回京。」

「要是覺著在這裡養傷不容易，乾脆還是回京養去。」

正說話間，藤子京的媳婦兒、閨女進來拜見范閒，范若若在旁打發了賞錢，又拉著藤子京五歲大的閨女問了幾句，便抱著孩子出去了，將男人們留在屋裡。

范思轍依然在算帳，就連藤子京的請安也只是「嗯」了一下。范閒無可奈何地看了這弟弟一眼，聽著藤子京解釋。

「先在莊子裡待著，畢竟老婆、兒子都在這裡，傷好了，自然回京為少爺效力。」

這兩人如今也算是一同經歷生死的人，所以說話就顯得直接許多。范閒點點頭，讚賞說道：「老婆孩子熱炕頭，你也倒是會享受。」

藤子京呵呵笑道：「如今天熱，炕頭再熱的話，可是會上火的。」

澹州氣候極好，冬暖夏涼，所以沒有人用炕，入京之後，卻恰逢春夏二時，所以范閒倒沒有機會睡睡大炕。

此時聽著這話，他按了一下身下坐的炕，發現涼沁沁的挺舒服，眼珠子一轉，就想著婚後如果要在蒼山腰間住一段日子，似乎一定要想辦法盤個炕才行。

藤子京哪裡知道范閒的腦子一下子就溜到了十月之後的寒冬雪山，說道：「少爺，待會兒吃些果子就回府吧，這莊子裡也沒什麼好吃食，再說如果再耽擱些時辰，回京太晚，怕進不了城門。」

范閒笑著擺擺手。「來前就和父親報備過了，今天我們三人就在這莊子裡住一宵，明天再回。前幾個月一直在京裡勞心勞神，難得有個機會清淨一下，雖不敢住久，但一個晚上你總該招待下才是。」

藤子京這才知道他準備過夜，趕緊將媳婦兒喊進來，讓她準備客房、熱水之類的東西。

田莊生活雖然並不富裕，但勝在人多，一聽說范府大少爺今天要在這裡過夜，十幾房中年媳婦兒就張羅了起來，不多時便準備妥當。

范閒眼珠子一轉，湊到藤子京耳邊說道：「跟著我的這些人，你安排近些的地方住著。」

第二十五章　山裡的月光

藤子京看了眼一直安靜站在范閒身後的王啟年，察覺到對方身上的氣味似乎與府中護衛不大一樣，低聲應了聲。范閒看著他的眼光，低聲交代道：「這是王啟年。我如今在監察院裡兼著個職，別和旁人說去。」

藤子京神色一凜，再看著范閒的眼光就有了些變化。畢竟他想不到自己當初偶動心思跟著的少爺，竟然入京沒幾個月，就能混到那個鬼神辟易的院子裡去。

范閒又叫過王啟年，介紹道：「這是我們第二次見面時，我曾經提過的藤子京，你們兩個人以後多親近，要知道他可救過我的命。」

藤子京聽著這話，黑黑的臉上浮出一層紅色，連連擺手道：「少爺話重了，其實那天是少爺救了我的性命才對。」

王啟年一抱手，笑了一笑，沒有說什麼。他和藤子京一樣，對於目前的局面都很滿意，不僅成功地回到監察院，關鍵是月俸如今也漲了不少，院長大人還親自接見了自己一次，自從許多年前轉成文職之後，已經很久沒有這種待遇了。雖然范大人只是個八品的太常寺協律郎，但身上卻有塊提司的腰牌——這個提司除了自己小隊以外，監察院裡只有牢頭和沐鐵知道，別人都不是很清楚。這種有點兒神祕感的小權在握，讓他很舒服。

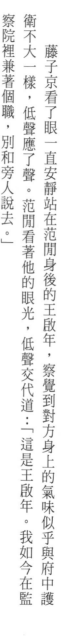

晚餐吃的是野味，雖然藤子京一再說田莊裡沒有什麼好吃食，但流著肥油的肉在鍋裡滾著，再配上滑嫩的青菜，真是無比鮮美。就連范思轍也開了胃口，旁若無人地搶著肉吃。范閒好笑地望了他一眼，夾了塊肉送進脣裡，發現這肉極嫩，但是絲皮之間層次分明，極耐咀嚼，不由得大讚，問道：「這是麂子還是什麼？」

藤子京的媳婦兒在一旁招呼著，聽著他發問，趕緊回答：「這是白麋子肉。」

聽到白麋子三個字，范閒卻愣了起來，筷子擱在身前似乎忘記動作。在這一瞬間，他想起了許多年前，甚至比澹州還要更久的那個時間。當時的自己在病床上躺著，念念不忘要吃白麋子肉，那位俏護士還打趣自己異想天開——前世的范慎也沒有吃過白麋子肉，只知道是家鄉人最愛吃的野味——這些回憶似乎都淡了，范閒已經很久沒有想起前世的事情，不料卻被今天的白麋子勾動了隱藏許久的情緒。

范若若在一旁小口吃著，看著兄長的臉色似乎有些異樣，小心問道：「怎麼呢？」

范閒馬上醒了過來，微微一笑說道：「沒什麼。」轉頭詢問藤子京，這些山貨野味有沒有臘製的，得到肯定的答覆之後，他有些高興地讓對方幫自己包個幾十斤，準備帶回京都去。

藤子京沒有想到今天準備的事物竟然如此合少爺的心意，也是十分高興。

范閒端起酒杯與桌上幾個人喝了一巡，笑著說道：「藤大你傷還沒全好，就少喝點兒。」旁邊范若若望著兄長微微笑著，似乎是在羞他，范閒知道妹妹猜中了自己心意，帶回京的臘製野味，除了自己想吃以外，主要的目的還是為了讓貪吃的林婉兒享享口福。

用過晚餐，范思轍極為變態地繼續鑽到自己的房間裡去算帳，范閒是真不知道，算帳這種事情有什麼好玩的？更何況一個十二、三歲的小霸王，居然能耐住性子陶醉在枯燥的數字中，只好嘆聲一樣米養百樣人，便由著他去。

拒絕了藤子京拄著拐杖相陪的要求，范閒領著范若若來到院外的田壟上，看著對面幾座青山坳裡恍若靜浮著的那輪圓月，頭頂是不知名的樹木在夜風裡沙沙作響，很美的一幅畫面。

「夢還身前疑入夢，幾人憔悴幾人歸。」范閒想到先前自己回憶起前世的事情，偶有感慨，隨口唸出了兩個句子。「夫光陰者，百代之過客，天地者，萬物之逆旅，人生便是一場大夢，有時候我真懷疑自己是不是還躺在那張床上，只是在做著一個長到沒有醒來時的夢。」

他隨便感慨著，知道妹妹大概不能明白自己在說什麼，卻忘記了李白大人字句裡隱著的瀟灑意，對於一位少女有怎樣的殺傷力，果然……范若若的眼睛開始發亮。

范閒馬上知道自己犯錯了，愁苦著臉，正準備解釋除了頭兩句，後面都是一個叫李白的牛人寫的，但忽然想到白天范思轍嘲諷自己，他暗嘆一口氣，停止了這個別人看著或許矯情、自己看來卻很自然的舉動。他也知道即便自己說了，妹妹也不會相信，畢竟監察院當年抓了好幾個辛棄疾，卻沒有一個是會寫詞的私鹽販子，所以乾脆將她摟到懷裡，一起看月亮去。

范閒雖然在這個世界上生活了十幾年，但依然保留著一些獨特的稟性，這些稟性與這個世界是不相符，但對於他而言是有極大的好處，比如男女之防、比如身體接觸。當他抱著妹妹的時候，當然沒有一絲一毫男女間的想法，只是很純粹的兄妹之情。反倒是范若若被他摟進懷裡，感覺一片溫暖和微微羞意，自然忘記了再去追問那些東西。

遠處，監察院的兩名隊員像兩根鐵釬子一樣站在另一棵樹下，保護著他們的安全。

「明天早些起來，我要進城去辦事。」范閒嗅了嗅妹妹的頭髮，發現是淡淡的蘭花香，好奇問道：「這用的是什麼法子？」

范若若微羞，不知道該回兄長哪句話。「泡了木梨花水，這麼急做什麼？」

這個世界上的女孩子們其實極少洗頭，所以嗅著實在不怎樣，包括當初范閒與司理理在一個被窩裡翻滾時，也是如此，全靠濃重的香味掩著。自從范閒入京之後，便死皮賴臉地要求范若若與林婉兒經常洗頭，還免費贈送了自己在澹州做的淋浴噴頭和高懸木桶設計方案。范若若與林婉兒拗不過他，只好照做，不曾想效果明顯，竟馬上傳遍了范府和皇家別院，如今連柳氏洗頭的次數也都勤了起來。

「父親應該很高興。」這是范閒的潛臺詞，接著回答范若若的話：「早晨京都清淨些，我要去個地方，妳陪我去，其他的人就不要跟著了。」

知道兄長信任自己，范若若好生感動。

范閒又說道：「明兒還得去慶餘堂看看，那位葉掌櫃與我說好了，京都最近比較平靜，正好是去瞧瞧的時候。」

慶餘堂的掌櫃果然名不虛傳，范思轍主營帳目籌劃，葉掌櫃專司實施，竟是將澹泊書局的生意越做越好，仗著自家本錢厚，又有官面背景，在兩個月內就吃掉了鄰街的所有同行生意，最近更是慢慢地將觸角延伸到了鄰近的州郡。

「那豆腐鋪子還開不開了？」范若若忽然想到一件小事，問道：「世子被你天天送到府裡的豆漿勾起了興趣，生怕哪天沒得喝，不是常勸你開嗎？」

范閒微笑道：「妳哥哥我如今馬上就要變成一天幾十萬銀子上下的人，還理那豆腐做甚？」當然，這只是一句玩笑話，他接著說道：「什麼時候空了就弄一弄吧，反正妳如今也沒什麼事，整點兒事情做。」在他的心裡，可沒有什麼大家小姐不能拋頭露面、更甭提打理豆腐攤子的概念，只是覺著范若若天天讀書作詩，將來別讀傻了。

范若若有些為難，但還是應了下來。

范閒想到一樁重要事情，皺了皺眉，雙手握著妹妹的肩膀，正色道：「若若，雖然在我看來，妳不過十五、六歲的丫頭，離嫁人還早著，不過這京都風氣實在不大好，連我這個少男都被逼娶媳婦了，妳也得留些心，挑就得挑個順眼的，像那天天來府上的賀宗緯，我三掃帚就趕了出去，可是萬一將來被指婚給個不成器的怎麼辦？」

他很認真地說道：「既然要嫁，就得自己挑好，嫁就嫁個好的。自己喜歡的，就得早些出手，趕在指婚之前。指婚這種事情風險太大，畢竟這世上不是所有的人，都有妳哥哥我和婉兒一樣的好運氣。父母之命倒也罷了，我有足夠的信心可以頂住，可萬一……萬一是宮裡的旨意怎麼辦？以范家的位置，這種事情不得不防。」

范若若聽著兄長的話，先是略感羞意，待聽到他自吹自擂又覺好笑，只是最後聽到宮裡二字，才真正的有了一些憂愁。她何嘗不知道一般的官宦人家，在自己這個年齡，確實就要訂婚事了，只是……天天與兄長待在一處，再看這世上男子便總覺乏味，讓自己又如何尋到意中人呢？

第二十六章　對河一拜

第二日晨時，天光未至，薄霧飄拂在山坳裡，昨夜的月亮已移到對面的方田之上，范府的幾輛馬車沒有驚動田莊裡的任何人，往京都的方向駛去。後面的小院門口，藤子京拄著拐杖和妻子站在一起倚門相送，二人身旁，小閨女止揉著眼睛，似乎沒有睡醒。

車又至京都城門，但今時不同來時那日，范府的馬車標記醒目無比，剛剛開啟城門的巡城司官兵稍一檢驗，便放幾輛馬車入城。畢竟巡城司前任長官焦子恆，便是因為范閒被刺一事慘被褫奪職務，如今的巡城司官兵看著范家馬車上面的圓方標記便避之不及，哪敢為難。

車到范府，范思轍打了個呵欠下車，對迎上來的下人吩咐道：「車裡有臘貨，先弄到後面收好，可不許偷吃，那可是大哥準備的人情！」接著一瞪眼睛吼道：「要是趕明兒林家姊姊吃麂子發現麂子只有三條腿了，當心我親手把你們的腿斫一條來還帳！」

下人們早就習慣了這位小爺的霸蠻脾氣，哪敢吱聲，老老實實地從車上卸下山貨。

護衛們也從後面的馬車下來，王啟年走到馬車旁湊，靜候范閒下來，不料過了半天卻發現車上沒有動靜，揭開車簾一看，嚇了一大跳，只見馬車內空無一人，范閒與范若若都不知道到哪裡去了。他趕緊跑到范思轍的身後，問道：「小公子，請問范大人呢？」

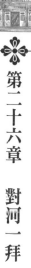

范思轍回頭看了他兩眼，教訓道：「瞧你這緊張勁，我哥和姊路上就下了車，大概郊遊去了，不愛看見你們老跟著。」

王啟年嚇了個半死，這次能回監察院全虧了這位范大人，院長大人親自接見自己的時候，更是千叮嚀萬囑咐一定要保證范大人的人身安全，不能脫離視線，哪裡想到范大人出城一趟，竟是偷偷將自己一行人甩下了。

范思轍看他緊張的表情，皺眉說道：「他說下午就回來，你們不用太緊張。」他其實並不知道王啟年這些人的真實身分，開始還以為是父親派給范閒的高手，後來隱約察覺到有些不對勁，卻也懶得往深處想。

王啟年也不再理會范思轍，向屬下使了個眼色，便上了馬車，往城外駛去。

夏日燥熱得連蟬鳴聲音都有些有氣無力，范閒領著范若若在京郊的流晶河畔散步。好在天時尚早，河畔又一直有綠樹蔭身，所以還可忍受。范閒早就解開襟口的布扣，露出胸前一大片肌膚，可范若若卻無法享有這等福利，只好拿好手帕扇著風。范閒看她辛苦，微微一笑接過手帕在流晶河裡浸溼，再遞給她讓她降降溫。

「知道這河為什麼叫流晶河嗎？」

「據京誌記載，這名字應該是本朝之前就有的了，好像是說河水繞京都而行，西入蒼山，地勢時有起伏，有的地方流速極快，有的地方卻是安靜無比如同一面鏡子，又像是靜止的水晶一般，所以得了個名字叫流晶河。」

范閒點點頭，想到身旁這河中某段平靜處，時有花舫駛於其上，便想到了那位還被關在天牢裡的司理理，也不知道迎接那個女人的最終結果會是什麼？

兩人又走了一段路，終於能遠遠看見對面河岸青樹之中，隱隱有一民居，是個清新淡雅的小院子，院牆處伸出幾枝竹子，向天而立，在這炎炎夏日中，竟是散發出一股子傲立濁世的寒氣。

「那就是太平別院？」范閒皺眉望著那裡，輕聲問道。

范若若應了聲。「是啊，聽說很多年前葉家的主人就住在這裡，後來葉家產業收歸內庫，這院子也就成了皇家的別院，不過與柔嘉閒聊時，並沒聽過有哪位娘娘來這裡住過。」

范閒嗯了一聲，點點頭，忽然臉上綻出一絲微笑，原來這裡就是老媽曾經工作戰鬥生活過的地方。

范若若看見哥哥臉上的微笑，不知怎的心情也十分愉悅，問道：「什麼事情這麼開心？」

范閒搓了搓有些汗水的手指頭，搖了搖頭，沒有說什麼。他今天帶妹妹來這裡，已經是件極大膽的事情，雖然入京所見，葉家似乎並不是個多麼大的禁忌，但既然父親與五竹都那般謹慎，自己還是小心一點兒的好，暫時沒說。

他今天專門來這裡看一看，主要是想進這院子去祭拜祭拜，但既然已經成了皇家別院，自然是不方便去了。只是不知道母親的墓地究竟在哪裡，這讓他有些不好受。

來到這個世界後，他並沒有見過生出自己這副軀殼的女子，但無來由地心中就將她認作了自己的母親。也許是因為前世的時候父母早早雙亡，又沒有留下什麼，所以來不及產生對母親的依戀；而來到慶國之後，不論是重生之初的逃亡，還是澹州時的一切，以及來京都後的諸多妙遇，這一切背後似乎都在昭示著那個女子曾經擁有的力量、權力，以及某種決心，在提醒著他，他的母親就是那個女人，那個叫做葉輕眉的女人。

葉輕眉，看輕天下鬚眉。

范閒甚至產生過一種疑問，會不會母親根本沒有死，而是遠遠躲在某個角落裡，帶著一種溫柔卻又冷酷的微笑，默默注視著自己在這個世上的一舉一動，每一次掙扎與每一次解脫？

但父親極為冷血地打斷了這一切幻想，並且說母親的墓地在京都一個極為隱蔽的地方，若時機成熟了，自然會讓他去祭拜。

范閒嘆了一口氣，跪了下來，向河對岸的那個小院子磕了一個頭。范若若微微一怔，不明白兄長這是何意，但冰雪聰明如她，頓時猜到一些什麼，不由得嚇得臉上微微發白，馬上又強作鎮定，隨著范閒跪下來，往河對岸拜了一拜。

有青樹遮蔽，對岸即便有人，也一定難以看見，有一對冰雪般的璧人正跪在地上，向這方遙遙拜著，這場景很有些意思。

范閒覺得有些意外，拉著她的小手站起身來，溫言問道：「為什麼隨我跪？」

范若若勉強笑了笑。「我應該怎麼叫？叫阿姨？」

范閒呵呵一笑說道：「知道妳能猜到，今天帶妳來本就不想避著妳，有些事情只有自己一個人知道又不能往外說去，真是件極苦悶的事情。」

范若若嘆了口氣。「難怪小時候哥哥一直住在澹州。」

范閒說道：「我只知道母親是葉家的那位，妳小時候難道沒有聽父親或者柳姨娘提過這事？」

范若若想了想，無奈地搖了搖頭。

范閒嘆了口氣，猜想大概是皇宮裡面很厭惡葉家有後人的緣故，所以父親才一直瞞著這件事情，不過……以朝廷的能力，如果父親當初與葉家女主人有瓜葛，這種關係又怎麼能逃得出宮裡的注視？除非監察院一直替父親隱瞞著，不過就算陳萍萍再如何敬重自己的母親，想保全自己這條小命，也應該沒有能力將這件事情瞞得絲毫不漏才對？

種種不解湧上他的心頭，讓他異常惱火。是個沒媽的孩子便也罷了，自己竟開始懷疑起另外那一部分，這種感覺真是讓人相當的不愉快。

兄妹二人沒敢太靠近那處院子，穿林而行來到官道之上，順著道路往京都的方向走，準備走遠一些找間驛館請小二拉輛馬車過來。走了沒多遠，便發現官道上有一條小路正通向左手方向，隔著一步便有一方青石隱在青草間，上面生著青苔，極難發現，看上去頗為別致，應該是很少有人走動。

范閒目力極好，能看見小路的盡頭有一座小木橋，想來就是通往那個太平別院的，不由得在內心深處嘆了口氣，強行轉過眼光，微笑說道：「手帕已經乾了，會不會太熱？」

范若若的眉宇間總是有一股似乎化不開的寒冷，但在范閒面前卻沒有這種感覺，此時汗珠從她額角的青絲間滲出，緩緩淌在微紅的雙頰上，平添一分光彩，讓范閒微微怔了一怔。她柔聲應了聲沒事，便和范閒繼續往前走去。

走不多時，來到一間茶鋪，鋪子全由青竹搭成，透風遮光十分清涼，范閒一見心喜，拉著妹妹的手便闖了進去，喊：「來兩杯茶。」

回答他的是一片沉默。茶鋪之中沒有多少人，最裡面那桌旁站著一位中年人，聽到范閒的聲音後緩緩回首，此人雙目深陷、鼻如鷹勾，雖是陰鷙氣十足，但今日卻顯得強自收斂著。中年人望向范閒的神色十分不善，似乎像是看到了某隻小白兔。

范閒心頭大驚，認出對方正是在慶廟外與自己對了一掌、震得自己吐血的侍衛頭領，宮典。王啟年被踢出監察院，就是因為對方一直想努力地抓到自己！

第二十七章　故人相見不相識

宮典乃是大內侍衛副統領，天子近臣，御前班直。他是葉重的師弟，慶國第一武家葉家的子弟，本身就是難得一見的上八品高手，單以戰力論，比范閒趁亂殺死的程巨樹還要高上許多。范閒當日一刀拉死程巨樹，本就是占了對方輕敵，自己手握袖弩偷襲，若雙方真放手去戰，只怕范閒死的機會要大許多。

面對宮典，范閒更是找不到有什麼好辦法，且不提打不贏對方，即便能打贏對方……難道自己還敢與皇宮作對？一滴汗從范閒的額頭上滴下來，他心中不停喊著：五竹誤我，五竹誤我。

如果當初不是五竹將侍衛們弄暈了，范閒根本進不去慶廟，也不可能有後來的許多故事發生。但對於范閒來說，眼下的危機，也是由此而起的。當然，范閒不可能真的去怪自己的叔，只是藉著這種狂呼放鬆自己的心神。

宮典微笑著向前踏了一步，渾厚的聲音響了起來。「這位後生，今日真巧。」

范閒將不知所以的妹妹向後拉了拉，堆起微笑應道：「不期又見大人。」此時他的腦中在急速運轉，林婉兒曾經說過，那日在慶廟裡的貴人就是皇帝，那麼宮典的職司應該是拱衛皇帝左右，此時宮典出現在茶鋪中，只怕皇帝也應該在這裡才對。

他一邊想著，目光一邊掠過宮典瘦削卻高聳著的肩膀，看見那桌上有一位中年貴人正在飲茶，偶爾抬起頭來皺眉望了這邊一眼。范閒心頭大驚，臉上卻沒有流露什麼，心思一轉，苦笑說道：「這位大人，為何擺出踏破鐵鞋無覓處、得來全不費工夫的架式？那日慶廟外得罪大人，但小的也咳了幾天血，這算是賠過罪了。」

踏破鐵鞋兩句，是刻意說給那位貴人聽的新鮮俏皮話，但出乎范閒意料，對方一點兒反應也沒有。

「拿下此人。」宮典不想驚動主子，低聲吩咐，兩旁的三名侍衛聽令逼上前來。

一看對方氣勢，范閒身邊又帶著范若若，知道斷斷是逃不開了，一皺眉，揉身上前，竟是搶先向宮典攻了過去！

宮典不怒反喜，一揮手讓侍衛退下，兩隻手如蒼鷹搏兔般展開，指節枯勁有力，直扣范閒的脈門。范閒雖沒什麼精妙招式，但這些小巧功夫卻是五竹捶打出來的本能反應，奇怪無比地一擰腕，指尖在宮典的脈門上一劃，手臂忽長，帶著森森之氣驟然鎖死對方的手腕。

而此時，宮典的一雙鐵手也已經將他的手腕牢牢控住。

二人同時大感訝異，兩次交手均是甫一接觸便馬上互鎖，真是件很莫名其妙的事情，就彷彿算好了彼此的反應。

驚訝歸驚訝，宮典卻是強烈自信地說道：「束手，就擒。」

范閒本來就沒指望和宮裡的侍衛頭子硬拚，只是存著別的念頭，所以皺眉強硬無比地說道：「尚未可知。」他悶哼一聲，後腰處雪山一熱，道道真氣從那處噴薄而出，沿雙臂向對方的體內攻去。

宮典眉頭一皺，似乎察覺到少年的真氣那種霸道無比的氣勢，但此時身後便是主子，自然不會讓開半步。他眼中精光一現，輕喝一聲，體內蘊積了數十年的雄渾真氣運至掌上。

二人互鎖的手臂已經鬆開，雙掌對在一處。

一聲悶響之後，青竹茶鋪裡勁氣四溢，那位飲茶的貴人皺了皺眉，似乎沒有什麼武功護身。范閒身後的范若若也是腿一軟，險些跌倒在地。

數道白光閃過，侍衛們拔刀而出，擱在范閒的脖子上面。范閒此時雙臂痠軟，根本無力反抗，也沒有想著反抗。

宮典咳了兩聲，將雙手收於身後，再看著范閒的眼神就有了些異樣，輕聲說道：「少年，數月不見，你又進步了。」

范閒脣角流出一絲血來，這絲血卻讓宮典想到慶廟對面幽暗房間裡的那個人，不由得心頭一陣惡寒，不知道今天自己這事究竟做得妥不妥當。

這次交手顯然是范閒敗了，但宮典也不像是表面上那麼輕鬆，只是除了那位貴人外，沒有人注意到他背在身後的雙手正在不停顫抖。范閒攻入他體內的霸道異種真氣猶自留存在經脈之中，像小刀子一樣刮弄著，直到片刻之後，才漸漸平靜。

「能文能武，最近天下似乎出了不少這樣的年輕俊彥。」貴人看著頸在刀下、猶自面不變色的范閒，流露出一絲欣賞的笑容。

宮典知道這位主子最是惜才，生怕他又像上次一樣讓自己放人，趕緊走到桌子旁邊，低聲恭謹地解釋了一下為何要抓這人。

貴人眉頭一皺，然後漸漸鬆開，那雙如同深潭一般的眸子更是漸漸明亮起來，他望著范閒，微微瞇眼輕聲說道：「原來是那日的少年。」他接著輕聲說道：「宮典，你說的那位高手，能夠輕鬆地捕殺你，這事情有沒有對人說去？」

宮典慚愧道：「只是暗中察訪，未有結果，故不曾上報，請……老爺恕罪。」

貴人冷冷道：「免罪，但此事不許再提，不然滿門皆斬。」宮典心頭一凜，抱拳應下。二人說話的聲音極輕，就連耳力過人的范閒，也只隱隱約約聽清了幾個詞，不是很清楚他們在說些什麼。

「都出去吧，我要與這少年說幾句話。」貴人冷冷吩咐道。

宮典一怔，心想主子雖然手握天下，卻無縛雞之力，怎麼敢讓他與這少年單獨待在一起。

貴人似乎猜到他在想什麼，略一沉吟說道：「宮典留，其餘人退下。」

「是！」眾侍衛雖然不解，但根本不敢二話，急速撤出茶鋪之外。

范閒的脖子得了自由，有些舒服地扭了扭，此時范若若跑上前來，拉著他的手，想到先前的險狀，急得淚水險些掉下來。

「協律郎范閒，御前失儀，你可知罪？」

「臣不知何罪之有。」

范閒想像中的對話並沒有發生，那位貴人只是坐在桌子邊上，頗有興趣地望著自己。貴人的眼光似乎比先前柔軟許多，淡淡卻又仔細地在他的臉上拂過，這讓范閒感覺有些不自在。

貴人開口輕聲說道：「少年家，你是誰家子弟。」

「這位大人，我們是范家的人，昨日去田莊休息，今日貪看風景，所以郊遊至此，不知道貴僕為何要難為我們？」范閒在心裡盤算過，叫對方大人應該比較合適。

聽他回答，宮典心頭大驚，這才知道原來自己要抓的人竟然就是那個殺了八品高手的范閒。想到范閒的父親司南伯是主子的心腹親信，手中掌握著一些自己也不是很清楚的力量，宮典以為自己明白了為什麼先前主子會嚴令自己不准洩漏那位宗師級高手的事情，略顯尷尬地向范閒投出抱歉的眼神。

貴人微笑說道：「你是范建的兒子？」

見對方直呼父親的名諱，范閒更是確定了對方的身分，回話也愈發地恭謹：「正是。」

貴人點點頭，說道：「這是場誤會，你不要記恨在心。」

范閒斷沒有想到對方竟然如此好說話，一怔之下，半晌後才回過神來，連道不敢不敢。

貴人又道：「你入京也有數月了，過得如何？」

雖然不明白以對方的身分為什麼要關心自己，但這種機會范閒是不會錯過的，想著這些月來的麻煩事，略帶一絲頹涼說道：「京都居，大不易，不若故鄉。」

「你是說澹州？」

「正是。」

「澹州有甚好處？」

「澹州雖偏，但人心簡單，只要你不害人，便無人害你。不像入京之後，不論你願或不願，總有些事情會找到你的頭上來。」

貴人似乎沒有想到少年說話會如此直接，微微一怔後微笑說道：「京都繁華天下無雙，自然艱難處也是天下無雙。不過有范大人護持，如今范公子又有文武雙全美譽，想來日後在京中應該過得比較安適才對。」

范閒如聆玉旨綸音，如果不是一直在偽裝，此時恨不得跪下口稱謝旨，再在京中大肆宣揚去，所謂天子金口玉言……但他的臉上依然是一片平靜，柔聲回答：「希望如此吧。」

時候已經不早了，貴人事多，便要起身離去，離開之前，他又細細看了范閒兩眼，才流露出滿意的微笑，說道：「日後有緣再見吧。」又轉向范若若，輕聲說道：「小姑娘，妳還是嬰孩的時候，我抱過妳，不曾想一晃已經變成大姑娘了……日後有門好婚事等著妳。」

范若若微微一怔，卻不知道該如何回答。貴人說完這話，朗聲一笑，似乎十分快意，離開青竹所建的茶鋪，上車離去。

馬車離開許久，貴人有些出神，輕聲嘆息道：「眉目依稀彷彿，這夜夜爬牆的本事，倒是有些像朕當年。」

茶鋪之中，范若若好奇問道：「這是哪位大人，似乎與父親相熟。」

范閒此時終於從緊張的情緒裡擺脫出來，渾身是汗地坐倒在凳子上，說道：「先前是陛下……幹他娘的，怎麼都喜歡玩微服出巡這招，真以為嚇死人不用賠命嗎？」

這話一出口，范若若也是驚得掩嘴而呼。

喀嚓！在此時，萬里碧空之下卻無來由響起一聲霹靂，似乎恨不得要刺進茶鋪的青竹間，將童言無忌的某人活活劈死。

第二十八章　慶餘堂裡說來年

在茶鋪裡隨便整了些水喝，兄妹二人就有些心神不寧地重新上路，走了沒多久，便看見王啟年一干人來接自己。

范閒的身分在這裡，而且看著表情有些異樣，情緒不怎麼高漲，王啟年自然不敢囉嗦什麼。

「陛下為什麼會出現在這裡？」范若若靠在車廂上，拿著手帕扇著微微汗溼的臉龐，模樣看著極為可人。

范閒苦笑著回答：「咱們的這位陛下，一向深居簡出，我早就料到，一個男子怎麼可能長年待在滿是宮怨、脂粉味的皇宮之中，他一定會經常出來散心，走到流晶河畔來，也是很自然的事情。只是先前有些好玩，我總以為那位宮典大人，會叫他黃老爺的。」

范若若噗哧一笑，說道：「哪兒能事事都像哥哥說的故事一般，若真如此，你早就該去開個講書鋪子去了。」

說到講書鋪子，范閒馬上想到了豆腐鋪子，皺眉問道：「若若，妳將來準備做些什麼呢？」

范若若神色一黯。如今這年月，女子出嫁之後，便是相夫教子、繡花管後院，以范若若的學識能力，若就這般度過一生，只怕也會有些不願意。

只是目前也不能多做籌劃，只好先暫時這樣。

入京之後，馬車直奔二十八里坡。這二十八里坡卻不是個大山坡，只是京都南方一個有名的地名。話說數百年前，京都遠沒有如今這般闊大之時，二十八里坡是入京前最後一段山坡，離西南方向官道上最後一個驛站足足有二十八里。每當車馬到此之時，行了最後二十八里路，馬乏人累，格外疲倦，將這最後一段小山坡看得比海濱之畔的大東山還要高大。二十八里坡的名稱便是得自於此。

如今的二十八里坡早就被收到了城牆之中，變成一條街巷，只是名字還保留著，慶餘堂便設在此處。馬車遠遠地停下，范閒與妹妹走了下來，順著街道往那邊走去，沿路看見一排整整齊齊的小門面，全是那種從嶺南運來的廉價木材，上面刷著清漆，木斑清晰，若一眼瞥過去，感覺就像是無數個單眼怪正虎視眈眈看著自己。

范閒唬了一跳，好奇問道：「怎麼都用這種？」這種做法，他前世時的小飯館裡倒是常用，清一水的原木感覺，又便宜又清爽。

王啟年搖搖頭，他可不是經商的料。

范若若解釋：「這裡就是慶餘堂了，每個門面就是一位大掌櫃的授徒之處，十七位掌櫃，就有十七個屋子。」

范閒數了一數，發現街道旁一共有二十幾個這樣的小屋子，請教妹妹這是為何。范若若沒好氣道：「這麼多年過去了，總有些掌櫃年紀大了，開始養老，或者是病故的。」

一行人說說談談地走到最前面，那是一幢很漂亮的宅子，院落極大，看越過院牆的飛簷，裡面應該是被分割成許多個院子。范閒心頭一動，覺得有些熟悉，想了想才想起來，這和先前在流晶河畔看見的太平別院，竟是差不多的風格。

這些掌櫃們住的地方有些奇怪，大門上並沒有寫「慶餘堂」三個字。此時早有范府護衛上前遞了名帖，看門的人一見名帖上的名字，馬上便知道來者就是最近在京中大出風頭的范大公子，趕緊恭謹請入。因為七葉目前正在范家幫忙打理澹泊書局，所以竟是連知會這道程序都免了。

正要入府之時，朝廷負責監管慶餘堂的人，卻打橫裡穿了過來，正準備審查來客身分。王啟年冷冷看了對方兩眼，連自己都不屑出面，讓小組裡一位小字輩去應付，隨著范閒便往堂裡去。

監管慶餘堂的，也是監察院的人，所以他馬上知道自己做了件很多餘的事情。

入堂，落座，上茶。

坐在首位的是位約四十歲的人，眉眼柔順，似乎在這些年的重壓之下，整個人都變得謹小慎微了起來。但范閒知道對方是慶餘堂的首席大掌櫃，號稱葉大，當年主營葉家最緊要的生意，斷不是眼前所見這般無趣又無用的感覺，不由得微微一笑說道：「一直以為大掌櫃年高德劭，今日一見，才知道大掌櫃原來如此年輕。」

葉大全然不知這位范公子今天來慶餘堂到底是為了什麼，雖然十幾年過去了，葉家早已不是什麼禁忌，但是等於被變相軟禁在京中十幾年，他的性情早已不像當初那般跳脫豪邁，身子骨都已經佝僂了起來，心氣也淡了許多，苦笑回應道：「早就是個老頭子了，范公子說笑，說笑。」

范閒呵呵一笑說道：「開門見山吧，今日前來，第一樁事是澹泊書局的生意極好，想來謝謝七葉掌櫃，也想看看慶餘堂是什麼模樣。」

葉大微笑應道：「范公子出錢請咱們堂裡的人做事，自然要讓公子掙著銀錢才是，如果做生意還虧了本，這慶餘堂只怕早就在京裡倒了。」說到掙錢之事，葉大的眉眼間，自然流露出一股自信，渾身上下散發著光彩。

范閒在心底暗讚一聲，心想這才是自己老媽當年教出來的人應有的模樣。他一拱手，極有禮貌說道：「其實今日來，是有樁事情要專門麻煩一下大掌櫃。」

葉大心頭一凜，如果只是為了生意，對方身分尊貴，斷不至於親自前來，難道對方在想些什麼？葉大要為京中慶餘堂許多掌櫃、夥計還有親眷的生命安全著想，根本不敢聽對方說出來，為難拒絕道：「朝廷有明規，慶餘堂之人不准離京，如果范公子心氣過高，慶餘堂實在是幫不上什麼忙。」

范閒哈哈一笑說道：「這個我自然是知道的，今日來，只是想請葉大掌櫃做一個人的老師。據我所知，這些年來，朝廷一直有些戶部官員還有內庫人手，是拜在慶餘堂門下，專學經營之道，我與七葉掌櫃合作舒服，故而也想介紹位學生。」

葉大好奇道：「不知道是什麼人？」

范閒微微一笑，沒有說什麼。葉大會意，輕聲說道：「貴客遠來，不如讓內子帶著范小姐去後院逛逛？」他微笑望著范若若說道：「我們這院子雖然不出奇，但當年也是家主親手設計，頗有可觀之處。」

范若若早就明白，微微一笑，自與掌櫃夫人往後院去。而王啟年等人也被范閒一揮手趕了出去。見他這般謹慎，葉大不禁害怕起來，不知道究竟是誰要來學經商之道。

「范思轍，我的二弟。」范閒啜了一口茶，輕聲說道：「您應該聽說過。」

葉大心頭大驚，心想范氏二子眼下雖然無嫌隙，但畢竟有司南伯的家產放在那裡。權貴子弟，怎麼可能願意來學經商之末道？莫非面前這位范大公子想藉此事，讓范二公子無法繼承爵位……但這種拙劣的伎倆未免也太荒謬不可行了。

范閒卻沒有想到葉大會想這麼多，柔聲說道：「我那二弟天性好經商，但眼下只是靠著骨子裡那點兒天賦與愛好在撐著，將來如果想真正地做些事情，他的能力還有些不足，所以希望他能夠有這個榮幸拜在大掌櫃門下。」

葉大趕緊搖頭，謹小慎微如他，是斷然不敢攙合在這些事情裡的，推脫道：「范侍郎掌管天下錢糧，這生意做的可是比誰都大，區區慶餘堂，哪裡敢教范二公子。」

范閒略有些失望，不過也不著急，心想按著自己的計畫，這個老師總是跑不掉的。他靜靜坐在椅子上，緩緩調動雪山處的真氣，四脈俱通，閉目沉吟少許，確認自己敏銳的耳邊都沒有聽到誰在偷聽，這才壓低聲音說道：「還有一事，不知大掌櫃可敢聽，若你敢聽，我便敢講。」

見他如此神祕，葉大無奈一笑，知道自己就算不聽，對方也是一定要講的。果不其然，范閒微笑說道：「我如今是太常寺協律郎。」

見他無頭無尾說了這句話，葉大有些莫名其妙，但還是恭恭敬敬道了聲喜，知道面前這位公子馬上要尚宮中哪位貴人了。

不料范閒緊接著說道：「我的未婚妻是林家的小姐。」他知道，堂堂葉大掌櫃，雖然枯坐京都十多載，但在許多年前，一定有許多管道可以知道某些祕辛。

果不其然，葉大面色劇變，死死地盯著范閒的雙眼，冷冷說道：「范公子究竟想說什麼？」

范閒淡淡應道：「最遲兩年之內，我便有可能掌握內庫的管理權……但我知道，我的能力不足，父親戶部那邊終究是國之財，而我要理的是宮之財，所以無法給我太多幫助，而我……」他反望著葉大沒有什麼情緒的雙眼，一字一句道：「需要幫助，需要……你的幫助。」

第二十九章　點卯太常寺

堂中一下子安靜下來，許久二人都沒有說話。葉大心頭無比震驚，內庫？那裡有他當年親手打理的……一切一切，那是小姐留下的東西，已經有多少年沒有接近過了？但是，朝廷怎麼可能允許自己這些人，再重新接近那些產業？

似乎猜到他在想什麼，范閒微笑說道：「召你們入京的旨意我調來看過，只是不准你們入股經商，但誰也沒有說過，不允許你們再重新接手葉家。」

這個誘惑實在太大了，對於慶餘掌的這些掌櫃們來說，替各王府達官們打理產業，遠程遙控各地銅礦鹽場，根本不足以發揮他們的真實水準。而且內庫……在慶餘堂掌櫃們的心中，那本來就應該是自己打理的產業！看那個永陶長公主這些年，將小姐留下的家產折騰成什麼樣了！每當想到此處，這些專業的「職業經理人」便是恨得牙齒癢癢的。

范公子發出這個邀請，就代表了范府的意見，而范府是與皇帝有特殊關係的一處府第，莫非……皇帝終於想通了？

范閒站起身來，微笑說道：「這只是一個建議，時間還有很久，大掌櫃可以慢慢考慮。」

話已說完，再無他事，等范若若毫無滋味地逛了一圈回來之後，范府一行人便告辭了。葉大恭恭敬敬地送出門外，看著他們上了馬車，這才抹了抹額上的冷汗。

范閒忽然從馬車上探出頭來，漂亮的臉上笑容燦爛，高聲喊：「大掌櫃，若你真的想通了，記得喊人來府上說一聲，我帶二弟提臘肉來拜先生。」

葉大聽他發話，以為范閒要在眾人面前說起打理那個燙手產業的事情，唬了一大跳，待聽著是那件事情後，才安下心來，知道對方是提醒自己，如果願意接受條件的話，就得順帶去當范二公子的老師。只是葉大有些不明白，為什麼拜師要提臘肉？微一皺眉，又覺著似乎很多年前好像是九葉還是二十三葉曾經提過臘肉……當時九葉、二十三葉提臘肉是做什麼來著？他拍著額頭回了慶餘堂，有些悲哀於自己的記憶力確實變差了。

回府的馬車上，范閒也有些累，他本來就不是一個喜歡陰謀的人，只是為了自己，為了范家，為了許多許多的人，他必須做些什麼事情。在他的計畫之中，原來葉家的產業將來總得慢慢讓范思轍接過去，畢竟自己在經商方面的天分，似乎不如那小子，至於其他的……再慢慢看吧。

直到此時，他才明白了費介在澹州時和自己說的話。

「你家的事情，要比你所想像的遠遠複雜許多，這裡面涉及到的，不僅僅是你一人之存亡，更可能牽涉到更多的人命，所以你一定要謹慎。在你長大之前的這些年裡，你要學會保護自己，這樣將來才更有保護別人的實力。」

「將來……要保護誰呢？」

那時的范閒有些疑惑。費介笑著指了指自己的鼻子。

「比如說像我這種和你已經脫離不了關係的人。」

所以范閒必須做些什麼，才能保護……比如像若若、婉兒、范家這些已經和自己脫離不了關係的人，同時也想讓慶餘堂的這些老媽舊屬，能過得開心一些。當然，此時的他，依然不認為費介或者陳萍萍那種老怪物，也有需要自己的保護的那一天。

范閒到訪慶餘堂，是一件很大的事情，至少對於慶餘堂這一大堆姓葉的人來說。經商終究是末道，雖然這些掌櫃們為王府官家不知道掙了多少銀子，但依然還是上不了檯面，所以極少有身分高的人會親自拜會慶餘堂。

在後院密室的會議上，當葉大說出范閒今日來意後，坐在圓桌子旁邊的幾個人都是大驚失色，有的人開始回想當年榮景，有的人卻是面色慘白想著宮裡的狠辣。

「不用多想，范公子既然敢提出這條建議，那他將來一定會想辦法將宮裡說動。」葉大看著其餘掌櫃，皺眉說道：「就看大家的想法，我們一共五個理事，按老規矩，人手一票，我兩票，只不過老七如今在和范府做生意，所以請他過來提供一些意見。」

其餘幾位掌櫃將目光投向負責澹泊書局的七葉，他低頭想了想，然後說道：「范大公子與二公子感情比我們想像的要好許多，而且范公子此人看似淡泊，但實際上心氣極高，大家也知道他如今在京中名聲大震，我看他日常行事，竟似是沒有將司南伯的家產放進眼中，而且日常交往人物也都是靖王世子這種厲害角色。」

葉大點點頭。「事情還早，但是我們要早做準備。」

有掌櫃提出反對意見：「何必冒險？大家好不容易才保住性命，這些年過得也算順心。」

「也不算冒險吧，畢竟這麼多年都過去了，想來宮裡應該對我們放心了才對；再說我們又不出京，身家、性命都被朝廷捏著。」另一人搖頭說道：「我們只是商人，又不可能造反，哪有這麼多害怕的。唉，我還真想重新接手那些事，想著就興奮，好多年沒有吹過玻璃壺了……當年我可是你們當中吹得最好的一個。」

這句話似乎牽動了大家的美好回憶，齊聲笑了起來。有人笑罵道：「小姐當年就說你是個大吹吹兒。」

那人窘道：「我又不是你，當年就喜歡泡在肥皂廠裡面吹泡泡。」

葉大微微一笑，舉手制止了這些老不修的喧譁，說道：「還有什麼意見沒有？」

第一個提出反對意見的掌櫃停住笑聲，冷靜說道：「首先要確認是宮裡允許了，這事我們才能做，雖然都想重新回到咱們當年起家的地方，但安全依然是第一，小姐當年說過，只要人活著，什麼都好。」

葉大皺眉道：「范府當年與我們葉家關係極好，這些年來，監察院和司南伯一向對我們還挺照顧，想來司南伯應該不會誑我們。」

那掌櫃寒聲說道：「不要忘了，當年李家與我們葉家的關係不也是極好，最後我們不依然是被他們誑了。」

李乃國姓，李家自然就是皇家，一說到這個，密室裡頓時安靜了下來，圓桌旁的幾個人臉上都現出了很不安的神色。

召集葉家舊人，本來就是件極冒險的事情，所以范閒也只是打個前站罷了，而且用替范思轍請老師來當幌子，想來也沒有太多人會注意到這件事情。畢竟當他真正接手內庫的時候，已經不知道是多久之後，在接手之前，他必須先證明自己有這種能力；在證明能力之前，則要先符合皇帝的定義。

陛下對於接手內庫的定義很簡單——誰娶了林婉兒，誰就得內庫。雖然不知道皇帝為什麼這麼疼愛自己的未婚妻，但范閒既然選擇接受這門婚事，自然也就選擇了接受這個挑戰。

在大婚之前，他首先要面臨的是另一個挑戰。

太常寺協律郎向來是個虛職，類似於某些的名譽稱號，用來給那些將來的駙馬們一個比較文雅些的官職，只是個八品小官，卻足夠清貴。最初慶國的規矩是封同文閣六品詞臣，但後來發現很多駙馬們連首詩都背不下來，只好作罷，把規矩改成了封協律郎。協律郎在前朝名為協律校尉，掌管宗廟音律，皇家總以為駙馬們不會作詩，哼幾個曲子也算應景，所以就這樣定了下來。

雖是虛職，但依然要去太常寺報到的。所以這天大清早，范閒就愁苦著臉，坐著家裡的馬車趕往太常寺。在寺門口，正四品的太常寺少卿已經來迎著了，這個排場讓范閒受寵若驚，趕緊下去親熱問好，和太常寺同仁們寒暄一番，才進了衙門，坐在小房間裡，聽著太常寺少卿講解自己應該做些什麼。

這位太常寺少卿乃是宰相一手提拔起來的人物，所以對范閒如此熱情，也就很好解釋了。只是太常寺少卿以及朝中許多官員，直到今日還是沒有想明白——宰相的私生女嫁與范家的私生子，為什麼一應規矩卻都是按宮裡的在辦？

皇帝也許是太過寵幸林家和范家，但在很多臣子眼中，皇帝實在是太胡鬧了；而知道林家小姐真正身分的人，則是打死都不肯說什麼。

范閒本以為自己是音痴，不免要出些洋相，哪裡知道只是枯坐了一個上午，灌了一肚子溫茶，發現同事們也大都如此，只是手上捧著宮裡出的報紙在看。茶喝多了，肚子有些脹，他嘆息一聲，學著別人也拿了一份報紙，然後進了茅廁。

報紙上依然是花邊新聞，只是陳萍萍已經回京，宮中編撰們再也不敢胡謅什麼陳萍萍的初戀故事。范閒提著褲子從茅廁出來，下意識將報紙塞進內衣深處後，他才醒過神來一陣失笑。這還是年前在澹州養成的竊報習慣，自己存的那些銀子，全靠這種手段搜刮而來。

正要回去繼續喝茶，忽聽得房內爆出一陣狂喜驚呼。

「勝了！勝了！天佑大慶！」

范閒心中一凜，知道朝廷與北齊間的角力，終究還是以朝廷的勝利告終。在這場傀儡諸侯國之間的小型戰爭之後，只怕北邊又會有些土地被劃入慶國的勢力範圍。

第三十章　風起於萍末

屋內官員們正聚在一起看著邸報，上面清清楚楚寫明了發生在北方的所有事情，不論是從及時性還是資訊豐富程度上來說，都比皇宮出的報紙要吸引人多了，更何況上面記載的還是慶國勝利的消息。范閒苦笑著從懷裡掏出那張皺巴巴的報紙，在心裡對文書閣大書法家潘齡老先生說了聲抱歉，便重新坐回自己的桌前開始飲茶。

旁人正在興高采烈地講著戰事，沒有人注意到他的安靜。反而是太常寺少卿看著他微微一笑，示意他出來一趟。范閒有些忐忑不安地走出門外，來到一處僻靜所在。這裡已經是院子深處，擱著一張石桌、兩張石椅。

太常寺少卿示意他坐下，微笑問道：「眾人皆歡愉，君卻獨坐默然，不知為何？」

這位太常寺少卿姓任名少安，當年也是風流人物，後來娶了位郡主，便一直安安穩穩地在太常寺裡向上爬升，與范閒今日所面臨的情況倒有些相同。范閒不確定任少安是不是心傷某事，要來拉自己唏噓，所以不好怎麼回話，只得淡淡一笑說道：「朝廷勝這一仗乃自然之事，所以並不如何驚喜。」

「為何是自然之事？」任少安好奇問道。

范閒對於軍國大事確實沒有什麼獨到見地，只得推諉道：「陛下英明，將士用命，北齊心虛，自然一戰而勝。」

任少安微笑望著他說道：「我這才想起來，今次兩國再鬥，倒是與范大人遇刺一事脫不了關係。」

范閒一怔，也才想起來，此次慶國出兵抗齊援趙，其中一個藉口就是北齊國刺客潛入慶國京都，意圖謀殺大臣之子。想到北疆的那些河畔枯骨、各州郡閨中空等良人之婦，范閒不知為何，心頭有些發堵，嘆息道：「兵者乃凶器，聖人不得已而用之。」

他知道慶國雖然承平十數年，但骨子裡的尚武精神並沒有消褪，所以平日裡很注意掩飾，但當著任少安的面，想著只是閒聊，隨口說了句。

任少安似乎很欣賞他這句話，點了點頭。「雖是如此，但此次獲地不少，慶國又有數年安寧，倒也值得。」

范閒不是一個酸腐的和平主義者，微笑承認了這個事實。任少安又道：「雖然戰功盡歸將士、陛下，但是朝中為此事暗中籌劃兩月，也算得上是殫精竭慮。」

范閒馬上從這句話裡品出了別的味道，知道任少安是在說，朝中的文官系統也為戰事出了不少力。范閒畢竟有過兩世經驗，知道打仗終究打的是後勤，所以誠懇說道：「朝中諸位大人，也是厥功至偉。」

任少安滿意地笑了笑，接著說道：「宰相大人與你即將成為翁婿，你若有閒時，還是要多上府拜問一下，才比較合適。」

「這是自然，多謝少卿大人提醒。」范閒背後一道冷汗流了下來，自己馬上就要娶林婉兒了，卻還沒有去拜訪過未來的岳丈，這真是有些說不過去，只是……這應該是林府與范府之間光明正大的交往，為什麼任少安要私下與自己說？

果不其然，任少安輕聲說道：「老師希望你一個人去相府坐坐，不想驚動太多人。」

范閒恍然領命。

第二日朝堂之上，盡是一片諛美之詞，軍方受賞不少，監察院四處也因情報得力，受了明旨嘉獎。不過出乎所有人意料的是，戶部侍郎司南伯范建出列進言，此次得勝，全虧宰相林若甫殫精竭慮，先國事後家事，疏理後勤，糧草得力，實為大功。群臣喧譁，本不明白原本的政敵，為何今日如此和諧？但一想到兩家的婚事後，頓時恍然大悟。

更出乎眾人意料的在後面，本來一直是宰相那派的禮部尚書郭攸之卻出言反對，如何如何。最出乎眾人意料在於……陳萍萍上朝了。當皇帝詢問之時，他坐在輪椅上輕聲說了四個字：「宰相辛苦。」

至此，原本藉著吳伯安與北齊國勾結之事不停攻擊林若甫的政敵們一下子安靜下來，皇帝下旨安慰，林若甫重新站穩腳跟。而朝野上下都在傳說，林若甫因為與范家的聯姻，已經倒向二皇子。本來在朝中全無助力的二皇子，頓時成為了炙手可熱的人物。

沒有人知道，這一切大事的背後，其實只是鬱鬱不得志的太常寺少卿與太常寺八品協律郎在院牆下面的一次閒聊。

透過向老丈人賣了一次好，一次大好，范閒的心裡稍微有了些安全感，雖然還是很害怕宰相查出來林二公子是自己喊人殺的，但總不像是前兩個月裡那般躲著了。

太常寺的職事不用天天去，只須一句去點個卯就好。這天下午，范閒坐著馬車來到了皇家別院。

如今他與別院裡那位姑娘的婚事已經是全京皆知，加上范府出手大方，所以看管的侍衛們都開始睜一眼、閉一眼。范閑和妹妹一同往裡走去，並沒有心情去看園子裡的野花雜草，只是沿著石子路往小樓去。

范若若有些驚訝。「哥哥對這裡的路倒是挺熟。」

范閑微微一笑道：「我記性好，妳又不是不知道。」心裡卻是暗笑，自己十天裡倒有兩、三個夜晚會在這園子裡穿進穿出，想不熟悉還真是件極難的事情。

可惜按照規矩，他這位未來的郡主駙馬依然不能在別院裡見林婉兒，只好坐在樓下喝茶，范若若一個人上去。他也不介意，反正夜夜能見的未婚妻，不急在一時。過了一陣子，卻是下來兩個人。看見范若若身後跟著的那位姑娘，范閑眼睛一亮。那位姑娘眼眸清亮，眉毛略有些濃，卻並不顯得粗魯，反而很有精神，正是京都守備師師長葉重的獨生女葉靈兒。

葉靈兒看見有個陌生男人等在樓下，略有些奇怪。范閑已是微笑著起身相迎，拱手道：「葉姑娘，許久不見了。」

話一出口，范閑就知道事情有些不妥，當日自己見葉靈兒的時候是化了妝的，用的是大夫身分，今日卻是擺明身分來別院探視，開口一句許久不見，只怕葉靈兒會起疑心。

出乎他的意料，葉靈兒只是淡淡看了他一眼，屈身一福道：「見過范公子。」

見她知道自己的身分，又不驚奇自己先前說的話，范閑知道一定是林婉兒向這位閨中密友將二人交往之事說出來，微笑說道：「婉兒多虧有姑娘相陪，病榻之上，才不致無聊，范閑在此謝過。」

葉靈兒神色冷冷地說道：「范公子客氣了。」

范閑見這女子似乎並不怎麼喜歡自己，也不如何惱怒，他可不認為憑藉自己的漂亮臉蛋，就可以讓全天下的女人都對自己抱有一種大生的好感，所以只是微微一笑，他再行一禮，轉身對范若若說道：「問的事情怎麼樣了？」

范若若莞爾一笑道：「你就急這個，林姊姊說了……」

范閒忽然擺擺手，微笑道：「自己家裡的一點兒事情，還是回家說吧。」

葉靈兒聽著這話勃然大怒，心想這范閒果然是個心胸狹窄之輩！這話的意思太明顯不過，意思是范、林兩家的事情，不需要自己這個姓葉的多摻合？她怒氣沖沖道：「范公子，說話做事不要欺人太甚！」

范閒一怔，心想這又是從何說起，這位葉姑娘怎麼脾氣這麼大？心裡有些莫名其妙的煩躁，懶得理她，牽著妹妹的手就往別院外走去。

走到外面，葉靈兒也與丫鬟、下人們一起出來，看著范閒拉著范若若的手，冷笑了一下。

范閒沒明白，還是牽著范若若微涼的小手等著馬車過來，范若若的臉色卻變得有些尷尬。確實如此，這世上兄妹之間如他們這般親暱的，並不多見，而范閒又不是很常注意這些。看著妹妹神情，范閒終於想明白了，心想那個女人怎麼老纏著自己不放。他與范若若之間自然是清清白白，所以反而格外生氣，回頭對著葉靈兒皺眉問道：「葉姑娘，您是不是家中沒大人管教，所以天天在京都與定州逛著？」

葉靈兒全沒想到自己無意的一絲冷笑，竟惹得對方如此惡毒的言語攻擊，大怒罵道：「你說誰沒有教養？」

「誰說過？」范閒溫柔笑著。「這裡好像沒有人說過。」

見他要無賴，葉靈兒更是氣急敗壞嚷道：「那你還不是天天在京都裡逛著，都要成親的人了，還沒個正形，也沒見你去過幾次太常寺，難道你也是家中沒大人管教？」

范閒的性情溫柔之中帶著幾絲凌厲，但更多的卻是蔫兒壞，知道自己不生氣，對方才會更生氣，所以更加溫柔說道：「我來探望自己的未婚妻，於情於理都說得過去。葉姑娘與我的婉兒交好，時常探望，我已謝過，只是希望您能注意下自己的言辭，不要再試圖挑撥我們自己家人間的關係。」

葉靈兒氣得雙唇發抖，聽見對方又玩這招，恨恨道：「就你這般紈褲模樣，也不知道婉兒是瞧上你哪點了！」

范閒嘆了口氣，說道：「我又哪裡紈褲了？」

葉靈兒恨恨道：「文不成、武不就，紈褲之說難道虧了你？」

范閒有些慚愧地笑了笑，說道：「我本極厭惡自誇，不過京中總傳在下文武雙全，文能七步成詩，武能七步殺人，過譽之詞讓在下有些飄飄然，今日才被姑娘這話點醒，實在是感謝莫名。」

見他作態，葉靈兒才想到對方的才名，氣得一跺腳，不知道說什麼好，忽而將紅潤至極的薄唇一咬，手扶在腰畔的小刀上，幾番思琢之後，終是取下刀來，扔在范閒身前的土地上，發出咚的一聲脆響。

第三十一章　關於黑拳的光榮傳統

隨著這聲響，皇家別院門口安靜了下來。慶國雖然承平日久，北邊疆場之上也只是些小打小鬧，但畢竟開國只有數十年，所以民風尚武，剽悍之氣猶存。葉靈兒身為武將世家子女，腰畔別個小刀也是正常。只是……將這刀扔到范閒腳前就相當不正常了。

范閒挑挑眉頭，知道這是發出決鬥的邀請，類似於自己曾經生活過的那個世界裡，歐洲貴族們決鬥時，最喜歡玩把手套扔對方臉上的做派。他撓撓右臉，覺得有些癢，好笑想著如果慶國的決鬥規矩是將刀子扔對方臉上，只怕每次決鬥都能成功舉行。

所有的人都看著范閒，范若若緊張地拉著范閒的袖子。別看葉靈兒水靈著，但家學淵源，乃是正宗的七品高手，在京都裡哪有紈褲敢去招惹她？

只是對方既然扔出佩刀發出挑戰，范閒身為男子，不應戰就會顯很畏怯，只怕在京都裡會抬不起頭來。

見二位貴人爭得厲害，守在別院門口的侍衛們眼觀鼻、鼻觀心，全當沒有聽見，自然也沒有那等不長眼的會去告訴別院裡的郡主——「您最好的閨密與將要嫁的良人要打起來了」——誰會這麼蠢。

「既然你號稱文武雙全，我不及你詩詞本領，但也想代婉兒看看，你究竟有沒有保護她的本領。」說也奇怪，自從扔下小刀後，葉靈兒整個人的狀態都發生了很奇妙的變化，冷靜了下來，如碧玉一般美麗的澄淨眼眸裡充滿自信，小小弱弱的身軀，竟似蘊藏著極為宏大的力量，將要施展在范閒身上。

范閒心頭一凜，這才知道這位姑娘乃是位深藏不露的強人，面上卻是微微一笑，將手擺了擺，說了讓所有人都沒有想到的三個字。

「我拒絕。」

拒絕決鬥？這本就是極少見的事情，拒絕一個女子的邀鬥，只怕更會讓范閒抬不起頭來。眾人都不明白范閒為什麼做出這樣一個令人瞠目結舌的選擇。

范閒很誠懇地解釋：「葉姑娘雖然不喜在下，但畢竟是婉兒的好友，我怎忍心出手？」不等眾人喝倒彩，他又微笑說道：「更何況，在非必要的情況下，我是不願意打女人的。」

馬車早就來了，只是看著這邊局勢緊張，所以停在另一邊。王啟年看見與范閒對陣的乃是葉靈兒，也只能乾著急，萬萬不敢用監察院的身分去壓對方。

說完這些話，范閒又拉起妹妹的小手，示威一般走向馬車。

一道清音怒發！葉靈兒再也忍受不住范閒的尖酸言語攻擊，在這一刻爆發了，身影一晃，整個人已經衝到范閒的身後，一拳直衝——好在她畢竟還有些武道遺風，在動身之前，已經發聲示警。

感受著身後那道暴烈風聲，范閒右手極巧妙地一用力，將妹妹領到邊上一點，緊接著轉過身來。

然後看見了直衝自己面門的一個拳頭！

這個拳頭很小巧、很漂亮，皮膚白皙，甚至可以看清上面隱隱可見的淡青靜脈，握成拳後只有大拇指露在外面，上面塗著粉紅色的蔻丹。

能在這麼短的時間內看到如此多的細節，這只證明了兩件事情：一，范閒骨子裡是個多情多慾之人；二，葉靈兒的出手雖然暴猛快速，但比起澹州懸崖上的那根神出鬼沒的棍子，還是要慢太多太多。

他的腳尖在地上挪了一寸，身體卻奇快無比地向左側偏開，讓那記殺意十足的拳頭完全落空，擦著自己的臉頰過去。

嗡的一聲，拳頭落空，仍擊出一片震盪風聲，范閒頰畔的髮絲飄了起來。而此時，他的右手早已神不知鬼不覺地抬起，食指微屈，在電光石火間，彈在葉靈兒的脈門之上！

就算是大內侍衛副統領宮典，在猝不及防之下都無法躲過這一招，更何況葉靈兒。只聽得她一聲輕哼，緊緊握住的拳頭就已經散了，就散在范閒的臉頰旁。但范閒卻來不及高興，雙眼一瞇，奇怪無比地向後退了三步，伸出手掌在空中拍了三下。

啪！啪！啪！三聲脆響在他的身邊響起。

原來葉靈兒拳頭一散，五根手指卻像是春日桃枝般綻開，每一指便如一森然之枝，往他的太陽穴上襲去，范閒全憑著本能反應躲過去，拍了三掌，擋住那五道破空而來的勁氣。

「葉家散手！」旁觀眾人驚呼出來。慶國大宗師葉流雲乃是葉靈兒的叔祖，沒有料到這位小姐竟是得了葉流雲的真傳。

驚呼未停，范閒滿臉平靜地搶身近前，一拳頭實實在在地打在葉靈兒的手掌上！

一聲悶響之後，不管葉靈兒的手指是桃枝還是什麼，都被生生打散，他掌上蘊著的霸道真氣毫不客氣地將她的散手崩開！葉靈兒向後飄了半丈，吃痛地握著自己的手腕，吃驚望著范閒。她是萬萬沒有想到范閒體內的真氣竟然如此怪異，觸掌之後，竟是順著自己的經絡向上侵伐而去，那種痛楚讓她心神一散，頓時失了散手之意。

「妳不是我的對手。」范閒依然笑著用言語刺激對方。

葉靈兒一咬牙，再次衝上來，這一番氣勢較先前更猛，五指併攏為刀，橫劈而下，掌刀破風，竟是呼呼作響。她本是個女子，先天真氣不如成年男子充沛，所以葉流雲當初傳她散手之時，便用了些心思，當遇見真氣勝過自己的高手，便併指為掌，化散手枯枝之意，盡為凌厲劈木之勁。

范閒心頭一凜，身體卻沒有在這一記的下劈掌風中搖晃，只是腳下交錯，仗著在澹州懸崖上練就的逃命功夫，妙到毫巔或者說險到極處地與葉靈兒每一掌擦身而過。

葉靈兒的掌風越來越凌厲，四周觀戰的人隱約感覺場間似乎有股陰寒之風四處颳著。就像有無數把刀在范閒的身邊飛舞，他隱約感到一絲危險，悶哼一聲，體內霸道真氣布滿全身，腳跟在地上重重一頓，強行止住了後退的勢頭，腰腹部一用力，整個人就像是被人從後打了一拳般，猛地一彈向前倒去，由退而進，竟是全無中斷之勢！

掌風消失了，范閒也消失了。

下一刻，觀戰的人們都張大了嘴巴。

范閒出現在葉靈兒的懷裡，兩隻手像是鐵鉗一樣扼住她的腋窩，將她那恐怖的兩隻手掌舉著擱在自己的肩上——準確地說，他搶在葉靈兒這兩掌劈下之前，用類似於抱住對方的身法，拿住對方的要害。

范閒這伎倆看似無賴，實際上是在這漫天的掌風之中，唯一找到可以近她身的途徑，而且這種途徑轉瞬極逝，他的速度與眼光，都已經到了一種很恐怖的地步——當然，這都是五竹教得好。

葉靈兒發現對方像個鬼魂一樣地朝著自己倒下來，接著卻是抱住了自己，眉頭一皺。她也清楚對方能欺近自己，必須擁有怎樣的月光、手段，所以心中大為震驚，驚卻不亂，雙掌勢止，整個人騰空起來！

毫無前兆，她一腳就向范閒脛骨上蹬過去，這一腳若是蹬實了，只怕范閒會痛得倒在她身上，只是她此時也顧不得這麼多。

恰在此時，范閒雙手一鬆，讓她未盡掌勢自由落下！

人體構造就是這麼古怪，如果你的雙掌往下劈，下面那腳再想向上踢，就會顯得特別彆扭和困難。而范閒需要的就是對方片刻的不適應，趁著這短暫的一瞬間，他早已一拳頭直直衝過去！

這是除了牛欄街殺人事件之外，范閒在京都出的第三拳。他的每一拳都打破了一個人的鼻子，今天也不例外。

啪的一聲輕響，一道豔麗的血花飄過，飄得極有浪漫感覺。

葉靈兒捂著鼻子蹲下來，指間有血，片刻之後，她開始痛得哇哇大哭。范閒這就納悶了，心想她要打架，自己就陪她打，哪有打輸了就哭的道理？

葉府的下人、丫鬟們早就圍了上去，但極有規矩地沒有一擁而上，看來葉家靈兒與人決鬥是常事，但依然有很多雙目光狠狠盯著范閒。范閒極瀟灑地一撣長衫，無所顧忌。

倒是遠處看熱鬧的皇家侍衛壓低了聲音輕嘆：「葉小姐家學淵源，沒想到還是挨了姓范的黑拳。」

看著蹲在地哭泣的葉靈兒，范閒此時才記起來，對方其實不過是個十五歲的丫頭。

不過他可沒有什麼內疚，不打女人，不代表自己就願意被女人打。想當年自己老媽初入京都，就將眼前這個女子的父親，如今的京都守備師師長葉重揍成了豬頭；自己那五竹叔，也曾經與葉流雲在皇城根下大戰一場，讓他閉關數月，捨劍取散手。

自己打了葉靈兒一拳，也算是延續了這種光榮傳統吧。

第三十二章　大劈棺與小手段

依范閒的性情，打完架後自然就要趕緊各回各家、各找各媽，但是萬萬沒料到范若若竟然瞪了自己一眼。似乎妹妹嫌自己出手太重了，他只好苦笑著搖搖頭，看著妹妹掏出手帕為葉靈兒擦拭流血的鼻子。

「這葉靈兒的小鼻尖倒是蠻漂亮的，只可憐這時候像個流鼻涕的小破孩。葉重家也姓葉，老媽也姓葉，當年是不是因為這個，所以一直互瞧著不順眼？如今我與葉靈兒也互瞧不順眼，看來是長輩遺風。」

其實范閒是個很沉穩的人，但此時場面尷尬，一時又不方便走開，所以只好想這些有的沒的，來掩飾一下自己的情緒。

許久之後，哭哭啼啼的葉靈兒終於在范若若的安慰下平靜了些，再看著范閒的眼神除了恨之外便多了一絲敬畏。她畢竟是葉家女子，技不如人，也不會多作糾纏，竟是掙扎著向范閒行了一禮，表示認輸。

見對方磊落，倒是范閒有些不好意思，咳了兩聲，隨口問道：「妳剛才用的是什麼掌法？」

「大劈棺。」葉靈兒抽了抽鼻子，揚臉倔強回答：「我認輸，但這只是我學藝不精，與我葉家家傳武藝無關。」

范閒此時才覺得這姑娘終於有了一絲可愛之處，笑著說道：「大劈棺的名字好，看來是流雲散手的簡約版，姑娘能有這等武道修為，已是不易。」

「這花花轎子眾人抬，前面有人抬了，後面也得有人抬一下。所以葉靈兒捂著滲出血絲的鼻子，哼哼兩聲，問道：「你用的是什麼招數？」

葉家一家皆武痴，葉靈兒此時不急著找回場子，卻急著要知道對方這詭魅又很難想像的手段究竟是什麼招數。慶人好武，但從來沒有誰像范閒這樣，只是依靠著自己的真氣、速度、判斷，後發而先至，仗著自己對人體構造的了解，攻擊敵人從來不會在意的部位，從而獲得積少成多的勝利——這種手法葉靈兒確實是從來沒有見過，但她叔祖倒是見過。

范閒一怔，心想自己這套黑拳似乎不算什麼招數，微微心動。「都只是些小手段，葉姑娘快去治傷吧。」

這些手段是五竹教授他的殺人技，費介教授他的識人術，再加上牛欄街時初次運用的心得，雜合而成的一套技法。范閒將這取名為小手段，確實名如其實。

後來范閒的小手段也在京都出了名，成了某種能搆上武道必修書的名目，這卻是此時的范閒所無法想像的。不然他一定會取個「滄州折梅手」、「司南六陽掌」之類風花雪月的名字。

不過今天小手段總是勝了大劈棺。

京中這種「武道切磋」雖然大都是在府裡進行，但畢竟不是什麼新鮮事，所以范、葉兩府並未因此而如何。認輸的葉靈兒悻悻然離去，只是離去之前，堅持要將自己的小刀遞給范閒，說是比武認輸後的彩頭。

坐在馬車裡，范閒苦笑著把玩手中的彩頭，心想自己沒來由地和小姑娘打一架，說不定還會得罪葉府。

范若若似乎猜到他在想什麼，微笑說道：「不礙事的，葉府子弟好武，天下皆知，不然也不可能出了位大宗師。葉重大人持身甚正，更不會因為這種小事情生氣。」

范閒嘆了口氣說道：「也不全然是為此事煩惱，只是覺著挺荒謬。」

范若若呵呵一笑說道：「先前哥哥拒絕與她決鬥，倒真是讓人意外。」

「意外？是擔心京都裡的人認為我怯懦？妳先前也說過，她只是個七品高手，而我是個連八品高手都殺死了的怪書生。即便我不與她交手，難道京都裡的人還會認為我是怕她？」范閒微笑說道：「雖然說刀劍確實比言語有力量，但如果只用言語就足夠羞辱打擊對方，那何必再動刀動劍的。」

說完這話，他忽然一拍大腿，懊惱道：「得，都已經打了一架了，再說這些也沒甚用處。」

范若若噗哧一笑。

范閒好奇問道：「為什麼葉家小姐總看我不順眼？」

「妹妹不知。」范若若略想了想後應道：「大概先前覺著嫂子要嫁給你，就是件極難過的事情，後來雖然不存在這個問題，但是我們又騙了她一次，等於是借她的幫助才能讓你見到嫂嫂，她有些嚥不下這口氣。」

范閒苦笑道：「我就知道，所謂手帕交之間是沒有祕密的。」

「關鍵是費大人的學生。」范若若繼續解釋：「哥哥上次用的就是這個名頭，如今似乎很多人都知道咱們家與監察院陳院長的關係不錯，可能是因為這事露了馬腳。」

范閒心頭一凜，心想不會讓別人從這件事情裡猜出什麼來吧？不過轉念一想，葉家都是多少年前的事情了，在京都數月，就憑眼前所見，似乎京都人早就已經忘記了當年的事情。

范若若此時遞了張紙給他，他接過細細一看，便揉成一個小紙團扔出車窗去。紙上是林婉兒寫的幾句話，他今日來別府的主要目的，就是想找林婉兒商量一下，馬上要去拜見老丈人了，應該提些什麼東西。雖然林婉兒從小與宰相林若甫並沒有生活在一起，但畢竟是父女，總比自己這個外人要清楚許多。

第二日，天光微暗，有烏雲臨城，稍減陽光之熾，卻讓京都更添蒸籠的感覺。

范閒抹著汗，蹲在夾竹道的街沿上，細細挑揀著攤子上的貨色。夾竹道是京都古董玩物集散地，對這些事物有興趣的人，每逢天氣不錯的時候，都喜歡來這條街上淘淘。范閒學著行家的做派，一腳踩在路肩上，一腳踩在攤子牛皮紙的邊上，手指在攤子上亂動著，大半個時辰了，卻沒個最終的結果。

攤主有些急了，只是看他穿著確實是位大富大貴之人，所以不好多說話，只得賠著笑道：「這位公子，您究竟想瞧些什麼貨？」

「鼻煙壺。」范閒有些無奈開口。林婉兒說宰相大人這些年來最大的愛好就是玩鼻煙壺，所以他今兒就指望能淘個好的，哪裡料到竟是將眼都看花了，也沒瞅見能入眼的。

「得，您算是找準地方了。」攤主眼睛一亮說道：「我這兒青花釉的、翡翠的、琥珀的，要哪種有哪種，尤其是翡翠好，大好，您瞧這個。」他拿起一個小立壺，壺色青潤微黃。「瞧見沒？黃楊綠的，雖然年代不敢稱久遠，但質料作工可沒得說。」

「有祖母綠的沒？」范閒心想得挑個最貴的才行。

攤主為難說道：「祖母綠太矜貴，用來做鼻煙壺，那是宮中才有的制式。雖然如今不怎麼苛求這個，但如果想在夾竹道上尋個祖母綠的鼻煙壺，那就有些難處了。」

攤主為人極好，竟是給范閒指了街頭一家大店，說如果要尋祖母綠的鼻煙壺，便只有往那家去。

范閒謝過，又放下一塊碎銀子，拿了片不知真假的碎瓷片，才起身離去。王啟年在一旁看著，臉上浮起一絲微笑，心想這位大人對待販夫走卒之輩倒是無比溫柔，而且關鍵是心細如髮。

入那大店，迎面便是一陣清風撲面而來，范閒定睛一看，卻是一線拉屏風扇正在不停地搖著。范閒大為讚嘆，竟是不急著問鼻煙壺，先揪著老闆問清楚了這扇子是誰家賣的，一問之下才知道，原來是去年出的新貨，老闆與那商家有些交情，所以擱在廳裡當活廣告。

問清楚那商家的地址，范閒才開始詢問鼻煙壺的事情。老闆上下打量了范閒兩眼，從衣著上確認了對方荷包的深淺，這才入後房小心翼翼地捧出一個盒子，放在桌上打開。盒中鋪著碎紅錦，綿軟至極的材料托著各式材質的鼻煙壺，防止打碎。

老闆也不怎麼說話，很乾脆俐落地問道：「要好的，還是要最好的？」

范閒喜歡這種感覺，微笑道：「當然是最好的。」

聽見這話，老闆竟是把盒子蓋上，在腰間摸索半天，取出了一個淡青色的翡翠小壺，材色青潤，無一絲絮狀存在，真是上好的材料，裡面反描著一獨坐寒江邊的釣翁，不僅意境上乘，那筆法觸端更是纖細柔順，手藝是極難見的鬼斧神工。

「開個價吧。」范閒接過來放在手掌裡把玩著，感覺掌心一片溫潤，手感非常好，有些癢、有些滑、有些潤。

「兩千兩銀子。」老闆面無表情，似乎很厭煩有人來買東西，顯得有些愛理不理。范閒反而來了興趣，貨色確實不錯，老店的做派就是不一樣。

他想了想，自己在澹州存的銀子加上妹妹孝敬的全都給了弟弟去開書局，澹泊書局如今生意大佳，但後手的銀子還沒揣回自己身上，所以後來透過藤子京在公中調了兩千兩銀子，除去在花舫上喝花酒用掉的四百兩，最近七用八用，還剩下一千三百多兩，所以一皺眉說道：「八百兩。」

第三十三章　送山送水送翠壺

范閒不會殺價，但前世的時候，那個漂亮小護士經常陪他聊天，會告訴他，女孩子買衣服，砍價都會從三分之一砍起。范閒不像小女生那樣厲害，所以砍了個五分之二的價錢。

誰知道老闆竟是拿眼睛一瞪他，似乎很厭煩他不識貨的水準，冷冷地將盒子蓋上，準備拿回後房。范閒一急，張嘴想喊他回來，再商量商量價錢。不料一直在邊上靜默不語的王啟年，向范閒使了個眼色，范閒孤疑著隨他走出去。

「只值四百兩。」王啟年對他恭敬說道：「大人等我問去。」

說完這話，他重新走進這個沒有招牌的店家，過了一會兒，便重新出來，只是手上已經多了個青翠至極的鼻煙壺，然後才從范閒手裡接過四百兩銀票，交給身後那個面色如土的老闆。

上了馬車，范閒才輕聲說道：「不要仗著官勢欺壓良民。」他摸了摸腰帶裡的鼻煙壺，忍不住噗哧一聲笑了出來。「不過偶爾欺負下這種奸商也是不錯。」

王啟年微微一笑，眼角上的皺紋像菊花一樣地綻放，畢竟也是四十幾的人了。他小意解釋：「倒不算奸商，只是這鼻煙壺他收的價格頂多也就三百來兩，我們給四百兩，也不算欺負他。」

「喔？」范閒詫異地看著王啟年。「莫非王大人竟然對古董玩物還很精通，不然怎麼能一眼瞧出真正的收價來，要知道這行當的水沫子可是真多。」

王啟年又笑了笑，說道：「大人莫非忘了下官當年入院之前做的是什麼營生？」

范閒恍然大悟，哈哈一笑說道：「原來當年你做獨行賊的時候，居然還順便學了這些知識。」

王啟年窘迫地應道：「我一人在那些小諸侯國裡販來販去，不敢請幫手，那自然就只能自個兒把眼光弄尖利些。」有這樣一個古玩界的行家在，難怪先前他能如此輕鬆地把鼻煙壺的價錢砍下來。

回到范府的大門處，王啟年的小隊就撤了，交由范府自己的防護力量。便在此時，范閒頭前在另一家店裡訂的線拉屏風扇也到了大門口，下人們趕緊接進去，只是最後交帳的時候，帳房先生有些肉痛地對范閒說道：「這扇子雖然好，但是太貴，大少爺一下子買了五把，我在二太太那裡可不好報帳。」

柳氏此時恰好走進帳房裡，聽著帳房先生的話，似笑非笑地看了范閒一眼，點頭說道：「入帳吧。」

范閒微微一笑，向柳氏行禮請安。「姨娘好。」

二人目前狀況太過尷尬，親近談不上，也還沒有機會爆發成敵對。范閒對某件事情有些納悶，皺眉問道：「姨娘，我是瞧著這扇子用著清涼，擱在大廳裡最舒服不過，可為什麼平常沒見著有哪家用？」

柳氏微笑搖頭道：「這事啊，你以後就比誰都明白了，還不是那家商號要的價太高，誰也捨不得買去，夏天不過這麼幾天，就算挖個冰窖，比那扇子也貴不了多少。」

范閒機靈，一下子就聽明白了。「這是……內庫的買賣？」

柳氏點了點頭。范閒嘆道：「賣這麼貴，怎麼可能？就這工藝，哪家商販都能學了去，為什麼沒有別家在賣？」

柳氏笑道：「雖然明上都沒有人說，但大家心知肚明，這是陛下賣來充實內庫的生意，誰敢仿去？隨便讓監察院安個名頭，都是坐牢流放的罪名。」

范閒搖搖頭，大感不妥。柳氏好奇問道：「怎麼一下子買了五把？」

范閒溫柔解釋：「花廳裡要擺一把，父親與姨娘那屋要擺一把，另外三把則是要送人的，靖王府上送一把，還有就是宰相府上一把……國公府一把。」

柳氏的娘家也是京中大族，三代之內曾經出過一位國公，所以范府之中只要一提國公府上，便是指柳家——弘毅公柳恆。

柳氏微微一怔，沒有想到這漂亮少年竟然會考慮得如此周到，更沒有想到對方會對自己主動示好，一時間竟是不知道該如何回應，略有些失神地笑了笑，便離開了帳房。

其實范閒也是看見柳氏後，才偶爾想到應該轉圜一下與柳家、柳氏間的關係。如果他想讓范思轍將來牢牢地站在自己這邊，避免出現他很不喜歡的宅鬥場景，那麼就一定要讓柳氏不會再次做出……讓雙方無法緩和的事情來。

小恩小惠、小恭小敬自然起不到這種效果，所以得一步一步慢慢來，范閒有這個自信。柳氏的一顆心分成了三片，一片歸了司南伯范建，一片歸了范思轍，只要彼此之間的利益能夠共生擴大，想來柳氏應該不會有太多意見。至於十二歲時的那場暗殺……范閒皺著眉頭，強行控制自己的心神，說服自己皇后與長公主才是真正的對頭。

宰相府中，林若甫輕輕撫弄著手中的鼻煙壺，輕聲說道：「這是上好的祖母綠打磨成的，塞子設的地方巧，雖然用的是內畫，畫工不錯，不過顯得有些多餘了。」

袁宏道在一旁聽著，知道林若甫意有所指，微笑道：「新婿拜見丈人，帶些禮來，本是應有之意。」

林若甫微微一笑，站起身來，單手掀開桌前的那方卷軸，原來是一幅畫，畫的也是一名老翁獨自在江邊垂釣，江水去處，不見末端，整幅畫卷上全是冰雪一片，畫旁是一首詩。

「千山鳥飛絕，萬徑人蹤滅。孤舟蓑笠翁，獨釣寒江雪。」林若甫輕吟畫上之詩，嘆息道：「畫雖一般，書法也不出奇，這首詩倒是不錯，一向聽聞范閒大有詩名，果然如此。只是這麼一首詩，你還覺著他只是帶來了翁婿間應有之意？」

袁宏道苦笑著，心想這位范公子也真是莫名其妙，明知道大人喪子不久，心情還未平復，卻將如此悽愴的詩畫送上，略一沉吟，眼前一亮說道：「大人您看這裡。」他的手指向畫中一處。

那處留白點墨，正是山峰之旁。崖壁之側，隱隱可見雪地中兩道極細的淡墨線飄飄搖搖般分著岔，就像是有株小草要奮力從雪中挺起腰身。

「這是……」

「此乃寒江雪崖一點綠。」袁宏道微笑解釋。

林若甫看著畫上那株極難發現的小草，臉色漸趨柔和，輕聲道：「看來連你也很喜歡這個叫范閒的少年。」

袁宏道並不忌諱什麼，笑著說道：「范公子家世不錯，才學不錯，性情也是極好。」

「在你口裡，他倒像是個完人了。」林若甫笑著搖搖頭。「晨兒如果嫁給他能幸福，那自然就好。」忽然間他壓低了聲音說道：「只是那件事情，你真的可以確認？」

袁宏道很認真地回答：「蒼山腳下那件事情已經確認了，聽說費介眼下正在東夷城那邊交涉。」

「嗯。」林若甫半閉著眼睛說道：「我也是這般想的，其實我不在意范閒的才學家世，只在意他的性情手段，只要性情好、手段狠，將來我死後，能護住我們林家，能護住我唯一的一對子女，那便是好的。」

在林珙死後，其實林若甫確實有些心灰意冷，大兒子是個愚痴兒，女兒卻是長年見不得一面，只是他依然還要為依附自己的官員、族人考慮打算，所以女兒嫁給什麼樣的人，是他目前考慮的重中之重。

「外面怎麼樣？」林若甫面帶溫柔說道。

「很好，比大人與我想像的還要好些。」

「為什麼天空是藍色的？」

「因為大海是藍色的。」

「為什麼大海是藍色的？」

「因為光線進海水之後，就變成藍色的了……嗯，你不要聽我的，我對這些事情沒什麼研究，基本上屬於瞎說一氣。」

「為什麼池子裡的水是清的不是藍的？」

「因為池子裡的水淺。」

「啊？」

「嗯？」

花園裡面，林婉兒的大哥坐在藤椅上，胖胖的身軀幾乎要將整張椅子占滿了，好奇地問著范閒。他的眉眼間全是小孩子那種單純無害，只是目光偶爾會顯露出幾分呆滯。

范閒知道宰相府的大公子似乎身體不大好，但來之前卻沒有想到，原來林婉兒的大哥竟是個痴呆兒。不知道因為什麼，林若甫遲遲沒有接見自己，自己在後園待著，卻恰巧碰上了大舅子，只好陪他隨便聊著。范閒笑著心想，不知道這個胖胖的痴呆兒，會不會偶爾怒起打自己一頓？

「你叫什麼名字？」范閒微笑望著痴痴傻傻的大舅子，聊了一會兒之後，他發現對方其實只是反應慢了些，像個幾歲大的孩子，傻乎乎的倒有些可愛，至少比范思轍可愛。

大舅子癟著嘴，胖嘟嘟的臉頰顯得更圓了，嘴脣的兩邊皺起兩道肉紋。「我叫大寶，我弟弟叫二寶，二寶不在家很久了。」

范閒心頭一凜，想到了死去的林珙，轉瞬之間，看著面前的傻舅子竟是不知道該說什麼好。

第三十四章　避暑何須時

如果是一般的成年人，和只有幾歲智慧的痴呆兒聊天，或許很容易心生厭煩。但范閒不一樣，范閒前世最後的那段歲月都是躺在床上無法動彈，今世修行那個奇怪的霸道真氣時，也經常陷入半植物人狀態，所以他的耐性是極好的，加上對面前這個叫大寶的大舅子心生憐惜，所以可以耐得住性子一邊笑著，一邊與大寶聊著。

在范閒的心中，身旁這個行動有些遲緩的大胖子，實在是比京都裡其他的人要可愛多了，要值得信任多了。

「我說大哥哥，為什麼大寶這麼胖，你卻這麼瘦？」大寶皺著眉頭，似乎被這個問題困擾得很厲害。

范閒苦笑回應道：「第一，你才是我大哥，我將來是你妹夫。第二，我並不瘦，只是大寶有些胖。」

大寶搖搖頭，打了個呵欠，從身邊的桌子上取了塊江南的軟糕放嘴裡，使勁嚼著，口齒不清說道：「大寶不胖，只是喜歡吃。」

見宰相還沒有傳自己的意思，范閒眼珠子一轉，湊到大寶耳邊說道：「大寶啊，什麼時候我帶你出去玩玩？」

「玩……玩什麼……呢？」大寶開心說道：「我要打馬球。」

「嗯？」范閒好生頭痛，心想自己真是給自己找事情做，本想著帶大舅子去消消夏，順便以此為藉口，也把婉兒從禁衛森嚴的皇家別院裡拖出來，哪裡想到這位大胖舅子居然想打馬球，他趕緊改口說道：「大寶，想不想聽故事？」

大寶的鼻孔張縮了兩下，吸了兩口氣，興高采烈地說道：「好好！大寶最喜歡聽故事了。」

於是乎，宰相家的花園裡，開始響起一個清澈的聲音。這聲音在講故事，故事裡說的是一個長得很漂亮的白雪公主和七個小矮人，在一個森林裡快樂的生活，有一天白雪公主去撿小蘑菇……

「有些出乎意料。」林若甫隔窗遠遠看著那邊，微微一笑道：「你看他是裝的嗎？」

袁宏道搖搖頭。「不像，看范公子滿面笑容極為真摯，應該是發自內心。」

「嗯。」林若甫嘆息了一聲。「請他進來吧。」

范閒進入相府後，就一直有些緊張，等走入宰相的私人書房時，第一次看見自己未來岳父的臉，更是忍不住右手尾指輕輕哆嗦一下，畢竟對方唯一正常的兒子的死亡，與自己脫不開關係。但他的臉色依然保持著恭謹，平靜異常。「拜見林世伯。」

稱呼是很有講究的一件事情，叫宰相大人肯定不適合，叫老大人也不漂亮，稱聲世伯既可以拉近范家與林家的關係，又隱隱提前展現這門婚事將會帶來的親近感。

林若甫看著范閒平靜的臉寵，對於這小子的表現有些滿意，略一斟酌後說道：「今日請范公子來，想來范公子也明白是什麼意思。」

范閒趕緊笑著應道：「世伯喚小姪名字就好。」

林若甫點點頭。「范閒……對於這門婚事，你有什麼意見沒有？」

范閒心想自己能有什麼意見，高興還來不及，臉上不由自主出現一絲赧色。看見他的表情，林若甫內心深處更加安心，微笑道：「你也看見了，珙兒去後，我只有這一子一女，晨兒嫁與你，你要好好待她。」

范閒低頭沉聲應了聲是，毫不拖泥帶水。

「老一輩人，總有去的那天。」林若甫忽然輕聲說道：「如果我冒昧地說一聲，將來若有一日，我要將我的兒子託付於你，你可有這個擔當？」

范閒略一沉思，站起身來，雙拳一抱躬身道：「理所當然。」

「日後，我們便算是一家人，所以有此話，我可以當著你的面說明白一些。」林若甫看著少年的雙眼，似乎想看進他的內心深處，一字一句說道：「雖然我與婉兒極少見面，但她畢竟是我的女兒，她姓林，就要為林家考慮。一旦聯姻事畢，相信司南伯大人也明白，你我兩家便是同生共榮的關係，希望以後無論在朝在野，你都要牢牢記著自己的身分。從此以後，你要護持的，不再僅僅是范家，還有林家的利益。」

這話確實說得夠直白，但也唯有如此，才表明了林若甫對於這門婚事，終於真正地點了頭。范閒心頭湧起一陣喜意，雖然娶林婉兒過門，是宮裡一手操辦的事情，但能夠得到岳父的首肯，自然會更加名正言順一些。

只是想到這番話裡別的意思，范閒也不免有些頭痛。這位初初見面的老丈人顯然已經捨了東宮，卻不知道是不是準備靠在二皇子那邊。世人皆道，范府與靖王府都是二皇子的助力，但范閒卻清楚，自己的父親心裡想的可要複雜許多。

閒事少敘，只說這次相府之行成功結束之後，林婉兒終於覷了個空進宮，在太后面前孝順半天，又不知怎的說動了往日裡一張鐵面的皇帝舅舅，得了旨意，終於可以離開皇家別院，四處去逛逛了。

林婉兒的身體在范閒與御醫們的小心操持下，恢復得極好，早就可以出門走走了。雖然她病根還沒有除去，但是老是躲在小樓裡也不是個事，一聽說宮裡終於開了禁，范閒大喜過望，第二日一大清早地就帶著馬車和一應準備好的事物，趕到了皇家別院外候著。

不知道等了多久，院裡終於熱鬧起來，先是幾個侍衛打頭，後又有幾個老嬤嬤領著，還有幾個樣貌俏麗的丫鬟開路，末了，林婉兒才在大丫鬟四祺的扶持下，款款從裡面走出來。

林婉兒穿著一件清爽的白色單裙，頭上戴著個隴西竹圍成的笠帽，這種笠帽極輕，帽子下沿是薄薄的一層輕紗，遮著陽光，也遮住了她的清美容顏，只隱隱看得見眉眼、脣角的喜意。

范閒迎上前去，那些老嬤嬤們卻是看見這位新姑爺便開始緊張起來，像抗洪一樣英勇堵在林婉兒身前，數雙如電般的目光，惡狠狠地看著他。

范閒大怒，心想小爺談個戀愛還要被這些傢伙打擾，真弄煩了自己，再給她們下點兒瀉藥，讓她們肚痛入廁不能出！

林婉兒略帶歉意地看了他一眼，手上卻是用力擰了一下身邊的大丫鬟。

四祺吃痛，險些叫了出來，心想自己又得罪誰了？但她明白小姐的意思，趕緊上前對范閒說道：「范公子，分兩撥走吧，在西城避暑莊再見。」

避暑莊是皇家消夏園林，在京都西側約二十里外，如果不是林婉兒今日出遊，范閒倒是沒有資格進去享福。

范閒冷哼一聲，但也知道成親之前，如果便和林婉兒坐一輛馬車裡，只怕她會羞，那些老嬤嬤會瘋，所以不再多話，卻給身邊的范若若使了個眼色。范若若會意，微微一笑，走到未來嫂嫂的旁邊，輕輕拉著林婉兒的手，說了幾句什麼，然後便隨著別院的一行人，上了宮中的馬車。

「哥，做駙馬……真的是一件很惱火的事情。」范思轍在旁邊很同情地看著范閒。

「秋天快來吧。」范閒嘆息道：「讓你姊跟著嫂嫂應該沒問題，那些該死的老嬤嬤，總不會以為百合也會在馬車裡綻放才是。」

「百合是什麼？」

「一種聖潔的植物。」

兩邊人走得極早，天剛亮便出了門，但等車隊趕到避暑莊時，太陽也早已經醒了過來，熱情無比地照耀大地上的一切。

好在皇家的山莊早就考慮到這些問題，嬌貴的皇族們都拒絕接受太陽的熱情，所以山莊修建在密林之旁，鄰山望湖，遮陽迎風，湖面平靜，但清風依然徐徐吹來，帶走林間最後一絲燥氣，還以眾人一片清爽。

范閒站在湖邊草地上，看著眼前景致，心中好生讚嘆，這皇家的農家樂活動確實不一樣，生活待遇較一般臣子實在是高上太多。

話說入避暑莊的時候，不知道范若若使了什麼招數，竟是說動了皇家的侍衛，將那幾個老嬤嬤全部留在前莊喝茶、打馬吊去，湖邊只留下一干年輕人。侍衛或站或坐地在遠方站崗，丫鬟們難得出來玩一趟，嘰嘰喳喳個不停，倒是將湖邊清淨減了三分。不過沒有魚眼珠子們在一旁打擾，范閒還是覺得很舒服。

與眾人離得遠了些，又咬牙切齒地扮鬼臉趕跑了大丫鬟四祺，范閒終於能夠和林婉兒單獨地待上一陣子。

「真難。」范閒感嘆著，右手從青青的草裡像條蛇一般鑽過去，如閃電般抓住林婉兒軟軟的小手，臉卻依然平靜望著湖面。「想和姑娘見上一面真難。」

手被捉住，林婉兒的臉馬上紅了，羞得低了頭，卻沒將手抽回來，只低聲啐罵道：「這時候又來喚姑娘了，也不知道是誰天天晚上沒臉沒皮地爬牆翻窗。」

第三十五章　湖畔吹來孜然風

范閒嘿嘿一笑，也不反駁什麼，只是拿著手指尖在未婚妻掌心裡撓著，雖然是兩世老處男，但畢竟也是AV男優加藤鷹薰陶出來的新一代，這些小手段，哪裡是林婉兒所能禁受得住的。她只覺一陣急慌，都有些坐不穩了，范閒腆著臉湊上去。「要不然靠我懷裡？」

「大哥確實有一套。」范思轍坐在車上不肯下來，他嫌草裡蚊子多，看著遠處湖邊的那一對男女讚嘆道：「這剛與未來的嫂嫂見面，就能坐到一處去了，若再待幾個時辰，豈不是就要提前洞房？」

范若若噗哧一聲笑了出來，只是她雖然知道兄長偶爾會夜探嫂嫂香閨，但確實不清楚兄長與嫂嫂見面的頻率有多高，所以看見這一幕後，也同樣有些吃驚和佩服。

「快下來幫忙卸東西。」范若若拍了拍范思轍的腦袋，笑著說道：「總不好讓那些侍衛來做。」

范思轍瞪著眼睛說道：「這些下人是做什麼用的？」

范若若微微一笑道：「都是些丫鬟，可沒你力氣大。」

不知為何，一看見范若若清清淡淡的笑容，范思轍這二世祖便無來由地害怕，乖乖地從馬車上爬下來，開始去幫那些嬌滴滴的丫鬟們卸東西。也不怪范若若要他幫忙，范閒今兒個出遊帶的東西著實不少，幾個丫鬟加上范思轍折騰了半天才搞定。

范思轍抹著額頭上的汗，對著湖邊大聲喊：「大哥！卸下來的都是些什麼東西？」

坐在湖邊的范閒聽著這聲喊，才想起這些事情，一拍腦門，有些不好意思地對林婉兒告了聲歉，起身拍拍臀下的碎草屑，走到馬車邊上，開始吩咐大家如何安排。

在京都安定下來後，范老夫人把他留在澹州的那些家什全部寄過來，所以今天都派上用場。共計有手工帳篷三個、燒烤鐵架一只、大眼鐵網幾片、胡椒孜然罐一袋、鹽若干、竹條若干、雞蛋若干、河魚幾條、蘿蔔豆腐一大堆、細碳一袋，總之就是完完整整的燒烤架式。

有丫鬟指著堆在一起的破布好奇發問：「這是什麼？」

范閒好心解釋：「帳篷。」

丫鬟很好學。「是行軍打仗用的嗎？」

范閒微微一笑說道：「晚上也可以在湖邊看星星。」

看見范閒清逸脫塵臉上的可親笑容，明亮雙眸裡的溫厚之意，丫鬟不再好學，羞羞遮臉去了別處。

生起炭火之後，自然有人過來接手，范閒搬了塊石頭坐在鐵網邊，小心翼翼地塗抹著醬汁與作料，竹籤穿過魚肉，淡淡清香隨著火氣的蒸烤散發出來。他抽了抽鼻子，看了遠處湖邊孤單坐著的林婉兒一眼，微微一笑，沒有把口味調太重。烤好了三串魚，遞給弟弟、妹妹一人一串，他便往湖邊走去，坐到林婉兒的身旁。

「給。」范閒溫和笑著。

林婉兒滿臉狐疑看了他一眼，心想他的手藝能成嗎？接過來小心翼翼地放在脣邊嘗了一口，緩緩咀嚼，眼睛漸漸地亮了起來，望著范閒嘻嘻一笑，卻是根本不及稱讚他，就開始大快朵頤，只是烤魚太燙，她一邊捨不得讓魚肉離脣，一邊卻是燙得直吐舌頭，空著的那隻手不停在嘴前扇著，哈著氣。

很可愛，真的很可愛，可以愛。

范閒看著她肉嘟嘟的脣瓣，不知怎地就想到慶廟初遇時的那隻雞腿了，取笑道：「晨兒，最近這些天我可沒少拿雞腿給妳吃，怎麼還這麼饞？」

林婉兒鼓著臉，氣哼哼說道：「早知道你烤東西這般香，我才不會吃那冷冰冰的雞腿。」

范閒哈哈大笑，險些跌倒在後方。自己這未婚妻的性情真有意思，有時候會羞怯無比，低著頭都不敢看自己一眼；有的時候卻會使些添情增趣的小性子，病懨懨的身子卻喜歡扮小老虎，還是那一個字：Q；兩個字：可愛；三個字：卡哇依。

林婉兒回頭望去，只見那邊的燒烤架比湖邊要熱鬧得多，范思轍早就啃光了手裡的烤魚，正在那兒指揮著丫鬟整幾根玉米棒子烤來吃。只有范若若吃得秀氣些，一邊吃一邊沿著林子在走，不知道是在看風景，還是在想什麼心事。

目光落在從馬車上卸下的那堆東西上，林婉兒越發覺著自己的未婚夫有些古怪，好奇問道：「往年出來遊玩，多是在山莊裡吃飯，也沒見下面這些丫頭如此高興……還有就是，你今天拿的這些東西，看著怎麼都有些稀奇。」

范閒笑著解釋：「雖然她們都是丫鬟，但都是隨著妳過日子的丫鬟，成天錦衣玉食，又有幾個真正自己做過飯吃？今天這燒烤不見得味道有多好，但勝在自己動手，感覺不一樣，這味蕾的反應也就不一樣了。」

「味蕾？」林婉兒有些迷糊，睜著大大的眼睛望著范閒。

「人舌頭上的某種小器官，可以感覺到味道。」范閒知道這事很難解釋清楚，畢竟肉眼不如顯微鏡好使，隨便解釋：「舌根感苦，舌前感甜，就是這個原因。」

林婉兒呵呵一笑說道：「到底不愧是費大人的學生，對這些事情如此清楚。」

聽她提到費介，范閒便是一肚子氣，畢竟費介與自己師徒一場，感情不錯，自己來京都好幾個月了，連陳萍萍都已經回到京都，為什麼費介卻不肯回來？實在是有些過分。

他先將這些事情扔下，看著林婉兒期待的目光，范閒又整了個二人小灶，拿了些材料過來，二人邊烤邊吃。當然，大部分情況下是范閒在烤，林婉兒在吃。

在香氣的圍繞中，這對未婚夫妻向溫溫炭火上的食材發動著溫柔的攻擊。

「嗯，這調料似乎也不多見。」林婉兒伸出嫩嫩的舌尖，輕輕舔去脣角上的一粒芝麻，滿意無比地嘆息道：「真是很香啊。」

「開玩笑，芝麻開門就有，這點兒孜然可不好找。」范閒在心裡想著，如果不是和慶餘堂的掌櫃們關係不錯，今兒拉到避暑莊來的這些物事，還真不容易湊齊。他嘴上卻回道：「妳若喜歡，以後成親了天天做給妳吃。」

林婉兒臉色變得極快——當然不是翻臉不認人的那種變化，只是聽著成親二字又習慣性地羞答答低了頭。不過今天這場合有些不大適合，她的脣上還滿是油膩，鼻尖上還有一抹灰，怎麼看都像是在自家廚房裡偷吃的小孩。

范閒看著她的臉蛋呵呵笑了起來。婉兒真不是一個特別漂亮的姑娘，但不知道為什麼，在自己眼裡，總覺得她的五官無一處可以挑剔，神態無一絲不可愛。看見他笑自己，林婉兒有些惱怒地作勢欲撲，范閒趕緊張開雙臂準備捨身飼虎。

反正湖邊隔得遠，一大叢水生木恰好擋住那些丫鬟的目光，范閒本以為自己可以頭一次光明正大地攬香玉入懷，不料林婉兒卻是面露尷尬，強行止住了滾落范閒懷裡的勢頭。

范閒有些無奈地搖搖頭，拿手帕去湖邊沾溼，然後回身坐在林婉兒身邊，盯著她的臉蛋，極細心地將她鼻尖和下巴上的灰柔柔擦去。

二人離得極近，感受著范閒溫柔而專注的目光，林婉兒緊張得不行，雙手緊緊抓著襦裙的下襬。范閒也發現了她的緊張，一時失措，拿著溼手帕的手停頓在她粉頰之側，目光對望，似乎連呼吸聲都開始交織在一起，彼此起伏著，混合了頻率，逐漸加快。

心動不如行動，范閒二話不說，低頭便在她的……額頭上親了一口。

林婉兒一驚，旋即又一羞，接著卻是淡淡失望。只是她的失望還沒有來得及遮掩下去，范閒的雙脣已經堵上她準備假意嗔怪的嘴，溼滓的、軟軟的、香香的、甜甜的。

「哎喲！」范閒發現下脣被小姑娘狠狠咬了一口，趕緊直起身來，讓自己的雙脣逃離了犯罪現場。

定睛一看，卻發現林婉兒眼中滿是笑意，只是這笑意中多了幾絲春光明媚，就如同二人身邊這湖水一般，水波如鏡，卻依然微有高低水流，動人心魄。最可愛的，還是她似笑非笑時，白如潔貝的上門牙……還可愛無比地咬在自己肉乎乎的下嘴脣上。

范閒心頭一蕩，鼓起餘勇，將自己未來的妻子拉進懷裡，再不讓她逃開，手指輕點她軟乎乎的臉頰，輕聲說道：「小老虎，當心我吃了妳。」

林婉兒身子緊張地僵在他懷裡，如春湖般的雙眸卻依然迷媚。她咬著下脣，望著范閒說道：「婉兒身子沒大好，郎君捨得嗎？」

第三十六章　妖精吵架的典故

捨得捨得，不捨哪有得？范閒瞧著她小媳婦兒任君品嘗的模樣，根本不可能變身柳下惠，內心深處早已是一片火熱。如果要這時候放手，范閒都會鄙視自己，吃便吃吧，上了飯桌還講什麼客氣。

所以兩個人漸漸合成一個人。

雖然有水生木遮隔著，但湖光山色多明媚，那邊小倆口的親熱景象總是會影影綽綽落入丫鬟們的眼裡。丫鬟們很聰明，各自將眼光移開，有的低身去翻肉片，有的背過身假裝檢查小姐妝盒；有的不知如何處理，只好低下身子，輕喚一聲，冒充腳扭了的可憐小女生。

范思轍正在大嚼著，沒有注意到湖邊有妖精吵架，范若若此時正在山林邊散步消食，似乎也沒有瞧見這邊。而那些丫鬟之所以沒有連咳數十聲，以阻止這種大傷風化的事情發生，全是依賴於范閒這些日子裡的填鴨政策。

如果要謀國事，就要向太監頭子行賄；如果要謀家事，就要向這些貼身丫鬟們行賄，范閒深深明白其中道理，所以這些天裡，隔一時便打賞，仗著自己老子是戶部侍郎，仗著澹泊書局正在源源不斷地撈銀子，他出手極大方，丫鬟們極歡喜，早就將天秤偏向了未來姑爺這側。

不知過了多久，湖邊的兩個人終於呼吸困難地分開，氣喘吁吁的，髮絲微亂，看上去倒有幾分狼狽，不像是親熱，倒像是打了一架似的。

林婉兒伸手捋了捋頭髮，眼角餘光瞥了一眼遠處的丫鬟們，猜想應該沒有人瞧見，但依然羞惱大作，狠狠地瞪了范閒一眼，心想這光天化日的，未免也太荒唐了些，但脣上此時似乎還殘留著些許甜甜的香味，讓小姑娘家家心頭一片慌亂甜蜜交織。

「怕什麼？平日夜裡也沒見妳這般不自在的。」范閒小聲在她耳邊調笑著，手指施出「小手段」輕彈了一下她白瑩潤美的耳垂。

林婉兒又是一聲輕呼，再也忍不住，捏起小拳頭，朝他胸膛上捶下去。

「謀殺親夫了。」這是前世范閒和夥伴們早就開膩的玩笑，但在這湖邊對著自己真正的未婚妻說著，卻別有一番滋味。

林婉兒「虎虎有生氣」一口咬上來，范閒手腕一痛，強忍著沒有叫喚出口，苦笑說道：「又不是妖精打架，怎麼狠成這樣。」

妖精打架這典故出自《紅樓夢》第七十三回，傻大姊在大觀園裡撿了個香囊，上面繡著一對赤裸男女相抱盤坐，這傻大姊不知道是春宮畫，卻以為是妖精在打架，後來隨手交給了邢夫人，才有了後來抄檢大觀園的那齣戲。

本來慶國應該沒有誰知道這個典故，但前些日子林婉兒聽說自己郎君開了家書局，號稱有《石頭記》全本，所以早就逼著范閒將後面十來回「抄」了出來，今日一聽這四個字，馬上就羞紅了臉，有些悶悶不樂說道：「把我當什麼人呢？」

范閒笑嘻嘻說道：「當然是好人啊，前人說過，妖精打架，打的是一種至善至美的架，更何況我們先前只是妖精吵架而已。」

「呸！不知哪裡來的歪門邪說，還要假借前人之名。」林婉兒噗哧一笑。「再說了，妖精打架和吵架有什麼區別？」

「打架自然是手舞之、足蹈之，身體每個能用的部分都得用上。這吵架嘛，當然……是只動嘴的。」

「去死。」

范閒心裡那個得意，應道：「那就死妳身上好了。」

避暑莊裡避暑時，戀愛中的男女身處佳湖青山之間，最易消磨時光，一眨眼的工夫，就到了午間。不知被范若若施了什麼手段留在前莊打馬吊的老嬤嬤們終於記起正事，屁顛屁顛地趕了過來，對范閒眉開眼笑著，想來牌局上得了范家不少好處。

但范閒依然瞧她們不順眼，因為這些老嬤嬤一來，自己是無論如何再也無法一親芳澤了，起坐都得守禮，與林婉兒遠遠隔著。

午時用膳，自然不能由著范閒靠烤魚糊弄過去，一行人浩浩蕩蕩地回了山莊裡，選了個清雅的院子，自有下人去準備吃食。正飲茶閒聊間，聽得遠方傳來一陣車聲。范閒與林婉兒同時微笑站起，似乎都知道來的是誰，但二人發現對方也站了起來，忍不住互望一眼，十分詫異。

來者是客，來者皆是客，卻是范閒與林婉兒兩人分開請的，起先並不知道，所以當看著兩輛馬車上的人下來後，范閒與林婉兒都有些吃驚。林婉兒在吃驚之餘多了一些緊張和感傷，范閒在吃驚之餘多了一些緊張……和頭痛。

懨的和事佬。

林婉兒請來的是葉靈兒，她知道前些天二人在皇家別院外的那場打鬥，所以今天刻意藉郊遊的機會，想讓葉靈兒與范閒多接觸接觸，消除彼此間的仇視，也等若是想做個病懨懨的和事佬。

范閒自然明白林婉兒的意思，微笑著迎上去，拱手一禮道：「見過葉小姐。」

葉靈兒經過那天之後，雖然鼻頭瘦痛似乎猶在，卻無半絲扭捏作態，竟是一抱拳作俠女狀。「見過范公子，范公子身手了得，小妹佩服。」

范閒呵呵一笑，心裡卻有些奇怪的感覺，暗道這是準備在古代拍武俠片？

范思轍看著葉靈兒從馬車上下來，與兄長打招呼的模樣，壓低了聲音對范若若說道：「姊，我看明白了，未來的嫂子想當和事佬。」

范若若嗯了一聲，滿臉微笑著準備上前見禮，不料聽到了范思轍的下句話，不由得頓住腳步。只聽范思轍淫淫說道：「只怕嫂子開門迎客，卻要給自己迎個妹妹。」

范若若啐了一口，重重在范思轍額頭上敲了一下，低聲罵道：「且不說哥哥的心思如何，即便他想娶，以葉小姐的身分，難道可能做小？」在她的心裡，哥哥娶誰都無所謂，只要他喜歡便好，這點倒是和范閒對她的期望差不多。

另一輛馬車上下來的是個大胖子，正在僕婦的扶持下略有些慌亂地四處張望著。范閒一個眼神過去，示意范若若將葉靈兒帶去休息，一手卻輕輕拉了一下林婉兒的衣袖。

林婉兒看著那個大胖子，忍不住將手放到唇邊掩住，卻仍然有一聲極低的輕呼發出，再回頭望向范閒時，眼中滿是感激。

「去吧。」范閒用溫柔的微笑鼓勵她，兩個人往馬車那邊走過去。大寶見到范閒，本來有些驚恐的表情馬上就變得眉開眼笑，本就有些開闊的眉間距離頓時被拉得更長。他往前挪了幾步，拉住范閒的手喊：「小閒閒，原來是你啊。」

「大寶，不是說好不准這麼喊我嗎？」范閒苦著臉說道。

林婉兒本有些微微悲哀，心想自己這個沒見過幾面的傻哥哥似乎將自己忘記了，但聽見大寶稱呼范閒，還是忍不住笑了起來，問道：「小閒閒？」

范閒無奈地點了點頭。

「謝謝你。」林婉兒感動地望著范閒。「你知道我不方便見他的。」

「知道。」范閒笑了笑，轉身拍拍大寶高大的肩頭。「大寶，今天沒有馬球看，不過還有別的好玩的。」

這處院子在山坡下，可以遠遠望見山下那汪碧湖，大寶抽了抽鼻子，搖搖頭。「小閒，這水是綠色的，不是藍色的。」

范閒嘆口氣道：「因為這水不夠深。」

「那我們去看看有多深。」

范閒打的如意算盤是今兒將大寶拉來，一是免得大舅子天天在家裡憋慌了，二來可以交給范思轍帶著玩，反正都是兩個小孩。哪知道范思轍對於吃虧的事情有一種先天的敏感，一看見來了個大傻子，早就躲得遠遠的。范閒被大寶拖著手，只好無奈地往山下走，心想這午餐大概也泡湯了。

傻姑爺與傻舅爺正要走出門口的時候，大寶忽然回頭，很認真地看著林婉兒。「妹妹，妳為什麼不跟上來？」

林婉兒先是一怔，緊接著卻是心中一酸，原來沒見過幾面的傻哥哥還記得有自己這樣一位妹妹。她趕緊脆生生地應了聲，走上前去牽住大寶的另一隻手。

入夜，遠處閣樓裡傳來極輕微的麻將牌落地聲音，侍衛們聚在一處喝酒，事務清閒，天下太平，全放鬆了警惕。丫鬟們白天玩累了，又喝了幾盅黃酒，自去睡了。至於被服侍的那些主子們，更是早就已經下幔安寢。

偶爾，林畔塘裡響起蛙聲陣陣，湖中偶有魚兒夜游破水之聲，更襯得皇家避暑莊裡一片寧靜。

靠著湖的極偏僻處，有一個帳篷正躲著月光，悄悄藏在樹林中，接受著湖面夜風的吹拂。正是夜半無人私語時，帳篷之中的小倆口在應景說悄悄話。

第三十七章　夏日覓得一枝梅

「你就這麼把我背出來，也不怕四祺發現？」

「她現在天天睡得這麼沉，我連迷香都不用，估計她也醒不過來。」

「可是、可是……總有些不好意思。」

「看看星星，看看星星而已。」

「你說的話能信？」

「那婉兒妳準備做些什麼？」范閒壞壞笑著望著她的臉，帳外的月光並不明亮，所以林婉兒的臉顯得格外朦朧、格外美麗。

林婉兒極好看的皺皺鼻尖，假嘆道：「許了你這樣一個大色狼，半夜搶人，我又有什麼辦法？」

范閒也嘆了口氣。「我也擔心總這樣偷偷摸摸的，將來成親後，萬一要是回咱倆的臥室，我不會從大門走了，那該怎麼辦？」

林婉兒啐了他一口，生怕他的心思真往邪裡發展，畢竟此時夜深人靜，二人獨處，萬一他真想……如何如何，自己也無力阻攔。

范閒不知道姑娘家的心思，如果他知道林婉兒此時已經想到了無力阻攔四字，只怕早就撲上去。正所謂非不能，實不為也，在范閒的概念中，一旦女子想到無力阻攔，那其實就是已經做好了不阻攔的準備。

二人躺在軟軟的墊子上，帳子拉開一道縫，從帳裡往上望去，正好可以看見一帶星空。今夜月淡，所以星星顯得格外明亮，在幽黑中帶著一絲深藍的夜幕裡，溫柔地注視著大地上所有的情侶。

林婉兒斜倚在范閒的懷裡，范閒只覺鼻端傳來陣陣淡香，胸腹處是小姑娘柔軟彈嫩的背臂。夏日少年輕衫薄，就像是沒有布料攔在二人中間一般。毫無疑問，此時還沒有反應的男子，不論是十六還是六十，那都已經淪落到了「禽獸不如」的階段。所以范閒有些緊張地緊了緊雙臂，讓兩人的身體靠得更近一些，不留絲毫距離，迷亂且幸福地感受著懷中傳來的每一分觸感和彈潤。

范閒開始變魔術了，右手先前還牽著林婉兒的手，下一瞬間卻不知怎麼跑到了她胸前薄薄的衣衫裡。

帳篷裡無比安靜，就連湖上微微的波濤聲都顯得十分羞澀。

良久之後，帳篷裡傳來幾聲羞聲還有年輕男子陶醉的聲音。

「世上總有些事情果然眼見也不為實，實在是很難掌握……很難掌握。」

林婉兒的耳根子都紅透了，嗯了兩聲，扭著身子要擺脫范閒的魔掌，卻哪裡敵得過初哥的爆發，身子被挑逗得愈發軟了，情急生智，咳了兩聲，硬生生做出幾分柔弱感覺來。

果不其然，范閒一怔，以為她著了涼，趕緊念了幾遍清心普善咒，強壓慾念，將她的衣衫理好，扯毯子給她蓋上。林婉兒餘羞未褪，心裡卻有些好笑和感動，生怕他再次變身，眼珠子一轉就轉了話題：「今天白間……看你整那些新鮮東西，如果拿去賣，只怕能賣不少吧？」這說的是那些燒烤、作料和此時二人住的帳篷。

范閒此時有些慾求不滿，嘶著聲音說道：「堂堂郡主娘娘，操心這些小錢做什麼？來，再親個嘴兒。」

林婉兒又羞又急，說道：「你又開書局，又做豆腐的，人家以為你喜歡經商。」

范閒心想做豆腐倒罷了，吃豆腐是真喜歡，苦著臉回答：「我得證明自己能掙錢，只有這樣，將來咱們的皇帝舅舅將內庫交給妳我打理，才會放下心來。」他入京之後，著力做生意，交結慶餘堂，便是為著這事。

二人滾燙的身子這時候終於冷靜了許多，相擁抱著看星星聊閒天，不知怎的，就講到前些天范閒去宰相府拜訪老丈人的事情。

「爹爹……身體還好吧？」林婉兒關心問道，她極少能見到自己的父親，但心裡還是無比牽掛，今天看見傻大哥，想到二哥林珙早逝，父親一人孤苦，只怕很傷心，自己身為人子，卻無法侍奉在旁，實在是不應該。

范閒知道她在想什麼，安慰道：「都挺好的，將來成親後，我們一起孝順著，總比現在要好些……對了，宰相大人可是真的同意咱們的婚事……」

二人的聲音越來越低，漸趨不可聞，消失在這沉靜的湖畔夜色中，至於當晚還發生了些什麼，日後再做計較。

第二日天光入窗，二人自然不可能還在帳篷裡，不然讓那些護衛、丫鬟們知道自家的女主子、將來的男主子居然一整夜在外面恩愛親熱，這件事情一定會成為京都月內最轟動的八卦新聞。

范閒與林婉兒分別在各自的房間床上睜眼、揉眼、翻身、微笑、回味，傻乎乎地伸著懶腰。

眾人起床後開始分桌用膳，丫鬟、僕婦們忙個不停。林婉兒坐在圓桌之旁，溫柔地給……大寶夾醬菜絲配清粥，眼光都沒有瞥范閒一下。在另一邊，范閒傻笑著給妹妹吹涼碗中的熱氣，顯得特別兄妹情深。

范閒與林婉兒沒有互視一眼，但二人眉眼間蕩漾著的某種情緒，讓整個廳間都開始散發一種叫做幸福的味道。敏感如葉靈兒、聰慧如范若若，極為狐疑地互視一眼，又極有默契地移開眼光。

天色尚早，吃過飯後，范閒正準備去林間找個僻靜處活動身體，保持每天必須進行的修行，不料葉靈兒卻正色走到他面前，一抱拳，請他指點。

葉靈兒回府之後，與父親說起過那日在皇家別院外的較量，葉重細細考問之後，對於范閒的應對大加讚賞，說道這位范公子當初能躲過那場刺殺，生剖程巨樹，果然不凡。聽了父親的話，葉靈兒終於對范閒有些服氣，但卻秉持葉家武道的理念，找到機會就誠心向范閒討教。

所謂討教，其實只能證明葉靈兒服氣沒有服到骨頭裡。

范閒極少與人對練，當初在澹州時，基本上屬於被五竹暴捶的可憐角色，所以今天有資格指點一下身為七品高手的葉靈兒，不免有些意外的快樂，說話指點倒也實在。只是五竹不是好老師，他也不是好老師，只會說這一拳應該如何直、這一讓應該如何省力，只能從淺顯的外在出發，無法總結出一套完整的理論。

所謂小手段，是范閒如今的成套殺人技了，只是教人卻有些不方便，尤其是教一個眼若翠玉般清亮的漂亮小女生。而且范閒也不是個一見人便會掏心窩子的實誠人，所以葉靈兒不可能學到五竹殺人的精髓所在，但終究也有所進益。

范閒微笑，今日總算將葉家流雲散手全部看清楚了，原本簡單的一雙手，竟然可以演化出如此多的攻擊方式，即便是葉靈兒出手，就有破風殺神之威，如果是葉重或者是葉流雲親自使出，只怕大劈棺之技足以破開石墓，而散手如枯枝亦可以令對手身法凝結不能躲！

一番拳風掌勁下來，范閒很滿意葉靈兒身體的柔韌程度，只是微笑望著她小蠻腰的眼光總顯得有些異樣。葉靈兒沒有注意到他的目光，不然只怕會勃然大怒。她猶自沉浸在范閒先前出手的軌跡、角度，以及力量的完美配合感覺之中，深受震撼。

總之，這個買賣沒有虧。

許久之後，樹林裡傳來一聲呼痛，范閒揉著手腕走出來，後面葉靈兒捂著鼻子也走了出來，終於變得徹底老實了。

其實，對於這個世界上所有人來說，每天的生活就像是流水帳，只是一步接著一步，日日重複，難免有些無趣。但權勢與富貴這兩樣東西，似乎可以保證流水帳目上偶爾會出現些新鮮的數字來。

大寶和范思轍被范閒踢去後山騎馬射箭了，自有侍衛保護，丫鬟服侍，不需要太過操心。如今的避暑莊裡，便只剩下他一個男子，外加林婉兒、范若若、葉靈兒三個姑娘。

安坐庭間，啜茶聽曲，看著有幾分姿色的姑娘淺吟低唱，范閒微笑著，心想權勢真是個好東西。郡主要聽曲兒，便可以馬上從京都喊人來唱，這位唱曲的姑娘是真正的唱家，憑著一把好嗓子遊走於京都王公家院之中，也是有些清高的人。

直到此時此刻，范閒才有了身為慶國男子的自覺，他必須為身邊的人、為自己謀取權力或者財富，如果想要保有看似幸福安樂的生活，而不至於淪為邊境上的馬賊、土磚窯裡的苦工，或許有些東西是值得捨棄的。

他是個自私的人，這一點他時常提醒自己。

山莊中，那位叫桑文的姑娘嗓音清脆，與清風混在一處，穿堂而上，繞梁不走。

「冬前冬後幾村莊，溪北溪南兩履霜，樹頭樹底孤山上。冷風來何處香？忽相逢縞袂綃裳。酒醒寒驚夢，笛淒春斷腸，淡月昏黃。」

第三十八章　太子駕到

「好曲，好詞。」范若若微笑嘆道：「桑姑娘的歌藝果然不凡。」

桑文得到京都頗有才名的范家大小姐稱讚，心滿意足，微微臉紅行了一禮。

「冬景春寒，倒讓這炎炎夏日也清爽了些。」林婉兒也點頭稱讚。

范閒在慶國重生十六年，卻依然不怎麼喜歡聽曲子，倒時常懷念前世楊宗緯的歌聲，想到楊宗緯，便想到前些日子常常來范府拜望的賀宗緯，眉間皺了皺，他無來由地討厭那個才子。

不過桑文曲子裡的「忽相逢縞袂綃裳」一句，卻惹動了他的某些心思。縞袂綃裳便是白絹衣袖、薄綢下衣，如白梅般素淨，而當初慶廟香案之前，他與林婉兒初逢之時，林婉兒穿的不正是一件白色衣裳，如同一枝素梅般？

只是那枝寒梅卻多了些雞腿的香火氣息。范閒下意識往林婉兒望去，卻發現她也正望向自己，眼光一觸，范閒微微一笑，林婉兒微微一羞。

葉靈兒如今雖然早已承認了范閒的本事，但看著這暗波蕩漾的一幕，一顆芳心卻不知怎的依然有些不舒服，咳了兩聲。「我不大喜歡聽曲兒。」

范閒笑了笑說道：「看來葉姑娘與我一般都是粗人。」他自承粗人倒罷了，這話卻是將葉靈兒也拖了進來，其他兩位姑娘忍不住都笑了，連本來有些怔怔的桑文也忍不住掩嘴嫣然一笑。

此時廳堂裡只有他一個男子，身邊坐著妹妹和林婉兒，葉靈兒坐在林婉兒旁邊，盡是淡淡少女氣息，這種感覺讓范閒感覺很好，大嘆此生不虛，此行不虛。只要不是柔嘉郡主在身邊就好，范閒有些害怕地想到，少女乃是人世間最美妙的存在，但如果是小女生老用看著十年後老公的眼神望著自己，那就不好了。

便在此時，桑文忽然鼓足勇氣襝衽一禮，對范閒輕聲說道：「小女子冒昧，想求范公子詞句。」

京中藝人，拚的便是排場，也拚支持者的層級，看聽曲兒的是王爺還是國公，可拚到最後，還是拚個實力，就是詞曲唱作的功夫。桑文能夠被郡主林婉兒和范家大小姐范若若同時瞧進眼裡，自然是頭等人物，日思夜想便是好曲好詞，今日機緣巧合，遇見了京都詩名大噪的范閒，也由不得她矜持，不顧雙方身分相差太大，勇敢提出了這個有些冒昧的要求。

范閒一怔，身邊的林婉兒和妹妹卻已經嘻嘻笑著讓他寫去，連葉靈兒也睜著好奇的大眼睛，想看看他究竟能寫出怎樣的句子來。

范閒被煩得無法，只好進了裡屋，鋪紙研墨，范若若早已很有默契地坐到書案前提筆等待。原來范閒竟然只是個書僮的角色，跟著進屋的三女看見這一幕又忍不住笑了起來。

「妹妹的字要好些。」范閒略帶尷尬解釋著，雖然他在澹州時練字也算勤奮，但到底還是不如妹妹的字漂亮，所以乾脆讓賢。

不一時，范若若就用娟秀的小楷將范閒唸的幾句詞記了下來，桑文初聽之時，已經是眼前一亮，待緊張接過這張紙後，細細品讀，更是大喜過望，朝著范閒就盈盈拜了下去。「桑文多謝范公子贈詞，大恩不言謝。」

林婉兒與范若若也是連連頷首，認為范閒寫的這詞當得起大恩二字。桑文若譜好曲子，將這詞唱遍京都，只怕又有幾年的好韶光去。

范閒今日抄的是湯顯祖的那段妙辭：「原來姹紫嫣紅開遍，似這般都付與斷井頹垣，良辰美景奈何天，賞心樂事誰家院。朝飛暮卷，雲霞翠軒，雨絲風片，煙波畫船，錦屏人忒看的這韶光賤。」

他看著諸女陶醉神色，嘆息著搖搖頭，心想《牡丹亭》全篇才是妙文，這段單提出來，美則美矣，無前後文對照，總是欠缺了些精氣神——只是他如今忙於點卯經商談戀愛，連郊遊都是擠出兩日，哪有時間去整這些，看來這先進文化的傳播工作，確實是很有難度的。

「太慘了點兒吧。」一直默不作聲的葉靈兒反應略顯遲鈍了些，直到此時才品出句中真滋味，悲悲戚戚說道。

忽然范若若面色一變，想到這詞中的良辰美景奈何天一句，在《石頭記》裡已經出現過，是林黛玉行的酒令。若桑文將這詞滿京唱去，豈不是馬上就會讓人知道，《石頭記》是哥哥寫的？但她看著范閒似乎忘了此事，私心深處也想著哥哥再搏大名，不由得微微一笑，將這事掩去不提。

郊遊圓滿結束，大家都得到了來前想要的東西。葉靈兒得到了一些「小手段」，桑文得到了范閒的詞，范思轍得到了一肚子烤魚烤肉，大寶最後拉了一匹馬回相府，范若若得了兩天清雅景致來清心怡情，林婉兒得到與兄長親近的機會，范閒得到的最多，卻不能說。

如果就這樣結束，就會皆大歡喜。但當范閒聽到王啟年的報告後，皺起眉頭，他實在沒有料到事情會這般湊巧。

太子要來！

聽說太子今天要來避暑莊，范閒一話不說，吩咐王啟年安排自己這一大隊人撤退回京。開玩笑，堂堂一國儲君要來消夏，難道自己還敢和他爭地盤？更何況范家一直被人歸在二皇子派，宰相又和東宮決裂，監察院死抱著皇帝大腿，范閒身後的勢力雖大，卻全是太子最討厭的目標。如果兩方真的狹路相逢，就算范閒身邊有位「假郡主」外加葉、范兩家小姐，太子真要羞辱自己一番，自己也沒處找人評理去。

「撤！」

皇帝在流晶河畔的青竹茶鋪裡說過，范閒在京中應該能過得舒心。但太子估計很不喜歡范閒舒心。人家父子之間意見如果有了分歧，范閒可沒有那種自負，認為皇帝會為了區區一個大臣的兒子出頭對付自己兒子。

所以他要撤，撤得乾乾淨淨、俐俐落落，不給太子見到自己的機會，不給太子羞辱自己的機會；同時，也是為了不給自己被羞辱後，萬一忍不住將太子揍一頓，犯下逆天之罪的機會。

瀟瀟灑灑來，卻要惶惶然撤走，范閒的心裡也不是滋味。而林婉兒更是皺眉，有些不樂，心想承乾哥哥又不是老虎，怎麼自家夫君會怕成這樣？

葉靈兒也有些重新瞧不起畏懼權貴的范閒，心想太子又如何？當年小時候皇帝將他送到葉家練武的時候，自己不一樣也是揍過他的。

范閒畢竟只是個八品協律郎，區區司南伯的私生子，哪裡像這兩位姑娘家從小出入宮闈，看慣了人世間最頂尖的人物。而且他的思慮總比這些女孩子要成熟許多，知道這事有些敏感。

正因為他安排得快，所以當太子的隊伍快要到避暑莊的時候，范閒這撥隊伍已經上了官道，兩邊擦身而過。

正此時，一聲鑼鼓響，就像戲臺子要開唱一般，太子的車隊停了下來，有大內侍衛讓范閒這邊也停下來。范閒掀開車簾，面無表情地看過去，只見明黃色的車駕之上，本國儲君——日後全天下權力最大的那個十八歲男子，正有氣無力地對自己身後的馬車在說些什麼。

太子李承乾，五官倒是挺清俊，只是感覺氣色不大好，面色有些發白，脣角微微有些發烏。他今日來避暑山莊消夏，沒有想到路上居然看見林婉兒和葉家的那個姑娘，都是打小一起長大的夥伴，所以停下來閒敘幾句。

知道林婉兒昨天在避暑莊過的夜，李承乾心痛說道：「妳也不愛惜一下自己的身子，御醫說過，妳這病最怕風寒。」

葉靈兒在旁邊笑著插話道：「林姊姊可不擔心這些，如今身邊可是跟著位名醫。」

林婉兒皺眉看了葉靈兒一眼，笑著解釋：「早就入夏了，哪裡會染什麼風寒。」

卻沒有把話岔過去，太子對葉靈兒的話好生好奇，細細一問，才知道原來前面那輛馬車裡面坐的竟然是林婉兒將來的夫婿，大感吃驚，說道：「就是范家那個打黑拳的？最近可是出名的人物，趕緊讓他過來讓本宮瞧瞧。」

「算了吧，殿下別嚇著他了。」林婉兒有些為難地說道。

太子皺眉道：「天子家也有幾個窮親戚，日後你們成婚了，他也算是我妹夫，見上一面又怕什麼？再說了，過些日子父皇總是要召他進宮，拜見宮裡的那些娘娘們。」他頓了頓，又說道：「而且朝廷馬上有職司要交給他做，難道他還想躲著不見人？」

這話就說得極重了，兩隊馬車頓時安靜了下來。

「拜見太子殿下。」一個聲音打破了平靜，范閒不知何時已經來到太子車駕之前，笑咪咪地躬身一禮。

第三十九章　升官還是倒楣

太子李承乾，性情懦弱、身體病弱，這是范閒目前對於太子的了解。行禮之後，他顯得有些沒禮貌地抬起頭來，微笑望著太子。雖說對方身分尊貴，但范閒心中總認為自己和皇帝都喝過茶、聊過天，對著他的兒子，自然不會太緊張。

他本不想出來與太子照面，但沒奈何多嘴的葉靈兒打破了他這個幻想。

當范閒看著太子的時候，太子也饒有興致地看著他。對於太子來說，范閒這個名字在短短幾個月的時間內聲震京都，本就是樁異數，而且父皇指親，讓他娶婉兒妹妹過門，背後所代表著的涵義，身為東宮之主的太子，自然十分清楚。

如果長公主姑姑失去了內庫的管理權，而後來接手的又是敵人，只怕往日那些爛帳就會大白於天下，這是太子目前最擔心的問題。好在內庫的移手還要等上兩年，所以並不是燃眉之急，但是范家與靖王交好，靖王世子李弘成又與……二哥相交莫逆，太子微微皺眉，看著馬車下這個漂亮的後生，一時間忘記了說話。

東宮的幕僚如今也分成兩派意見，對於范家是打還是拉，這本身仍在考慮之中。如果是一般府第，太子也不會太過在乎；但是范家不一樣，眼前少年的祖母，是父皇的奶媽，有這一層關係，太子也不好對范府如何。

「你……就是范閒？」太子終於發現自己有些失神，微微一怔後，微笑問道。

「臣范閒，見過太子殿下。」范閒極為尊重地再行一禮。「不知太子車駕在此，所以先前未曾下車，還請殿下恕罪。」

「嗯。」看著范閒清逸脫塵的面龐，不知怎的，太子原先對他的惡感減退許多，在這一瞬間內決定暫時先看看，靜聲說道：「不知者無罪，只是我這婉兒妹妹體弱多病，你要多注意一些，不要學那些京都少年般，只圖一時玩樂。」

「臣惶恐。」范閒聽出太子今天似乎不準備對付自己，心中微安，柔聲應道。

「不要太過拘謹，十月大婚之後，你也算是國之外戚，總是要時常進宮走動的，還是要將行事放輕鬆些。」太子教訓道。

范閒微微一笑，應了聲是，不料太子接下來的一句話卻讓他有些吃驚。

「馬上東夷城與北齊的使團就會進京了，因為牛欄街的事情與你有關，所以朝廷決定任你為副使，暫提品秩使用，我提前知會你一聲，做些準備，不要臨時慌亂。」太子淡淡說著，以為自己不知不覺間就賣了對方一個好。

范閒一怔，略一斟酌後說道：「臣乃太常寺協律郎，參與國事談判，只怕不妥。」

太子冷哼道：「若無些許政績，你日後在朝中如何自處？」

范閒聽出對方有些生氣，趕緊應了聲是，又拜謝太子，才一偏身讓開了地方。

太子揮了揮手中那把黑絲夾金線的馬鞭，比較滿意地點了點頭，又轉身對林婉兒溫和說道：「妳還是多進進宮，姑姑很想妳的。」他略頓了頓，又道：「姑姑最近經常頭……痛。」

太子的聲音沒有一絲異樣，表情也很正常溫柔，但范閒的眼角餘光一掃，依然奇毒無比地從太子懦弱的眼神中發現一絲不安。

林婉兒微笑不語。

「太子起駕。」隨著一聲喊，太子的車隊動了起來，緩緩向避暑莊的方向走去。

范閒卻不敢動，直到太子車隊消失在道路盡頭，他才輕吁了一口氣，活動一下有些僵硬的腰身，苦笑著搖頭。「做臣子的真命苦。」

「難不成你還敢有不臣之心？」葉靈兒抓住他的語病，嘲諷道。

「靈兒，不許瞎說！」所謂一物降一物，范思轍怕范若若，葉靈兒怕小老虎，林婉兒一生氣，葉靈兒馬上跳回馬車。

林婉兒走到范閒身邊，看著他還望著太子車隊消失的方向若有所失，不由得嘆了口氣說道：「知道你在愁什麼，只是我這三位哥哥都不是好相處的，我看你最好別偏向任何一方。」

范閒一向認可林婉兒在深宮裡陶冶出來的政治智慧，很鄭重地點點頭，忽然想到一件事情，問道：「最小的那位皇子呢？難道也是個難纏的主兒？」

「他才八歲大，哪裡懂這些。」林婉兒接著安慰他道：「太常寺的虛職駙馬，參與禮節性談判，以前也有過這種先例，倒不見得是東宮真想拉攏你，你且放寬些心。」

范閒笑了笑，心想自己這心已經夠寬了，卻仍舊假意嘆氣說道：「只是看見東宮太子，咱們慶國未來的主人，依然忍不住會緊張。」說來奇怪，雖說前世范閒病前見過的最高官階，只不過是學校校長，但重生之後，也許是出身官宦家庭的原因，見著大人物也不會如何緊張，就連前些日子看見皇帝，也能掩飾得不錯。

林婉兒忍不住笑了起來，拉著他的袖角說：「沒聽太子說？大婚前你可是得進宮去拜見各位娘娘，如果那位老祖宗高興了，要見你面也不是不可能的事情。十幾個宮走下來，就算你緊張，也會麻木了。」

「老祖宗？」范閒知道林婉兒說的是那位深居宮中的太后，不知怎的，竟打了個寒顫。

「走吧，殿下都走那麼遠了，還站那兒看什麼馬屁股呢？」悶了半天的范思轍終於忍不住在車裡嚷起來，而中間馬車裡的大寶聽見有人叫喚，也高興地喔喔叫了起來。

范閒笑了笑，一撣衣袖，全將這些事情拋諸腦後。

在范閒的認知中，自己既然運氣好到能再活一把，就一定要掄圓了活一把，什麼美女啊、銀子啊、權力啊，千萬別嫌少。但入京之後，眼見水色渾濁不知深淺，他卻不自禁地有了幾分厭煩。

如今澹泊書局的生意不錯，《石頭記》後幾章也開始準備付印了，眼見金錢湧來，日後若接了內庫，就想辦法扔給慶餘堂和范思轍管去。至於朝廷上的事情，自然有父親、陳萍萍這些老媽當年的戰友擋在前面。暗處來的危險，則是有五竹做保鑣，就算五竹又像牛欄街那次一樣惜取他的面部肌膚，不想見太陽，范閒也覺著自己有保護自己的能力。

所以忽然間，他覺得自己似乎很有成為一個逍遙富家翁的潛質。

這依然只是幻想，他，及他身邊的人都很清楚這一點。

輕輕打了個響指，范閒滿臉平靜地望著車窗外的黃土路，說道：「太湊巧了，京都東南西北，一共有十三處皇家別院、兩處行宮、一個獵場，以太子殿下的身分，都是可以用的，為什麼偏偏今天來了避暑莊？避暑莊離京都遠又清淨，所以我們事先才會選擇這裡。」

重新上路之後，他和王啟年二人單獨在一輛馬車裡，所以說話很直接。王啟年也皺了眉頭。「如果是有人故意讓太子來避暑莊，好讓我們與太子起衝突，這種安排太複雜，而且不見得會有效果。」

范閒搖搖頭，眸子裡寒意微起。「只要太子身邊有人，那麼稍微影響一下太子出遊的目的地並不是難事。而且我在京都裡的風評向來離不開囂張二字，估計那些安排我們與太子巧遇的人，會想不到太子看見搶他銀子的我後居然沒有生氣，而我也這麼安分。」

「只是不知道皇宮裡的規矩，像太子出京小遊之事，一般需要安排多久。我們是昨天來了避暑莊，如果太子是幾天前就確認要來此地，就可以確認這次是巧遇，而不是有心人的安排。」王啟年分析道。

范閒又搖了搖頭。「我先前上車時已經問過郡主，太子出行，只要不離京都二十八里地，那麼只需要向宮中報備，一應準備事項，大概需要一天的時間。看我們相遇的時間，太子離宮的時候，估計是今天早上。」

王啟年擔憂地看了范閒一眼，低聲說道：「安排這件事情的人，能有什麼好處？」

范閒笑了起來。「好處很多，如果太子真的羞辱我，估計我們老范家也只好扛著旗亮明陣營了。」

「是二皇子？」王啟年試探問道。

范閒心想，入京之後這段時間內機緣巧合，二皇子屢次相召，自己都沒有與他見過面，還真不知道這位不甘心當個太平皇子的男子，是個什麼樣的角色？但他不會很武斷地判定這一切，輕聲說道：「誰知道呢？皇宮裡的人，個個成精似的，我才懶得理會。」

說不理會是假，他仍然安排王啟年下車，看看是不是有人在跟蹤自己的車隊。他相信以王啟年的本領，如果有心人真的在官道上暗中監視自己，那麼一定能抓到對方。如果沒有人監視自己的車隊，以便促成官道上的那次巧遇，那就只能說明自己過於敏感多心了些。

范閒苦笑著靠在馬車的軟墊上，心中希望自己真的是過於多心。

第四十章　箱子毒針殺殺人

在京都深正道旁有一個宅子，是王啟年用了一百二十兩銀子買的，中間過了好幾道手續，相信沒有人能查出真正的主人是誰。范閒皺眉看著牆角被捆得嚴嚴實實的兩個大漢，大漢的嘴裡被臭抹布塞得滿滿的，滿臉通紅，眼角流淚，說話不能，咬舌自殺自然也是不能。

「在哪兒逮住的？」范閒輕聲問道。

王啟年身後的那名四處人員躬身應道：「城外七里，王大人發現對方蹤跡，對方被我們堵住之後還想狡辯，但禁不住我們查，所以認了帳。大人昨天出京後，這兩個人便一直跟著，只是不知道他們用的什麼方法，將這事通知了他們的人，也不知道他們的人與東宮有什麼關係，居然安排了這個巧遇。」

范閒皺皺眉，沒有想到自己隨意一猜，竟然真拉出一條陰謀線索來，看來不是自己太英明，實在是敵人太多太愚蠢。京都太黑，每個人的屁股後面都有一條分岔的黑尾巴。他也明白，自己屬下說的查，肯定是用了刑的，不過既然對方承認了，用了什麼手段，自然也沒有人在意。

「問清楚是誰的人了沒有？」范閒壓低聲音，對王啟年問道。

王啟年搖搖頭。「屬下知道的越少越好，所以等著大人親自審問。」

范閒點點頭，對於他的謹慎很高興，但緊接著自己卻陷入了沉思之中。他看著牆角兩名大漢，很容易地從對方眉眼間看出些別的東西來。擁有此等堅毅神色，卻又沒有受過刑罰訓練的人，第一不可能是監察院的人，第二也不可能是皇宮裡的人，早驗過不是太監了。

所以最有可能的，還是二皇子的私人力量。當然，那位遠在陰山腳下的大皇子也脫不了嫌疑。在這個時候，范閒忽然想起父親司南伯的一句話來——當你不知道誰是你的敵人的時候，就不要胡亂樹敵。但即便知道誰是敵人又如何？假設問出是二皇子做的，難道自己還真能殺進王府？范閒苦笑著，知道有些事情還是不問清楚的好。

「不用問了。」范閒揉揉眉心，似乎有些鬱悶。「都殺了。」

「是。」屬下都是監察院的厲鬼，所以對於這道血腥的命令沒有一絲驚訝，很平靜地走上前去，拔出身旁腰刀，捅進那兩名大漢的腰腹間，噗噗兩聲響起，兩名大漢的腳胡亂蹬了兩下，雙眼一翻就死了。

「好好葬了。」范閒吩咐著，沒有矯情地表現一下悲哀。

「是。」下屬應道。

出了這院子，在京都的小巷子裡穿行許久，二人才走上大道。王啟年陪著范閒散步，保持著下屬應有的沉默禮貌。

范閒忽然開口說道：「北齊與東夷城的使團什麼時候到？院裡應該有這方面的情報。」

王啟年應道：「從入國境之後，四處就開始協助各地官府接待，看日子，應該下個月初就到了。」

范閑點點頭。「幫我查查對方有些什麼人，另外……」他略一沉吟道：「如果不算壞了規矩的話，能不能麻煩院子裡請在北齊的探子搞些料回來，最好能查清楚，北齊使團這次來談判的底線是什麼。」

王啟年先前也聽見太子的話，所以知道范閑要出任接待副使，沉聲應了下來，又道：「四處大頭目言若海的兒子言冰雲已經潛伏北齊四年，很有些成效，估計應該有不少好料。」

范閑提醒他：「這種事情以後要少說，不然讓北齊人知道了，只怕言大人的公子會有危險。」

王啟年笑著解釋：「大人身為提司，是有知道這件事情的許可權的。」

范閑也笑了。「這種要擔責任的事情，還是少知道點兒好。」

王啟年看著他清秀臉龐上的溫和笑容，再聯想到先前院中殺人之事，心情不免有些怪異，輕聲問道：「既然不知道比知道好，那為什麼還要查？這兩個人死得似乎沒什麼必要。」

范閑平靜回答：「雖然不知道比知道好，但是還是要查，那兩個人也必須死。因為我必須讓別人知道，我知道他們不想讓我知道的事情，兩條人命是個警告，警告他們不要再來嘗試操控我。看來牛欄街沒有讓那些高高在上的人物收斂些，蒼山腳下我二舅子的死又是四顧劍弄的，大概他們覺得我好欺？」

雖然一連串的知道有些繞口令的意思，王啟年略有些糊塗，但還是漸漸釐清楚了意思，點了點頭。范閑忽然翹起脣角笑了一下。「不要擔心我沒有見過血和死人，你不知道我從小是怎麼長大的。」

後幾日天下太平，那兩個無名大漢的死亡，似乎根本沒有人在意。但范閒暗忖這件事情一定已經開始發揮作用。他偶爾去太常寺點點卯，偶爾去澹泊書局收收錢，偶爾去豆腐鋪子動動手，偶爾去相府與未來的老丈人拉近一下感情，偶爾夜潛皇家別院戀戀愛，偶爾待在范府裡與妹妹講講故事，抄些書來看，便是這些天范閒的全部生活。

這天夜裡，他刷牙洗臉完畢，準備上床，日光又落在了隨意扔在一旁的黑皮箱。他不知道箱子裡是什麼，自然會有些好奇，但是同處一屋久了，鑰匙又沒有下落，所以現今不免對黑皮箱有些麻木。當然，如果他知道陳萍萍也很在意這個箱子的話，一定會重新估量箱子的價值，不會像扔破爛一樣地扔在房裡，而是會在床下挖個大坑，再蓋上三層鋼板藏著。

鑰匙在哪裡？就像是老天爺忽然聽見他內心深處的莫大疑問，一個很冷淡的聲音在范閒的耳朵裡響了起來。

「鑰匙在皇宮裡。」

緊接著是無風無聲的一記黑棍自天外而來，狠狠砸在范閒的背上。一聲悶響，范閒躲避不及，重重地被打倒在地，後背一陣生痛，有些痛苦地咳了兩聲，吹起了臉前的幾絲灰。

「你退步了。」五竹的聲音雖然沒有情緒，但很顯然對於范閒的表現持一種相當否定的態度。

「叔？」范閒從小就習慣了這種生活，很艱難地從地上爬起來，體內真氣緩運，消弭著背後的痛楚，看著黑暗一片的牆角，忍不住低聲說道：「叔，這麼些天不見你，真是擔心死了。」

五竹有些不適應他話語間流露出來的熱情，冷冷地退後半步，冷冷地戳穿了范閒的謊言。「我知道，你不擔心我。」

范閒有些苦澀地笑了笑，確實沒有怎麼擔心。五竹這種變態宗師級殺手，相信走到哪裡也不會有事情。但范閒與他許久不見，還真的是有些想念、有些好奇，不知道這些天裡他做什麼去了？也許五竹一直都在自己的身邊，而自己不知道？

五竹繼續說道：「鑰匙在皇宮裡。」

第二次重複才讓范閒醒過神來，微微皺眉，緊接著恍然大悟。「原來這些天，你一直在找鑰匙。」

「這是小姐的遺物，我當初不應該聽陳萍萍的話，把鑰匙留在京裡。」五竹的語氣依然淡漠得不似凡人。「我在皇宮裡找了些日子，初步計算出三個可能的地方。」

「太冒險了！」范閒壓低了聲音吼道，內心深處略略有些惱怒。五竹雖然有宗師級的實力，但皇宮又豈是好闖的？不說那些侍衛們都是高手，單說費介曾經提過，四大宗師裡面最神祕的那一位，一直都是隱藏在皇宮之中。五竹竟然冒險在皇宮裡待了這麼多天，萬一被人發現了，那位神祕的大宗師出手，再加上五百帶刀班直，只怕就算五竹神功通天，也沒有辦法活著出來。

像是沒有察覺到范閒的怨氣，五竹繼續淡淡說道：「你想要鑰匙嗎？」

范閒冷靜下來，心裡明白了五竹今天來的用意。對方向來是個隱藏在黑暗中的人，如果不是有什麼事情需要交流的話，范閒甚至懷疑對方會不會永世不和自己見面，只是在暗中保護自己。而今天夜裡，五竹來說鑰匙的事情，那一定不是來徵求自己意見，而是因為這件事情需要自己的參與。

只是……五竹要在這個世界上拿一樣東西如果都很困難，自己能幫什麼忙呢？范閒一邊想，一邊輕聲說道：「需要我做什麼？」

「皇宮裡那三個地方很不好進。」五竹面無表情說道。

范閒有些好奇是哪三個地方，開口相問。

「興慶宮、含光殿、廣信宮。」

范閒一怔，苦笑了起來。皇宮裡面確實就這三個地方禁衛最為森嚴，分別是皇帝、太后和永陶長公主的居所，別說是皇宮裡最不好進的地方，簡直可以說是全天下最難進去的地方。

「我要你想辦法把那個叫洪四庠的太監，拖到皇宮外面一個時辰。」

范閒微微皺眉。「洪公公？宮中太監首領，三朝元老，聽說從開國那日便在宮中了，勢力深厚。可是如果你要去宮裡偷鑰匙，為什麼要我把他騙到宮外去？這之間有什麼關係？」他忽然想明白了一件事情，吃驚地抬起頭看著五竹臉上的那塊黑布，顫著聲音說道：「難道洪公公就是傳說中最神祕的那位大宗師？」

費介當年說過，天下四大宗師，一為東夷城四顧劍，一為北齊國師苦荷，一為慶國流雲散手葉流雲，還有一位也是慶國人士，只是從來沒有人知道他是誰。以監察院的力量，也只能隱約查出這位大宗師應該是躲在慶國的皇宮裡面。

五竹搖了搖頭。「我不知道，我沒有與他交過手，但是我知道，目前的皇宮裡面，最容易發現我的，就是叫做洪四庠的太監。」

范閒點了點頭，在他的心中，依照五竹的謹慎，那這名洪公公一定是皇宮之中深不可測的人物，連五竹都有所忌憚，只怕洪公公的大宗師身分已經呼之欲出。

以五竹的冷淡性情，連葉流雲也殺得，只是殺不死而已，自然不會忌憚這天底下的任何一位大宗師；只是上次是為了掩藏自己與范閒之間的關係，所以出手暴烈，而這次卻是為了偷到鑰匙，所以行事風格上有所區別。

范閒思考了一下最近的安排，聯想到北齊與東夷城來使的事情，始終也沒想到一個好方法與深宮裡的太監首領搭上關係。這件事情又不方便請父親出面，不然要解釋許多自己不想解釋的事情。

忽然間他眼睛一亮，說道：「婉兒應該清楚皇宮裡的事情，她可是在宮裡一直生活到今年年初才搬了出來，我明兒去走走她的路子。」

五竹不置可否地「看」了他一眼，冷冷說道：「我只要你把洪四庠拖到皇宮外面一個時辰，至於你用什麼方法，那是你自己的事情。」

范閒聳聳肩。「叔總是把最艱難的任務交給我。」

這是一句玩笑話，而他有些日子沒和五竹聊天，似乎忘記了五竹其實並沒有太多幽默感，只聽著五竹很認真地說道：「那我去殺洪四庠，不管成不成功，大概能耗他三個時辰，你去皇宮裡面把鑰匙找出來。」

范閒發現自己搬起了一塊還在發燙的隕石狠狠地砸在自己腳上，趕緊溫柔無比、恭敬無比地說道：「只是偷件東西，還是不要太冒險去挑戰洪四庠，我去嘗試與他接觸一下。」

五竹離開之後，范閒才想起來自己似乎無法找到對方，那將來如果安排好一切，該如何通知這個瞎子叔？他重新躺回床上，此時再看著黑色皮箱的眼神就有些不同了。如果說鑰匙必然是放在皇宮禁衛最森嚴的地方，以這種重要性看來，箱子裡面一定藏著很重要或者很恐怖的東西。

比如邊防地圖、老媽一手建立的監察院高級問諜名冊，再或者是……葉家的藏寶圖？

范閒再也無法安睡，站起身來，一腳將箱子踢進床底下，似乎覺得這樣就會安全許多。

范閒滿臉平靜地來到范若若的房裡，找她要了一些縫衣的針線。范若若拗不過他，從盒子裡取出幾根小針遞給他，心裡卻很好奇，看著兄長的雙眼問道：「這是繡花的，哥哥是衣裳破了？那交給丫鬟做去就好。」

范閒笑了笑，說道：「比縫衣裳可要複雜得多。」他想了想，又說道：「不要讓別人知道，我在妳這裡拿了三根針。」

范若若有些糊塗地點了點頭。

大婚在即，范府早就開始籌備起來了。范閒與林婉兒的婚事有些奇異之處，所以一應規矩都要重新立起來，至少不會像別的郡主、駙馬一樣，由皇室安排駙馬府，畢竟林婉兒的郡主身分，向來只是在皇宮裡起作用，如果放在京都裡也這般做，只怕又會生些流言蜚語。

新婚的府第與司南伯府挨著，范建從年初便開始籌備這個事情，所以早就已經打理得富麗堂皇。兩個院子的後園那裡開了一扇門，所以前後兩府就通在了一處，只是范閒婚後住的院子，正門卻開在相對的另外一條街上。

這幾日那府裡安靜得很，工人們早就完工了，裡面的樹木、假山也已經處理完畢，就在那兒靠天風天水養著。因為沒有什麼人在，所以偌大的院子就顯得有些幽靜得厲害，沒有人願意在裡面多待。

一個黑影飄過，正是范閒悄悄來到院落之中，右手上托著一塊豆腐，左手四指間夾著三根銀針。他找到一個僻靜的地方，很仔細地將豆腐塊擱在柳樹的枝椏中，豆腐經過他的改良後，變得極嫩，所以擱在那處顫巍巍的，似乎隨時可能碎掉。

范閒閉上雙眼，緩緩將丹田內的霸道真氣提升，經由頭頂向後，匯入腰後雪山中，形成了一大一小兩個真氣通道，讓自己整個人進入寧靜狀態，再無一絲雜念。

風聲起，范閒整個人化成一道風，吹向了柳樹中間，輕輕一觸，腳尖極為強悍地止住前傾的勢頭，倏的一聲，憑藉對身體的控制能力，又彈了回來。

就像狡猾的魚兒在逗弄愚人的魚勾一般。

半晌之後，他負手在後緩緩走上前去，瞇眼看著柳樹枝椏裡的那塊豆腐，豆腐上面有三根細針，正在微微顫動。在剛才電光石火的一瞬間，他奇快無比地將細針插入豆腐裡，擺成了一個品字形。以范閒對人體構造的了解，這套手法如果是用來殺人，想來一定很有效果。

他有些滿意地取回細針。自從牛欄街之後，他一直在尋找自己最趁手的武器。五竹的武器就是棍狀物，不論是木棍還是很簡單的一根鐵釺，在五竹的手上都是奪人性命的利器，這是境界使然。而范閒很清楚，對於自己來說，一把順手的武器，可以在很多的時候，挽救自己的性命。

其實，他很喜歡自己靴間那柄細長的匕首，不論在澹州還是在牛欄街，費介留下的這把鋒利寶匕已經幫助了自己兩次，只是這柄匕首在某些場合根本無法帶進去，比如——皇宮。

而范閒知道，既然鑰匙在皇宮裡，只怕自己終究不免要和前世小說裡的那些俠客們一般，闖一次禁。五竹昨天的一棍、一席話，讓他受了些刺激，又重新找回了些激情。他看著指上的三根銀針在初陽下反射著光芒，不禁皺眉想著，這應該塗什麼樣的毒藥才比較適合呢？

確定了目標之後，范閒做事就會顯得很有激情。一個伸手不見五指的夜晚裡，范閒激情萬分地摸進林婉兒的閨房，林婉兒不免有些驚喜，畢竟離上次郊遊沒有多久。一番親熱之後，范閒狀作不經意地問起皇宮裡的那些事情來。

林婉兒從小在皇宮裡長大，對裡面的人事相當熟悉，也沒有好奇未婚夫為什麼忽然對這個感興趣，還以為范閒是在頭痛以後入宮請安的規矩，所以寬慰道：「宮裡的娘娘們對我都是極好的，陛下又不好女色，所以不像北齊幾年前死的那個老皇帝一樣，六宮粉黛看不盡。除了皇后娘娘之外，宮裡還有大皇子的生母寧才人，二皇子的生母淑貴妃，三皇子的生母宜貴嬪，還有些嬪妃，應該用不著去請安。」

范閒心想那些娘娘們自然不願意得罪她生母，那位深得太后寵愛、手控內庫銀錢的永陶長公主。他在床上挪了挪身體，好抱著林婉兒舒服些，好奇問道：「為什麼大皇子的生母只是一個才人？」

林婉兒解釋：「寧才人是東夷人，當年是陛下第一次北伐的時候擄回來的，聽說當時戰場之上，陛下受過傷，寧才人日夜照料，所以陛下幫她脫了奴籍，又入了宮，生下了大皇子。但畢竟她不是慶國人，所以雖說救過陛下，又生了長子，卻依然沒有辦法博取太后的歡心，自然也不可能立為皇后。而且她本來已經是貴妃了，不過十年前宮裡好像出了件什麼事情，陛下大怒，奪了她的尊位，直接降成才人。」

范閒微微一怔，心想這深宮裡的爭鬥，果然如想像中一般複雜。林婉兒嘆了口氣，繼續說道：「幸虧大皇兄如今在西邊戰功卓著，寧才人在宮中才能保住地位，只是她如今似乎也明白了許多事情，在宮裡挺安分的。其實以前我還經常跑到她宮裡去玩，只是這兩年少了些。」

范閒又問了些宮中祕聞，林婉兒倒也不瞞他，一五一十地說著。到最後，范閒終於問到了今夜的關鍵，很隨意地說了聲：「聽說太監首領洪公公在宮裡權勢極大。」

「是啊。」林婉兒今夜不是小老虎，小貓似的偎在他懷裡，輕輕磨蹭了一下臉蛋。「那位洪公公是開國之初便在宮裡當差，先帝在位的時候，就很信任他，如今還保著五品的太監首領職位，只是年紀大了不怎麼管事，基本上就是在太后宮裡待著。」

「太后宮裡？」范閒的心裡頓時湧起許多陰暗的前世歷史記憶。

「怎麼了？」林婉兒好奇地問道，兩隻大眼睛一眨一眨的。

范閒揪了揪她微涼的鼻尖，笑著說道：「沒什麼，只是如果想和宮裡搞好關係，我總得將這位洪公公打點好了。」

「那倒不用。」林婉兒解釋：「這位公公也就是在宮裡走動，並不怎麼管事。」

范閒不可能對懷中女子說出自己的計畫，只好微微一笑，接著問道：「最近妳留下意，看看宮裡大概什麼時間會宣我去見。」

林婉兒一面羞著一面還不忘取笑他。「估計得過些天吧，怎麼？急了？」

「當然急，這麼好個郡主媳婦兒擱在外面，誰不著急啊？」

皇家別院小樓的二樓漸漸歸於安靜，看著在自己懷裡沉沉睡去的未婚妻，范閒下意識嘆了一口氣。生活總是會多很多別的東西出來，他希望自己能處理好。

范閒第二天去太常寺點卯的時候，任少安神神祕祕地將他拉到一邊，壓低了聲音說道：「你知道那件事情嗎？」

范閒看著那張三、四十歲、猶有當年俊秀痕跡的臉，理所當然地裝傻。「什麼事？」

任少安嘆口氣說道：「鴻臚寺今天晨間發文過來，說要調你去那邊。」

鴻臚寺是慶國專門負責接待外賓、處理各國之間事宜的機構，范閒一怔，知道太子說的事情開始了，一拱手問道：「少卿大人，為什麼要找調去那邊？我來太常寺也才十幾天而已。」

任少安皺眉道：「范老大人在東宮裡有沒有關係？」

范閒知道他是在問自己的父親，搖了搖頭說道：「您知道家父向來極少與宮中交往，就連大臣也結交的少。」

「那倒是。」任少安點點頭。司南伯范建是出了名的油鹽不進，仗著與皇帝從小一起長大的特殊關係，以往是連宰相都不怎麼理會，在幾個皇子之間也一向持平。他想了想說道：「聽說是東宮那邊的建議，讓你參加這次談判。」

范閒不知道如何應對，只好繼續裝糊塗，驚愕道：「什麼談判？」

「北齊來使，來談的是北疆諸侯國之戰的後續，比如斟酌地界、割地賠款之類。而東夷來使，則是要處理上次蒼山腳下宰相二公子遇刺一事，聽說帶了不少銀子、美女。所謂談判，便是看朝廷與這兩處討價還價了。」

任少安是宰相門生，如今自然將范閒視作自己人，小心提醒道：「這事如果辦得好了，也只不過是錦上添花，反正將士用命，已經將那些疆土都打了下來；但如果辦得不好，沒有獲得陛下預料中的利益，那就是極大的不妥。而在東夷城方面，事涉二公子之死，如果你過於軟弱，則在宰相面前不好交代，可是朝廷既然允許東夷城來使，就證明朝廷不想過於追究此事，只想得些好處便算了……畢竟東夷城還有位四顧劍。」

范閒皺著眉頭，想著這些事情確實有些複雜。任少安接著關心說道：「你的身分特殊，與宰相馬上就要成翁婿一家，如果想迎合聖意，未免失了翁意，所以這本身就是個很難堪的局面，你要小心一些。」

范閒一怔，才想到其中的關鍵處，感激地一拱手道：「下官初入官場，根本不知其中玄妙……只是這事情有些複雜，而且下官不過八品協律郎，就算鴻臚寺調我去協理，只怕也是人微言輕，那便老實待著便好。」

任少安搖搖頭嘆道：「這次你可是副使啊，身處風頭浪尖之上，不知道多少雙眼睛在盯著你。」

「盯我幹麼？」范閒心裡這般想著，面上微笑著說道：「少卿大人多慮了，應該無事。」

確實是任少安多慮了，雖然不知道東宮那邊進言讓自己去任副使，是個什麼意思，到底是拉攏還是想讓自己順了翁意失聖意？總而言之，范閒已經做足了準備工夫，倒也不怎麼畏懼。

下午的時候，就有官轎過來接了他，一路行走在青石之上，不過一刻鐘的時辰，轎子便進了鴻臚寺。

鴻臚寺相當於後世的外交部門，鴻臚寺卿相當於外交部長的角色。范閒在前世的時候很相信一句話，叫「弱國無外交」，如今的慶國乃是天下第一強國，這鴻臚寺自然也成了很有油水、很有地位的一處衙門。四周柏樹森然，夏日熱氣根本滲不進衙門裡一絲，范閒安靜坐在清淨廳堂的下首，聽著上面那位大人講話。

講話的是鴻臚寺少卿辛其物——北齊與東夷前來遞交國書，在已經習慣當老大的慶國官員心中，並不是件很不得了的大事，所以鴻臚寺卿還在家裡睡覺，管理此事的，只是四品的少卿。

「范大人，此次朝廷任你為接待副使，一是用你才名，二來北齊之事終歸與你有些關聯，只是這一應事務你並不熟悉，所以不要著急，慢慢來吧。」辛其物知道最下方坐著的那個漂亮年輕人的後臺有多雄厚，所以說話很是客氣。

「是啊、是啊，范大人詩名滿京華，來咱們鴻臚寺和那些外邦之人理論，實在是屈才了。」一大堆官員看著范閒，不露聲色地拍著馬屁，同時害怕這名公子哥將鴻臚寺的功勞全搶跑了，表情不免有些尷尬。

第四十一章　北齊來使

范閒不敢托大，趕緊站起來行了一禮，又向四周一抱拳，滿臉溫和地看著慶國的這些外交官員們，很誠懇地說道：「下官在太常寺也沒幾天，連朝廷樂律都沒有理清楚。宮中任下官為副使，想來也是想讓北齊賊子瞧瞧，慶國的子民不是能隨便殺的，只是讓下官去當個牌坊，倒不見得是要我真的在談判過程中做什麼。」他呵呵一笑繼續說道：「下官對國邦之間交往一無所知，只求不要拖各位大人後腿就好，還請諸位大人不吝賜教。」

畢竟不是久居官場之人，范閒這番話說得未免就過謙了些、魯莽了些。但是這般光棍的發言反而讓鴻臚寺的這些官員們覺得心裡很舒服。

本來在得知范侍郎的公子要加入談判過程之中，這些自詡為慶國最專業外交人員的官吏們心裡總會覺得有些不舒服，就感覺是一群擅長吃腐食的烏鴉堆裡，忽然飛來了一隻想搶骨頭的禿鷲。

范閒既然表明了不是來爭功的，鴻臚寺上上下下自然就高興許多，辛其物也略帶讚賞地點了點頭。當然，誰都知道如果這次能夠成功劃界，索要到大批貢銀，論功行賞，這名明顯是來鍍金的權貴子弟一定也會得到他應有的那些部分。

會議結束之後，辛其物領著范閒去了給他準備好的小單間，指著裡面已經裝滿了一個大立櫃的文書說道：「相關的資料都在這裡，這次談判最關鍵的是，北齊那邊想送些銀子就拿回一大片土地，這片土地如今已經被咱們占了。而東夷城方面沒有任何要求，只是想了結上兩次的暗殺事件，一樁就是與范公子有關的牛欄街事件，那兩名女刺客已經證明是四顧劍二徒的女徒弟。第二樁就是蒼山莊園那件事情，不過……」

他看了范閒一眼，略斟酌了一下還是繼續說道：「你也知道，那件事情有些複雜，所以朝廷這方面也不可能提出太有利的證據出來。」

范閒點點頭，嗅著滿屋子的陳腐氣開始頭痛，難道自己今後這十幾天，就要與這些東西打交道？

似乎看出他的意思，辛其物微笑說道：「范大人若是不願坐班，也可帶回家去，只是上面標著紅的檔，絕對不允許帶出衙門一步。」

范閒大喜過望，雖然知道對方是不想看著自己在這裡礙眼，但還是感激說道：「說實話，下官今日來此處還是一頭霧水，大人若不嫌小的懶惰，小的倒願意天天在家睡大覺去。」

區區八品協律郎，敢和四品鴻臚寺少卿開這種玩笑，范閒估計是慶國極少見的異數。辛其物聞言一怔，旋即哈哈大笑起來，馬上又壓低了聲音說道：「范大人，東宮對你是抱很大期望的。」

范閒微微一笑，知道了對方的身分，哪敢含糊，趕緊回應道：「請大人放心，下臣明白，家父常教訓家中子弟，身為臣子，謹守臣子之道。」

聽見這個答覆，身為太子心腹的辛其物滿意地點點頭，說道：「司南伯大人一心為國，下官向來敬佩。」

兩人又說了些不鹹不淡的話，辛其物便出門去。范閒看著他離開的背影，漸漸瞇起了眼睛。父親范建確實曾經說過，只要太子在位，那范家自然是忠於太子的，不過這話連自己都不信，對方這位明顯的東宮之人，自然也不會簡單的相信。

任范閒為談判副使，只是東宮一次小心翼翼地嘗試，看看范家有沒有可能，往太子的椅子邊上挪一點點，哪怕就是那麼很少的一點點。

此後十幾天裡，范閒真是如同那日所說，天天就把自己關在府裡睡大覺。當然，對於他來說，睡覺本身也就是修煉的一個必經過程。而關於公務方面的事情，他拿回了一些資料之後，就交給王啟年，讓他做主去辦，務求要拿個很妥貼的談判方案出來。

范閒其實心裡明鏡似的，王啟年暗中會向監察院的那個老跛子彙報工作，既然如此，這種繁雜又無趣的工作，自己交給王啟年，陳萍萍不管是看在母親的面子上，還是父親的面子上，總不能讓自己在朝野之中大丟顏面，當然會處理得妥妥當當。

在利用可利用的資源上，他向來毫不客氣。

果不其然，數天之後，王啟年面容憔悴地來到雙方約定好的小屋之中，遞過來一只厚厚的夾子。范閒好奇地打開一看，雙眼不由得亮了起來，只見裡面分成兩份，一份是只允許鴻臚寺高級官員觀看的內部參考資料，一份是擬定好的與北齊談判的宗卷。

資料裡面將北齊的內部情況分析得清清楚楚，年輕皇帝與太后之間的勾心鬥角，苦荷國師是個和平主義者，諸如此類。資料裡寫得清清楚楚，太后的親弟弟長寧侯這次因為戰敗而被北齊文臣攻擊，所以年輕皇帝並不在乎要賠多少錢、割多少地，只要民怨一起，反而可以藉此機會削去後黨不少勢力。而太后方面因為急於平息事端，好空出手來整頓朝政，對這次談判的指示也是以忍讓為主。

這些隱藏在暗處的東西，當然不可能是慶國外交官員們所能看到的。只有監察院暗中的龐大力量，透過在北齊的密諜，打探得一件件的小事，再加以組合分析，才能夠得出如此明確的結論。

「大妙。」范閒嘆息道：「有這些情報在手，鴻臚寺的官員們可要笑開花了。」他頓了頓，好奇問道：「這些情況的可靠性是多大？」

王啟年的眼角耷拉著，看來最近幾天沒有睡好。「可靠性非常高，言冰雲目前在北齊已經打開了局面，整個情報網鋪設得非常合理，互相參照，應該沒有問題。」

范閒對那個叫言冰雲的年輕公子不免生出幾分敬意，為了國家利益，安於做一隻隱在暗處的老鼠，一做就是好幾年，身為朝廷高官之子，確實很不容易。他又哪裡知道，言冰雲之所以會可憐兮兮地待在北齊，完全是因為自己十二歲時的那場未遂暗殺事件。如果范閒知道這件事情，不知道會感覺歉疚還是會失笑出聲。

「王啟年，沒想到你精於跟蹤之外，還挺擅長情報分析。」范閒心知肚明眼前這卷宗是出自哪裡，卻沒有挑破。

王啟年有苦說不出，只得囁嚅回禮，不敢居功。

「得，明天就去鴻臚寺，與少卿大人商議商議。」范閒看著王啟年欲言又止的神情，好奇問道：「還有什麼事情？」

王啟年為難說道：「大人，這份資料不能交給鴻臚寺。」

「為什麼？」

「因為……裡面涉及的機密都是最高檔的，整個鴻臚寺，包括鴻臚寺卿在內，都沒有資格接觸。」

范閒一拍腦門，苦笑道：「那你說怎麼辦？乾脆讓院裡透過正常管道，直接給鴻臚寺好了。」

王啟年嘆了口氣，心想如果不是院長大人一心想公子在這次談判裡一鳴驚人，鋪平將來的仕途，又怎麼會命令整個二處連夜運轉，才寫就了這樣一份卷宗。這卷宗看似尋常，其實卻凝聚著監察院十幾個情報分析專家的心血，公子要是隨便就給了鴻臚寺，院長大人只怕會氣得從輪椅上跳起來。

夏末時分，荷顯殘意，暑氣依然，京都的行人和道上黑犬都被這天氣整得有些懨懨無神。八月初八，正是大吉之日，北齊使團與東夷使團，同時到達京都西北面最後一處官驛。慶國皇帝特下親旨，准兩使團借住皇家別院，三方禮賓官商討數日，終於擬定了進京的日程以及安排。

京都百姓們紛紛精神一振，覺得平凡無聊的生活裡，突然多出一場秋雨來。在他們的心目中，這兩個邦國的來使不是來談判的，而是來遞交投降的國書。

身為談判副使的范閒，自然也在迎接使團的隊伍之中，從京都西門處便候著那些兩國官員，安排他們住進京都官驛之中。北齊使團的臉色顯然不大好看，畢竟這場指揮諸侯國展開的戰役，他們是輸家，而且北齊的將士也被俘虜了不少，最關鍵是被占了不少土地。

「少卿大人，這位是？」北齊使團中位階最高的是當朝太后的親弟弟，長寧侯。他居高臨下看著那個漂亮的公子哥，心裡極為惱怒。慶國很不重視自己，對等接待的正使，只是個鴻臚寺少卿倒也罷了，但居然讓這樣一個年輕人來充任副使，不能不說是對自己的一種蔑視。

「下官范閒，拜見侯爺。」

范閒滿臉清澈的笑容，看著敵國來客。懷中監察院的情報說得清楚，這位爺是個擺設，後方轎子裡那位搶先被宮裡人安排去別院住的一代大家莊墨韓，才是真正的人物。

第四十二章　談判無藝術

和京都裡等著看熱鬧的百姓相比，范閒沒有什麼精神。他正在自己的書房裡小心翼翼地寫些紙條，盡量將監察院的情報分析報告，用一種久居京都的公子哥口吻，重新抄成略帶幾絲書生氣的判斷，以免讓鴻臚寺的那些官員們聽到自己的進言後，下巴掉到地上，懷疑慶國除了皇帝的監察院外，什麼時候又多出了一個恐怖的情報機構，而且這機構還在為一個區區八品協律郎工作。

范若若精神也不大好，一面用小楷抄著，一面將紙條貼起來，說道：「哥，這還真是奇怪，你從哪裡得的這些情報，為什麼不直接用，還非得把理由弄得荒唐一些？」

范閒極少有事會瞞著自己的妹妹，這一點，甚至連林婉兒都不及范若若。他苦著臉說道：「我當初只是偷懶，所以想借對方的力量，誰知道竟整出如此縝密恐怖的一個卷宗來。這些情報的來源見不得光，所以不能直接交給鴻臚寺。」

「這次北齊的來使是誰？」范若若其實很高興自家的兄長終於可以光明正大地參與到朝政之中。雖然從很小的時候，范閒就開始教育她，但是她畢竟是在慶國這個世界裡長大的女孩子，總以為堂堂男子漢，天天去做豆腐，這事情只能當作娛樂，而不能長久下去。

「不是帝黨，也不是皇后黨，更不是太子黨，軟飯黨。」范閒一面整理著桌上的情報，一面隨口應道：「是北齊太后的弟弟長寧侯，聽說也是位大才子。不過這次北齊使團裡最顯眼的人物倒不是他，而是他老師。北齊一代文壇大家，叫做莊墨韓，只要是天下的讀書人，都挺崇拜他。不知道北齊那邊付出了什麼代價，竟然把他也拉進了使團裡，到時候殿前論斷，只怕陛下也要給他幾分面子，這要地界錢的屠夫風格，恐怕要收斂些了。」

「莊墨韓？」范若若一驚，臉上頓時散發出一種光澤。

范閒還是頭一次在妹妹臉上看見追星族的神情。范若若向來是個極清淡的女子，除了無比崇拜自己的兄長以外，對別的讀書人向來是不假辭色的。不知怎的，范閒心裡有些微微醋意，說道：「幸虧卷宗裡說得清楚，這個莊墨韓已經七十歲了，不然我還真得當心一點兒。」

范若若一羞說道：「做哥哥的，怎麼也沒個正形。」

范閒哈哈一笑說道：「若妳真喜歡那個老頭子，才叫沒個正形。」見范若若惱極欲怒，他趕緊擺手道：「說正經的，那日在田莊裡與妳說的事情，妳到底有個主意沒？」

那夜月明星稀，兄妹二人在田壟上操心日後的婚事，可是范若若煩惱了一陣子，四周年輕才俊終無一人入她眼，也只好罷了。

偏在此時，范閒想起一樁事情，皺眉道：「上次我們在流晶河畔巧遇陛下的時候，他是不是說了一句話？」

「什麼話？」范若若難得顯出糊塗的神情，看樣子兄妹二人當時過於震驚，記憶都有些模糊。

范閒閉目良久，忽然睜眼，一拍桌面，大驚失色道：「陛下要給妳安排婚事！」

「啊？」范若若嚇得不輕。

若說官宦家的子女最怕什麼，怕的就是婚事。如果運氣好，像林婉兒這樣配了范閒倒也罷了。如果是像太常寺任少安那樣，配了個母老虎郡主，一生不得順心，那可就慘了。而在所有的婚事安排中，最可怕的就是來自宮中的指婚，聖意不可違，就算讓人去嫁個紈褲子弟，也不可能找到地方說理去。

如果說往年間的官宦家還存著將女兒送入宮中、以邀聖寵的可能，但是這任皇帝不好女色，此路就此不通。連帶著太子及成年的二位皇子，也不敢多收姬妾。雖然太子好色之名傳遍京都，但東宮裡，也冷冷清清地只有三位妃子。

范若若想起皇帝似乎無意間的那句話，駭得不輕，眼眶裡淚花漸泛，抖著聲音說道：「那可怎麼辦？」

范閒腦筋動得極快，心裡馬上算出了可能的幾家，瞇著眼睛說道：「大皇子、二皇子、靖王世子，雖然父親只是侍郎銜，但憑著范家的地位，估計陛下指親，只可能在這三人中選擇。萬一要擇哪位大臣的兒子嫁了，那就不怕，如果妳不樂意，我自然有辦法推了這門親事。」

如果指親的對象是大臣之子，而妹妹又不願意，范閒自然會想到許多辦法，畢竟自己身後如今站著父親、陳院長、宰相。所謂三位一體的牛人，就連東宮太子現在都在試探著拉攏自己。只要不是那兩位皇子和靖王世子，范閒有這個信心將妹妹不樂意的所有婚事全攪黃了。

但是最大的可能還是那三個年輕的尊貴者。范閒靜了一靜，忽然忍不住開口罵道：「我說李弘成這小子天天逛青樓，偏不成親，原來是在這兒候著！」

看著妹妹驚惶的神情，范閒笑著安慰道：「大皇子常年在西蠻作戰，聽聞也是英武過人。二皇子雖然沒有見過，但聽說是極厲害的人物。至於靖王世子李弘成這廝，咱們兄妹二人都熟悉，除了性情有些花之外，倒沒有什麼不好的地方。若將來真要嫁李弘成，有我站在妳這邊，別說逛青樓了，連妾室我都不會讓他收一個進房，妹妹放心吧。」

他不安慰還好，這一細細分析，范若若愈發覺得這件事情是真的，似乎馬上就要到來一般，悲悲戚戚說道：「哥哥，可是這三人我都不想嫁。」

范閒嘆了一口氣，不想再繼續探討這個成長的煩惱，柔聲打趣道：「有什麼不好的，將來見了妳，可得尊一聲什麼妃了，萬一二皇子將來真當了皇帝，妳母儀天下……豈不是成了我的老媽？」

這笑話非常的不好笑，所以范若若並沒有破涕為笑，書房裡一陣尷尬的沉默。沉默之中，兄妹二人各有心事，范若若心頭是一片惘然，范閒心中卻是一片堅毅，將來若真有什麼事情，自己得準備些手段才行。

談判的地點並不怎麼寬敞，就設在鴻臚寺最大的那個房間內。北齊來使與慶國接待官員之間，並沒有擺一個極長的桌子，而是像閒話家常一般，坐在各自的椅子上，几上有茶，談天一般地說著事情。范閒堅持坐在最下方最不起眼的椅子上，冷眼看著這一幕，想到了前世的一個詞：茶會。

他雖然名義上是接待副使，但由於流程還沒有進入最後的環節，自己又堅持坐在下面，所以鴻臚寺官員也不好如何。

溫柔的言語往來之下，隱有刀光劍影，說不到一會兒，在戰場上已經見了分曉的兩國大臣們語調漸漸高了起來，有些性急的大臣的臀部甚至已經快要離開椅面。

「哼！不知道這北疆一戰，到底是你們北齊勝了，還是我朝勝了？」鴻臚寺裡一位六品主簿再也忍不住對方的無理說法，站起身來厲聲斥責道。

「戰事多凶險，我大齊陛下心憂天下臣民，故而仁義停戰，勝負未分，又哪裡知道誰是贏家。」

北齊國的使臣臉皮若不厚，也不可能被派來作尖刀兵，看那個小鬍子說得理所當然的模樣，連一向平靜的范閒都恨不得衝上前去揍他一頓。

鴻臚寺少卿辛其物微微一笑，范閒卻從這笑容裡看出幾絲陰險來，這陰險是慶國二十年勝仗所積累下來的底氣。只聽這位慶國高官輕聲說道：「既然如此，貴使請回，你我二國之間，再打一場，真正打出個勝負後，再來談判不遲。」

這是什麼？這是赤裸裸的威脅，這是赤裸裸的國家恐怖主義，這是赤裸裸的流氓習氣。

范閒面上沒有流露出震驚的神色，內心深處卻是無比讚嘆：這位辛少卿還真是敢說。果不其然，此言一出，北齊方面開始大肆攻擊慶國官員胡亂發話，對兩國間的友誼造成了不可挽回的影響。不料辛其物繼續冷冷回了一句：「你我兩國之間，何時曾經存在過友誼這種事情？」

韋小寶談判，大概就是這種風範——范閒心中嘖嘖有聲。堂堂鴻臚寺少卿，竟然在兩國交往中耍起無賴來，如果不是慶國確實國力強盛，這樣的局面斷斷不會出現。

鴻臚寺的談判，向來配合得當，紅臉、黑臉輪番上場，果然馬上就有另一位主簿滿臉仁厚地站起身來。「諸位大人不要忘了自身職司，不要因為情緒激動，而影響了陛下重修兩國之好的初衷。」

雙方拂袖而去，茶會就此結束，高層官員們已經亮明了身段，而真正在談判桌邊打架的事情，都是交給那些勞心勞力的下層官員來做。

只是談判陷入僵局之中，一時不得前行。而北齊使團那位一代文壇大家莊墨韓，入宮與太后說過一次話後，便極少出來見人。

范閒倒有些納悶，那位老爺子是來度假的嗎？

第四十三章　老辣辛少卿

兩日之後，鴻臚寺內。

「換俘，這是頭一樁大事。」辛其物已經沒有了兩國談判時的魯莽神情，淡淡說道：「陛下有旨，被俘將士不論如何，也要換回來，其餘的都是小事，這方面我們不妨退讓一些。」

下方有官員應了一聲，說道：「此次俘獲北齊及他們控制小國的人數已經大致統計出來了，一共有兩千四百多人，我方一共被俘大約有一千人左右。依陛下的旨意，就算我們兩個換一個，也能換回來。」

「嗯。」辛其物點了點頭，很滿意屬下的工作效率，又道：「關於重新劃界的問題，陛下的意思也很清楚，凡是這次占得的土地，一寸不讓，如果北齊想要土地，就拿潛龍灣那塊草原來換。」

潛龍灣在慶國西北方，與慶國在那處唯一的飛地相連，如果能拿回來，慶國的那塊飛地就安全了。

下面的官員們奮筆記錄著上司意思，有人頭痛說道：「只是這一次不知道為什麼，北齊方面特別強硬，好像有些魚死網破的意思，只答應給錢給馬，就是不肯割讓土地。」

上次茶會時第一個跳出來的那位主簿明顯是個衝動派，一拍桌子罵道：「那些地我們已經占了，難道還要吐回去？」

辛其物點了點頭。「肖大人雖然話說得直接了些，但確實是這個道理。」他冷冷的目光掃視了一遍下屬，重重將手中的茶杯放下，說道：「諸位同僚，不要忘記，這些土地是咱們的將士一刀一槍打回來的，是用血和骨肉換回來的，我們當然不能雙手奉還。那些將士們付出了生命的代價，我們呢？我們只是動動嘴皮子，所以我們更不能放棄本國的利益，要一絲一絡、一兩銀子一寸土地地與對方爭。」

先前發話的那人繼續皺眉道：「大人此言極是，只是據駐在北齊上京的使臣暗中回報，北齊太后與皇帝之間的關係，因為此次戰敗的緣故，已經變得和緩了起來，而太后親弟目前也已經獲罪歸家，如果我方在談判中要求太多，萬一破裂後，兩國再戰，這點也不合陛下的意思。各位應該清楚，如果北齊方面真的君臣一心，百足之蟲，咬人一口也是不好受的。」

「北齊上京太過遙遠，一來一回，這些情報也不見得管用。」辛其物有些頭痛，談判最關鍵的就是知己知彼，雖然眼下占了主場和勝者的優勢，但對方現在身處自己國都之中，依仗那些朝廷還沒有來得及掃蕩乾淨的北齊間諜網，他們對於慶國朝廷的反應能夠有第一手的資料；而慶國這方想知道北齊朝廷的真實反應，卻有些困難。

有人出主意道：「為什麼不請陛下讓監察院四處協助我們？要知道四處在北齊的人可比朝廷其他衙門的人手要厲害得多。」

眾人眼睛一亮，心想這倒是真話。身為京都官員，當然對監察院又懼又恨，但如果用監察院這條瘋狗來對付敵人，沒有官員會有意見，只會雙手雙腳贊成。

出乎眾人意料，一聽這建議，辛其物頓時失了風度，開口罵道：「你們想到的事情，本官還有寺卿大人難道想不到？那個閻羅殿不肯給東西，我能怎麼辦？難道要我去陛下寢宮前哭跪去？」

眾官心道原來如此，面色回歸寧靜，內心深處卻想著，如果能夠搞到北齊的情報，大人就在興慶宮前的石階上哭一場又怕什麼？

堂間頓時陷入安靜之中。雖然慶國官員、百姓一向自認是天下最強大的國家，但是在當今皇帝還沒有即位之前，慶國人始終是生活在北魏的龐大恐怖陰影之下。北魏雖然被皇帝三次北伐打得只剩下一半疆土，成為了如今的北齊與一些小諸侯國，但如果將對方逼急了再起戰事，似乎也是件很恐怖的事情。所以在沒有強大的信心支持下，談判似乎只有陷入僵局這條道路。

「我今晚再進宮一次，請陛下的旨意。」

辛其物皺眉說道，卻瞥了一眼一直安靜坐在最下首的范閒。范閒似乎毫無副使的自覺，這些天了，不論談判還是做什麼，他始終是滿臉笑容地坐而無語，不知道在想什麼。辛其物奉太子的諭令，調他來此，本意是想讓范閒撈些政治資本，這小子是挺懂事不搶功，但老這樣悶著也不是個事。

他想了想，溫言說道：「范大人，不知道你對這件事情有什麼看法？」

范閒縮在衣袖裡的拳頭微微一緊，臉上卻依然是一片平靜，溫言應道：「下官以為，北齊眼下只是虛張聲勢，若他們真的還有再戰之力、再戰之心，也就不會這麼急著派使團前來求和。」

眾官一向知道范閒詩名頗盛、拳名頗盛，加上這些日子又欣賞對方安靜不爭功，所以對於他此刻的發言都有些期盼，但發現他也只能說出這樣一個大眾說法，不免有些失望。但在面子上，眾官也不好如何，隨口附和了幾聲。

倒是辛其物想著，既然要賣對方人情，就乾脆賣徹底一些，繼續溫言問道：「此話有理，只是兩國交往，實則虛之，虛則實之，國有如一人，某些時候往往是被情緒所支配，所以不能全以道理推斷，不知范副使可有其他證據？」他心裡倒是希望范閒能夠堅定鴻臚寺眾官的信念。

范閒在心裡暗讚了一聲辛其物這句「一國有如一人」，想了一想後說道：「關鍵是那個莊墨韓，諸位大人也清楚此人在天下士子心中的地位，如果北齊不是有心求和，斷不會花大代價請這位莊墨韓隨使團來京都。」

鴻臚寺諸官都是科舉出身，當然知道莊墨韓的人名，略一沉吟發現還確實是這麼回事，但是僅此一樁，也不足以將談判的方向重新拉回原來的道路上。

辛其物皺眉道：「如果能知道莊墨韓如何肯來，或許能有些幫助。」

監察院的案卷裡寫得清清楚楚，莊墨韓之所以肯來，一是北齊太后及皇帝放低身段相求，二來是莊墨韓此人向以凡間聖人自詡，想調解兩國間的兵爭；第三個理由似乎是此人的私人原因，還沒有查出來。范閒雖然很鄙視這個「聖人」的態度，但卻不會輕視對方的名望，但此刻也不會當著眾官的面，將這些原因說出來，只是輕聲應道：「如果能和他見一面，或許能看出些端倪來。」

肖主簿搖搖頭，有些無奈說道：「兩國交往慣例，像這種人物，一般也只能在殿前賜宴上才能見到。像我們鴻臚寺的官員去求見，對方如果不見，我們也沒辦法，只是自取其辱罷了。」忽然間他眼睛一亮說道：「不過范副使如今詩名早已傳遍天下，以詩會友這個名頭，相信莊墨韓不會拒絕。」

范閒一愣，心想自己攏共只抄了三首詩，其中還有兩首是范若若寫出來的，怎麼就能扯到詩名遍天下？幸虧辛其物搖著頭幫他解了圍。

「莊墨韓此人向來極傲，經史文章、詩詞歌賦，皆是世間首選奇人，怎會放下身段見范副使？依我看來，此次北齊請他來，關鍵就是殿前賜宴的環節，想借他的名望，說動陛下。」

眾官心想，大概便是如此。

等會議散後，范閒覷了個空，將辛其物拉到一邊，將自己與范若若耗費了數夜「整理」出來的進策遞過去。辛其物草草一翻，眼睛就亮了起來，全然沒料到范閒竟然能寫出這樣的東西來，裡面雖然事證頗有荒唐處，但細細分析起來，竟似直接指明了北齊目前的朝局。

「好！」辛少卿激動說道：「如此一來，我鴻臚寺談判時就有底氣。只是……范大人，為何你先前不提，此時卻私下予我？」

范閒看著上司的狐疑神色，微微一笑道：「裡面有些推斷未免荒謬了些，只是下官個人意見，所以不敢當堂說出，只是私下供少卿大人參考。」

辛其物忍不住內心的激動，就站在廊間細細閱覽，只是眉宇卻漸漸皺了起來，良久之後，他才輕聲說道：「范大人，這裡面有許多事情，是朝廷都不知道的祕辛啊。」

范閒心中一凜，知道終究沒能瞞過對方，但他的養氣功夫從澹州至京都已經鍛鍊了十幾年，自是面色不變地微笑說道：「下官有些事情不便多言。」

為官之道，有一要旨便是扮個高深莫測。果不其然，辛其物不再追問，反而溫和笑道：「若此次談判能竟全功，我定要上書陛下，保你一個大大的功勞。」

范閒一笑，行禮告退。

辛其物看著他消失在門庭中的青衫背影，臉上惘然之色一現即隱。他是太子近人，自然知道司南伯范建手中掌握著一支屬於皇帝私人的力量，但是這股力量似乎從來沒有在慶國的政治舞臺展現過，難道……僅僅因為范閒的緣故，范建就敢動用？

他始終沒有將范閒與監察院聯繫起來，畢竟監察院是皇帝的私人特務機構，連皇子們都無法插手，更何況是一個大臣的私生子。

坐在轎子之中，辛其物撐頷沉思，轎停之後，他看著轎外那面高高的朱紅宮牆，心中沉思。看來自己向太子的進言是正確的，對於范家，只能拉攏，不能打擊。

第四十四章　東宮之中勘賢愚

在東宮之中，始終有兩派意見，與辛其物敵對的那派認為，既然司南伯范建與靖王交好，如今又與宰相聯姻，靖王世子是二皇子莫逆，而宰相也漸漸與東宮疏遠，所以范家一定是二皇子那派。辛其物卻堅決反對這種意見，因為在他看來，范建根本不可能是一個會隨著靖王、宰相衣袖而動的普通大臣。

重重深宮之中，辛其物老老實實地跪在御書房門口，屁股翹得老高，幸虧有官服擋著，才不至於看著難看。

「起來吧。」皇帝的聲音在簾幕內響起。

辛其物站起身來，雙臂垂在身側，不敢動彈絲毫。這御書房他也來過幾次了，但依然還是不能適應此間天然而生的一股壓迫感。兩滴黃豆大小的汗珠從他額角滑落，不知道是因為夏末依然太熱，還是緊張造成的，但他卻不敢抹去。

簾幕裡響起翻閱紙張的聲音，安靜許久之後，皇帝才淡淡問道：「這條陳有理有據，很好，既然北邊那個作怪的還是不肯安分，那就好，卿家得替朕將嘴巴張大些。」

辛其物高聲應道：「是，陛下！」

皇帝的聲音忽然有些怪異：「范侍郎的兒子如今在你那任副使？」

辛其物沒有想到皇帝竟然也會對范閒如此關心，額頭上的汗又多了幾滴，恭恭敬敬應道：「正是。」

皇帝似乎對這件事情很感興趣。「喔？這范閒朕讓他在太常寺裡做協律郎，你怎麼想到調他去鴻臚寺？」

雖然皇帝的聲音依然溫柔，但辛其物卻緊張得快要昏了，不敢有絲毫隱瞞，老老實實回答：「前些日子奉陛下旨意在東宮講學，曾與太子殿下談及此次北齊來使一事，因為范閒與此事有關聯，而且在京中大有才名，今次北齊使團裡有位莊墨韓，朝廷接待方面也要有位才子才合適，所以臣冒昧提此建議，殿下允了。」

「嗯。」簾幕後的皇帝很欣賞這位臣子的坦承態度。他從來不怕朝廷裡面有人結黨，但是這黨必須結在明處。「這件事情不為差錯，朕當日就將此事全權交你辦理，即便是太子那裡，你也不用請示。」

「是。」辛其物和太子的關係從來沒有想過要隱瞞皇帝，畢竟自己是皇帝當年指定的東宮侍奉之人。

皇帝又翻了一翻那卷宗，隱約可見眉頭皺了起來。「范閒做得如何？」

辛其物不敢貪功，老實應道：「陛下此時所見卷宗，正是范副使辛苦分析所得。」

「分析所得？」不知為何，皇帝的語氣變得有些惱怒。「真是越來越荒唐了！」

辛其物不知皇帝因何發怒，大感恐慌。好在此事似乎與談判一事並沒有太大關係。等他退出書房之後，皇帝掀開簾幕走出來，那張不怒而威的臉上，此時除了一絲惱怒外，更多了一絲無可奈何的苦笑。他吩咐身邊的太監：「傳陳萍萍入宮。」

太監順從領命而去。這位慶國的主人，全天下權力最大的中年男子信步走出書房，站在皇宮廊簷之下，看著天下那有些黯淡的月亮，脣角微翹，自言自語道：「國之利器，不直接襄助鴻臚寺，居然用來給小孩子做進身之階，好你個陳萍萍，看來再不敲打敲打你，你是真要將朕那院子雙手送與那小孩子去玩。」

皇帝是何許人物，從那份號稱范閒分析所得的卷宗裡，一眼便瞧出了監察院的影子。但看他表情，似乎並不如何生氣，只是覺得有些好笑。辛其物試圖讓太子拉攏范家，其實恰好迎合了皇帝的想法——東宮的傾向終於展現了一些政治智慧，太子似乎有所長進，這個事實讓這位九五至尊略微感到一些欣慰。

東宮之中，正在爆發一場激烈的爭吵，爭吵的雙方是鴻臚寺少卿辛其物與宮中編撰郭保坤。爭吵的內容，自然離不開那位叫做范閒的八品小官。看雙方臉紅脖子粗的模樣，就知道先前吵的激烈程度。

辛其物略帶一絲蔑視看了郭保坤一眼說道：「做臣子的，要做諍臣，我奉陛下旨意，前來輔佐太子，便是要為太子謀千秋之大業，選一時之良材。協律郎范閒在京中向有才名，觀其近日所為，知進退，有實才，而范家向來是皇室不二之臣，如此臣子，太子當然應該紆尊接納，切不可因為某些人物一時之氣，便拒之門外。」

郭保坤冷笑道：「難道少卿大人以為本官只是記那一拳之恨？你不要忘記，范府與靖王府的關係，還有那范閒，馬上就要成為宰相的女婿，宰相最近的走向，難道你還不清楚？」

辛其物直著脖子說道：「不清楚，我只知道慶國只有一位陛下，慶國只有一位太子，任何想在朝廷裡人為劃分派系的做法，都是極其愚蠢的。」

他不是個空有壯志卻無一技的酸腐，當然知道二皇子最近聲勢漲了起來，但是在戰略上，他依然認為東宮沒必要將二皇子當作對手，一旦如此，就會開啟一扇危險的門。只要太子自己持身正，大義在前，根本沒有什麼敵人可言。

坐在高處的太子嘆了口氣，他確實好色，也確實懦弱，但並不是個蠢貨，在他的內心深處也清楚，如果從大局角度出發，辛其物的看法無疑是最正確的。但是政治上向來是你死我活的鬥爭，就算自己小心謹慎，誰又能擔保那些斜乜著眼打量皇位的二位哥哥會不會做出一些事情來。

「眼前的局勢並沒有到那一步。」太子揉著太陽穴，有些煩惱說道：「畢竟本宮乃一國儲君。為朝廷儲備人才也是應有之義。至於皇兄那裡，你們不要瞎說什麼，那也太荒唐了。」

這就是皇宮中的無奈，明明你防我、我防你，但是口頭上卻是誰也不能說什麼。

「那范閒？」郭保坤仍然有些不死心。

辛其物冷哼一聲說道：「郭大人，我覺得你一直都錯誤判斷了一件事情。」

「什麼事情？」太子好奇問道。

「包括你在內的很多官員，都因為范府與靖王府的關係，而將范家歸到二皇子一派，但是誰有證據能證明這一點？這一次東宮簡旨，給了范閒如此露臉的一個機會，如果范家真如郭大人所說，只怕根本不敢接這個差使。」辛其物繼續冷冷說道：「最關鍵的地方是，范閒馬上要成為宰相的女婿，郭大人以此判斷范閒不可能效忠太子，這實在是荒唐。」

「有什麼荒唐的？」郭保坤眼中閃出一絲陰狠。「不論朝堂之上，還是暗處的消息，都已經表明，宰相已經與長公主決裂，正在試圖脫離宮中的影響。」
「身為一國宰相，理所當然不應受宮中人物操控。」這話有些過頭，辛其物醒過神來，向太子行禮告罪。太子無所謂地搖搖頭，示意他繼續說下去。
辛其物又道：「郭大人先前說的正是問題所在。大家都知道宰相與長公主決裂……這和東宮又有什麼關係？難道這就意味著宰相不再效忠陛下？不再站在殿下這邊？」
太子皺眉道：「可是……姑姑最近也很生宰相的氣。」
「殿下，恕臣放肆……切不可因為長公主的態度，而改變對宰相的態度。」辛其物不卑不亢說道。
太子眉頭皺得更緊了。「可是……」他欲言又止。
郭保坤趁著這機會冷冷說道：「可是宰相如果還是如以前那般，為什麼最近朝會之後，都不像往日那般來東宮請安？」
辛其物極其自信地一笑，應道：「臣未曾否認這點。殿下，眼下只是安排而已，還遠遠未到雙方比拚實力的時候，真正聰明的臣子，自然會緊緊依著陛下，這就足以保持自己家族的長久。宰相也是如此，他眼下或許正在太子與二皇子之間擺動，但最終還是會聽從陛下的旨意，而我們如果想讓宰相真正地站在我們一邊。」他深深吸了一口氣。「關鍵就在范閒身上。宰相已經沒有真正的兒子，范閒等同是相府的將來，如果我們能讓范閒投誠殿下，宰相的態度，自然也會轉變。」
郭保坤嗤之以鼻。「靖王世子與范閒的關係，你不要忘記了。」
「你也不要忘記，前些天查出來的那人，是誰的屬下。」辛其物冷漠說道：「那人刻意讓范閒與殿下巧遇，自然是希望殿下記著前些日子的仇隙，羞辱范閒，以便讓范閒真正投向他的陣營。好在殿下英明，自然是不會上這種小人的當。」

太子溫和一笑，有些受用。

「若范家真是他那派的，他何必再用這種伎倆。」辛其物又道：「我相信以范家的力量，一定能發現這件事情的隱情，如果真查出來是那人做的，范閑只怕會記恨在心，所以不用擔心范家目前的態度。」

太子有些心動，輕聲說道：「如果范家還蒙在鼓裡，上了那人的當，本宮也不妨可以告訴他。」

「收了范閒，就等同收了范府、林府，京都裡的兩大勢力，文官以及權貴，至少有一半的人是看這兩家態度。而且數年之後，只怕連內庫都是這個年輕後生在管。」辛其物對太子輕聲說道：「一個八品小官，能帶給京都眾人的，絕對不僅僅是幾首詩而已。」

第四十五章　這世上沒有值得相信的人

太子動容，在心中細細盤算著，半晌之後終於下定決心，一拍書案說道：「好，本宮就給范閒一個機會，希望他不會讓本宮失望。」

東宮計定，郭保坤黯然，辛其物興奮，太子覺得自己英明又有容人之明。只是這三人都不知道，皇后與永陶長公主當年曾經想過暗殺范閒，東宮背後真正的強大力量已經與范閒身後的力量發生過兩次衝突，一次在澹州，一次在牛欄街以及蒼山下。

當然，他們更無法知道，幾年之後，事情竟然會變成那樣荒唐和不可思議的局面。

皇宮的夜色總是比別的地方要顯得更加幽遠和漆黑，隱沒了所有的真相與過往，也讓人看不真切並不遙遠的未來，會有怎樣的一張臉。

有了監察院的情報做底氣，後幾日的談判頓時風雲突變。北齊方面還想使出牛皮糖戰術，拖得一日是一日，希望能夠將慶國朝野的耐性全部磨損掉。哪裡知道那位確實厲害的鴻臚寺少卿辛其物，本就咄咄逼人的氣勢，在這兩天的談判桌上，變得更加凌厲，化身成一柄開山大斧，一下一下地向對方斫了過去！

三輪談判下來，包括換俘、上貢、稱號之類的問題就全部解決了，只剩下最後那個難啃的骨頭，也就是諸侯國之間疆域的重新劃界問題。

范閒身為接待副使，一直冷眼看著這個過程，對於辛其物的學識、談吐、魄力，心中十分佩服。他確實沒有想到太子身邊，原來也不都是些尸位素餐之輩，不是所有的東宮近人都像是郭保坤一樣欠揍。而辛其物在談判的空閒時間裡，也有空與范閒交流或者是暗中觀察，對於范閒如此年輕卻有如此養氣功夫，感到有些意外，也愈發覺得看不透這個年輕人的深淺。

總體來說，談判很順利，除了監察院幫忙分析的那個卷宗之外，范閒也沒有出多大力，但日後論功行賞總是少不了他這一份，所以范閒很滿意目前的生活。

書局那邊有慶餘堂的七葉打理著，范思轍也時常去兼任帳房先生，根本用不著他去操心。兩月之後大婚的事情，自然有林府、范府的那些婆娘們忙來忙去，就連柳氏都很歡喜范閒要當假駙馬的事實，做足了後媽的本分，忙得團團轉——要知道娶了皇帝的義女，范閒應該不會再襲家中爵位了。

更何況林婉兒另一層身分擺在那裡，皇宮裡的那些老處女時常上府來說三道四，隔幾天就是一道某位娘娘的旨意，弄得司南伯范建都有些焦頭爛額。對於宮廷禮節全無認知的范閒來說，這些事情自然是能逃則逃，只是苦了林婉兒和幫兄長背儀注的范若若，天天沉浸在這種痛苦之中。

二皇子託靖王世子李弘成帶了兩次話，想請范閒一晤。但上次避暑巧遇太子的事情，范閒心裡有些陰影，所以推到了月末，希望到時候事情已經平靜了些，畢竟眼下看來，東宮似乎對范府的態度也有所改變。不是他有這個膽子拒絕二皇子的邀請，只是他用的名義極好，為國出力之時，不敢流連花巷。

這段日子裡，唯一讓他有些隱隱擔憂的，是北齊使團裡那位一直隱居不出的莊墨韓，還有東夷使團裡那位四顧劍的首徒，這二人一文一武，都是人世間頂尖的人物，這段時間在京都裡未免太安靜了些。莊墨韓還受太后所邀在宮中長留講學，而四顧劍的首徒雲之瀾卻是一直待在使團裡。

偏生范閒最注意的，就是雲之瀾。畢竟莊墨韓的文家名聲與自己沒有什麼衝突，而雲之瀾與自己卻是有奪命之仇。不過身處慶國京都，相信對方不會傻到單劍來向自己尋仇，所以范閒眼下真正煩心的事情，其實只是和一把鑰匙有關。

夜裡，他看著那個黑皮箱發呆，鎖口那裡看上去是黃銅的，但他以前就試過，費介留下來的那把細長匕首都無法劃上一道痕跡，看來這材料有些古怪。黃銅鑰眼後面，似乎還有一道什麼機關，不過如果拿不到鑰匙，連那機關是什麼樣子都無法看見。

范閒曾經試圖找到某種途徑結識宮中的洪四庠，但稍一嘗試，他才發現一個事實。雖然自己眼下在京都裡似乎混得風生水起，但其實距離天下最頂尖的那個階層，還有極其遙遠的一段距離。太子與二皇子拉攏自己，只是看在自己身後范、林二府的分上，並不是自己本身有什麼出奇之處。而皇宮這塊區域，因為不需要看臣子的眼光，所以自己根本無法接觸到。

林婉兒眼下又不方便經常入宮，根本沒有人能夠幫到自己。自己就算想認識洪四庠都很難，更何況是按五竹叔說的，將他拖在宮外一個時辰。

二皇子透過李弘成來請范閒的時候，他曾經巧妙借旁人之口嘗試過，是不是能藉此認識宮中的洪公公，但李弘成只是搖頭，說那老狗只會趴在太后宮裡乘涼，根本不可能出宮。

「看樣子，只有改個法子。」啪的一聲，范閒一腳將箱子重新踹回床下，看著牆角似乎睡著了的五竹。「我根本沒有辦法把洪公公拖出來。」

五竹緩緩地抬起頭來。「我可以把他引出來，或者，你可以嘗試著在皇宮裡找到鑰匙。」

范閒嚇了一大跳，心想憑自己這三級以上、七級未滿的平均水準，難道去皇宮裡面找死？但他微一瞇眼，卻覺得這似乎是目前比較可行的一條道路。五竹總說自己的「勢」只有三級的水準，但自己能殺死程巨樹，看來是五竹的計算能力太過強悍，所以低估了自己的運用真氣能力——當然，這話是萬萬說不得的。

「如果真的太危險的話，為什麼一定要這把鑰匙呢？」這是盤桓在范閒腦海裡很久的一個問題。「如果僅僅是因為好奇心，就要冒這麼大的險，似乎有些不划算。」

「你不想知道，小姐給你留了些什麼東西？」

「想。」范閒坐在床上，微微低著頭。「但是我想，母親大人一定是希望我能快快樂樂、平平安安、開開心心地在這個世界上生活下去，如果為了知道自己留下些什麼東西，而導致自己的兒子陷入危險之中，也許，母親不會願意。」

五竹也低著頭，蒙在眼睛上的黑布與身周的夜色融為一體，雖然他沒有看范閒，但范閒依然感覺到一陣寒意。

「你對現在的生活很滿意。」

五竹的聲音很冷淡，一如既往地很少用質問的句式，只是冷靜地闡述一個事實。

范閒一怔，心想自己入京之後，尤其是入夏之後的這段時間，似乎真的很享受一個權貴子弟所帶來的權力、財富以及安穩。

「但你無法操控自己的生活。」五竹繼續冰冷地說道：「眼前的一切，都是構建在陳萍萍和范建的規劃之中。」

范閒的心中生起一股寒冷，明白五竹說的意思，但他兩世為人，自認見識了人世間的冷暖與陰險，依然不敢相信這種判斷，壓低聲音說道：「難道連他們都不能相信？」

五竹的聲音愈發地冷了：「我的習慣是，不相信任何人。」

「那樣的生活會很辛苦。」范閒閉上了眼睛，似乎在模擬一種永世生活在黑暗中的景象。

「他們死後，你怎麼辦？」五竹難得發問，就直擊范閒的要害。

范閒皺皺眉說道：「我明白了。」

五竹不理會他的表態，繼續毫無一絲情緒地說道：「能保護你自己的，不是陰謀，不是權力，不是其他的任何東西，只是力量，你要記住這一點。」

范閒從床邊站起身來，很恭敬地向這位僕人、這位老師、這位兄長躬身行了一禮。

「我不知道小姐留給你的箱子裡有什麼，但我知道，你必須擁有保護自己、震懾敵人的足夠力量。決心也是一種力量，所以我要你找到那把鑰匙。」

「是，我馬上著手處理。」

范閒抬起頭來的時候，發現五竹又一次消失在黑夜裡。在這十幾年的相處過程之中，五竹除了雨夜回憶母親時，極少會一口氣說這麼多的話。

范閒明白對方的意思，這京都繁華銷骨蝕魂，確實讓自己從小打磨的冷靜與力量，產生了一絲軟弱的跡象。這是一次警告，警告自己不要過於依賴所謂家族的權力以及母親當年的遺澤。

這些天裡雖然自己努力地修行著體內的霸道真氣，努力熟悉著身上的那三根毒針，但是真像五竹所說，自己的心，其實並沒有澹州時那般堅強了。

能保護我們每一個人的，只有自己的力量。沒媽的孩子像根草，小草也得往石頭縫外面跑，別理會什麼陽光、雨露，自己把根紮得深些，把莖整得結實些，這才是正道。

第四十六章　那座涼沁沁的皇宮

東方的天已經紅遍了，太陽緩緩從貼著地面沒睡醒的雲朵裡升起來，照耀在京都最宏大的建築群上。皇宮的外牆顏色顯然比那天空還要赤紅，平靜而恐怖地注視著面前廣場上的人群。范閒也是這些人中的一位，他看著高高的宮牆，以及牆下方深深不知境頭的門洞，覺著這黑洞洞的地方像極了怪獸的嘴，無法控制地產生了一絲緊張。

范閒與這個世界上其他的人一樣，面對著眼前莊嚴的帝權象徵，仍然會感到敬畏。但是敬畏並不代表順從，也不代表著不反抗，這又是他與其他人不一樣的地方。宮門的侍衛檢驗過眾人後，略帶一絲自傲地點點頭，范閒一行人才老老實實地走進去。

今天是節禮日，宮中有旨，傳八品協律郎入宮。旨意是昨兒個到的，范府忙了整整一宵，才擬定了進宮的人數。范建自然是不會去的，司南伯府裡女眷又少，所以京都范氏大族裡其他幾個府上的遠方親戚，都來自告奮勇。

范閒哪裡見過這等熱鬧，范建冷冷地止了眾人的念頭。最後定下來隨范閒入宮的，就是柳氏與范若若，再加了兩個隨行的老嬤嬤。這兩位老嬤嬤當年都是范老夫人那年頭的老人，對宮裡的規矩清楚得很。柳氏這次肯隨范閒進宮打點，有些出乎范閒的意料，因為他知道柳氏雖然一直沒有被扶正，但實際上小時候與宮中的那幾位貴人一直有來往，情分與旁人並不一般，若有她在身邊，范閒此次的皇宮之行，恐怕會順利許多。

輕微又顯嘈亂的腳步聲迴蕩在安靜的門洞裡，門洞極深，初升的斜陽也只能照見一半的地方，另外一半格外幽暗。一道冷風從宮牆裡突然吹了出來，讓眾人的眼睛有些睜不開。這八、九月的天氣，竟是頓時有了些深秋沁寒的味道。

范閒不易察覺地摸了摸自己的腰帶，摸到了那幾粒比黃豆還要小許多的藥丸，心中稍安。知道入宮檢查格外嚴格，所以離府前，他就將自己的暗弩與匕首都藏在屋內，但是五竹的那次訓話讓他印象極為深刻，所以哪怕是在理論上講的世上最安全的皇宮裡，他仍然讓自己多準備了一些保命的法子。

「答答、答、答。」

人是一種很奇怪的動物，人們則一種很奇怪的群體，在安靜的宮牆之下行走著，一行六人的隊伍的腳步聲竟然漸漸統一了起來，同時落地、同時抬起，隨著領頭的小太監，像是同時拔著四弦琴，發出同一個單調的音節。

范閒心頭湧起一股不適應，強行頓了頓，讓自己的腳步與其他人錯開，宮牆之下的步調一致頓時被打破了。他輕輕拉拉妹妹的衣袖，低聲說道：「我有些緊張。」

范若若莞爾一笑，想給他一些鼓勵。前方的小太監卻是別過頭來，眉頭緊鎖地看了范閒一眼，似乎有些不滿意。

柳氏皺眉輕聲道：「宮中不比其他地方，說話小聲一些。」

小太監長得並不漂亮，愁眉苦臉的，聽見柳氏這般說，頓時覺得自己也有了光彩。這是哪兒？這可是皇宮。

范閒苦笑了一下，沒料到柳氏接著微笑說道：「不過也不用緊張，這宮裡我打小便來，那時節還是洪公公任太監頭領的時候，這一晃，沒想到都是些小孩子在宮裡服侍了。」

聽見這話，前面那個小太監不敢拿派頭了，趕緊佝著身子往宮裡走。本以為是接幾個土包子進宮，哪裡知道原來是熟人串親戚。

皇宮極大，長長的門洞之後，迎面便是一大片青石所鋪就的廣場，讓人頓生豁然開朗之感。初晨照耀在太極宮正殿的屋頂上，黃色的琉璃瓦反射出奪人眼目的色澤。宮殿下隔著數丈便有一大圓柱，殿前長長的石階如一條通往天河的白玉路，看上去十分莊嚴。

范閒眯眼看著眼前的建築，心裡湧起一種荒謬感，真懷疑自己是不是來到了故宮博物院？也許是這種荒謬感沖淡了他心中的緊張和對陌生宮廷的一種隔閡感，這之後的行程裡，范閒終於回復了自然的神態，有些像是初入范府時那般，滿臉微笑，四周打量著在宮牆下低頭行走的宮女、太監，偶爾抬頭看看遠處探出的簷角——卻不知是哪座宮，不知那宮裡住著哪個人。

他的神情全數落在同行者的眼中，小太監搖了搖頭，柳氏的脣角卻浮起一道若有似無的微笑。她心裡想著，這位大少爺，果然是個天不怕地不怕的性子。

今日入宮的主旨很簡單：宮裡的娘娘們想看看，馬上就要娶林婉兒的范大才子，究竟長得什麼模樣。

雖然目的簡單，但過程特別複雜，所以范府眾人早早地就起了床，刷牙洗臉打扮，趕著宮門開時就進了宮，然後在一處角房裡候著，等著宮裡哪位娘娘的傳喚。被召見的人可以等，宮裡的娘娘們可是不樂意等人的。

因為起得太早，所以范閒坐在那角房裡，喝著宮裡的好茶，依然有些犯睏，精神大是不佳。柳氏看了他一眼，微笑著站起身來，對宮裡迎著他們的那位公公說道：「侯公公，許久不見了。」說著這話，又是毫無煙火氣地一伸手指，銀票便遞了過去。

范閒偷偷瞧著，脣角一翹險些笑了出來。自己這位姨娘手段，果然是被父親薰陶出來的，全靠銀票開路打人。

誰知那位侯公公卻是面露為難之色，恭敬說道：「范夫人，您這不是打老奴的臉嗎？您與宮中幾位主子當年可是一路長大的，老奴哪敢在您這兒討飯吃。」

柳氏聽著這話忍不住笑了起來。「這是賞你的，又不是買你什麼，還怕誰說去？」

侯公公嘿嘿一笑，臉上皺紋擠作一堆，輕聲說道：「知道您今天進宮，那幾位主子斷沒有讓您在這等太久的道理，您放心吧。只是這天時太早，只怕各個宮中還忙著刷牙洗臉，略坐一坐就好了。」

范閒耳尖一動，發現這老太監稱呼柳氏為范夫人，看來宮中對於柳氏扶正一事，早有意向。又聽著各宮還在刷牙洗臉，他本來就覺得起得太早，來得太早，聽著這話，不由得苦笑了一下。

好在侯公公沒說錯，司南伯范建讓柳氏陪著入宮果然英明，早朝還沒有開始，范家三人就已經入了後宮，二位老嬤嬤被招待在外面，反正也有好茶好水，當年也是入慣宮的老人，自不會嫌無聊。

首先去的是宜貴嬪那處，這位貴人乃是本朝三皇子的生母，母憑子貴，所以從才人升了貴嬪。范閒規規矩矩地行禮，然後聽著一個溫柔的聲音響起——

「起來吧。」

這位宜貴嬪生得素淨，不過也只有素淨二字而已，完全沒有范閒想像中的麗不可言。大大出乎范閒意料的是，柳氏竟是雙眼微潤地看著宜貴嬪，二位婦人矜持一禮後，竟是顧不得禮數，牽著雙手，相看無言。范閒將疑惑的目光投向妹妹，范若若滿臉平靜，根本毫不驚訝。

聽了會兒話，范閒才知道，原來這位宜貴嬪竟然是柳氏的堂妹！

范閒心頭無比震驚，這才知道原來柳家竟然根基如此深厚，幸虧自己入京之後執行了綏靖政策，而柳氏待自己也算溫柔，不然雙方真起了衝突，還真不知道誰死！

「妳也老不進宮來看看我。」宜貴嬪拭去眼角淚花，埋怨道：「都已經四年了，妳也忍心將妹妹一個人丟在這宮裡，前幾次好不容易請了旨，召妳入宮陪我說說話，哪知道妳竟然不肯來，真是鬱死我了。」

柳氏臉上閃過一絲黯然，半晌沒有說話，緩了陣子才輕聲說道：「怪我，都怪我。」她沒有看范閒一眼，但范閒卻看著柳氏略顯瘦弱的雙肩，眼中閃過一道異色。他聽著宜貴嬪說的四年，非常敏感地想到了澹州的那次刺殺事件。依照父親的說法，這次刺殺事件柳氏只是個替罪羊，真正的幕後黑手，是宮裡最為「尊貴」的那兩個女人——柳氏四年不進宮，難道就是因為這個原因。

「以後我會常進宮來看妳的。」柳氏溫和地笑了笑，牽著宜貴嬪的手。「今兒不是來了嗎？」

宜貴嬪轉恚為笑，輕聲數落道：「要不是你們范家的大少爺要娶宮裡最寶貝的那丫頭，我可不指望能見著妳。」她轉向范閒這方，溫柔問道：「你就是范閒？」

范閒趕緊站起身來，清逸脫塵的臉上堆出最溫厚的笑容，一拜及地。「姪兒范閒，拜見柳姨。」

這話很不合規矩！宮女和太監都愣住了，柳氏也有些愕然，心想她又不是他親媽。但范閒厚顏無恥地亂攀關係，顯然很投了厭煩宮中規矩的宜貴嬪胃口，她看著范閒眉開眼笑。「果然是個好孩子。」

第四十七章　娘娘們

這個世界上扯蛋的事情很多，但攏共只說了八個字，便被評判為好孩子，已經快要十七歲的范閒自己都覺著這事情有些扯蛋到了極點。這皇宮果然與別的地方大不一樣，高高在上的貴人們下判斷總顯得過於隨心所欲和依仗自己的喜好。

范閒雖然一直不知道柳氏與這位宜貴嬪的親戚關係，但並不妨礙他從林婉兒的嘴裡知道，這位宜貴嬪眼下是極得寵的一位妃子，不然也不可能在皇帝修身養性、不近女色的口碑下，還能生下一個只有八歲大的皇子。

宮中閒聊著，這位宜貴嬪看來是真的很喜歡范閒，臉上的表情越來越高興。范閒知情識趣，揀著前世記著的幾個笑話說來聽了，殿內頓時響起一陣銀鈴般的笑聲。范閒發現這位宜貴嬪性情竟是爽朗得很，不知道她是怎樣在這見不得人的宮中，還依然能保持這樣的性情，不免有些意外和欣賞。

略說了些閒話之後，日頭漸漸升了起來。柳氏微笑問道：「三皇子呢？」

宜貴嬪嘆了口氣說道：「那孩子，還是怕生得厲害，起床後就縮在後殿裡待著，不肯過來，怕是要到吃飯的時候，才肯露露小臉。」

柳氏哎喲一笑道：「敢情咱們這位三皇子還挺害羞的。」

雖說主臣有別，但柳氏與宜貴嬪畢竟是姊妹關係，所以說話就顯得沒那麼多講究。宜貴嬪伸出細長的食指，指甲上塗著紅紅的顏色，看著十分誘人，她指著范閒說道：「你們家這位，不也是個害羞的？」

正在此時，范閒的臉上露出微羞的笑容，恰好應了宜貴嬪這句話。

「好了，姊姊妳和若若就在這兒陪我聊吧。」宜貴嬪似乎知道柳氏不願意去皇后、永陶長公主那裡，自行做主留客。「那幾個宮裡，我讓醒兒領著范閒去就成。」

柳氏神色間微微一黯，行禮道：「這如何使得？今日奉詔入宮，頭一個來瞧瞧貴嬪娘娘，本就擔心會惹得那幾位娘娘不高興，我入趟宮，不去看望那幾位，只怕有些不恭敬。」

宜貴嬪聽見這話，打鼻子裡哼了兩聲，說道：「姊姊，我看妳還是不要去的好，本來只是傳范閒入宮，妳就陪著我說說話，我看這宮裡有又有誰敢說三道四的。」

宜貴嬪是個開朗之中帶著一絲憨氣的貴婦，但這一發脾氣，仍然顯得威嚴十足，整個宮中都安靜了下來。范閒輕咳一聲說道：「姨……二太太，我自己去就好了，您和妹妹就陪柳姨說會兒話吧。」

見他也這般說，柳氏無奈地應下來，和那名叫醒兒的宮女送范閒到宮外，輕聲叮囑了一些注意事項，又不易察覺地轉到范閒肩旁，用蚊一般的聲音說道：「宮裡上上下下都打點到了，各宮之中都有人接著，你不要太緊張。」

范閒心頭一凜，應了下來，回身只見妹妹也跟了出來，正面帶鼓勵之色看著自己，無來由地心頭一片溫暖，微笑著想道：「丈母娘看女婿，向來只有越看越歡喜，何況我生了如此漂亮的臭皮囊，對付幾個宮中怨婦還不是手到擒來？」

等范閒離開了宜貴嬪居住的宮室，柳氏向范若若叮囑兩句，便和宜貴嬪進了內室。宜貴嬪幽幽望著她的雙眼說道：「四年前就勸過妳，不要聽那兩處宮裡的勸，這下子可好，范閒依然活得好好的，妳卻冷透了范大人的心。姊姊，妳聰慧一世，怎麼就當時犯了糊塗？」

柳氏怔在原地，半晌說不出話來，眼神漸趨幽怨，輕聲說道：「娘娘也清楚，像我們這些做母親的，不就是為了自己的孩子著想嗎？三皇子如今年紀小，妳還可以置身事外，再過些年，只怕妳就會明白我當時為什麼會犯下此等大錯。」

醒兒是個眉眼清秀的小姑娘，大約十三、四歲，范閒與她一路在皇宮裡行著，發現這小姑娘腦袋一直低著，忍不住打趣道：「腳下的路看不清楚？」

醒兒嘻嘻一笑，露出碎玉粒般的小牙齒來，說道：「范大人，宮裡還是少說些話。」

范閒苦笑著搖搖頭，都知道皇宮裡的規矩大，沒想到連小姑娘家家的，都這般謹慎自持。

范閒跟在醒兒的身後，看著她身上的宮女服，眼光在她尚未發育成熟的腰身上掃了一下，馬上轉移到皇宮的建築上。他的臉上帶著微笑，大腦卻在急速地運轉著，力圖將這些繁複的道路、景色牢牢記在腦海中，為日後那件事情做好準備。

一路經花過樹、踩石碾草，但皇宮雖大，總有到的時候；殿宇雖多，也並不是每間都宏大到聳動。看著面前的安靜院子，范閒深吸一口氣，隨著醒兒走進去。

這裡是二皇子生母淑貴妃的居所，這位貴妃看樣子倒是個愛清淨的，院子也被布置得極素雅，除了幾株粉嫩花樹之外，並沒有別的裝飾。一道竹簾，掩住了裡面的一切，卻掩不住書卷香氣沁簾而出。

「拜見貴妃娘娘。」

「范公子請坐。」

沒有多餘的寒暄，范閒與這位淑貴妃隔簾而坐。沒有什麼先兆，淑貴妃忽然輕聲問道：「萬里悲秋常作客，范公子少時常在澹州，莫非以為京都只是客居之所？」

范閒略感愕然，正色而答，以此為發端，他與淑貴妃坐而論道，道盡天下經書子集、詩詞歌賦，直到二人嘴都有些乾了，才極有默契地住嘴不語。

范閒有些後怕，實在沒想到這位二皇子的母親竟是皇宮之中的才女，見識極為厲害，自己都險些應付不過來。他不禁想到，這樣一位婦人所教養出來的皇子，又會是怎樣的一個人呢？

「不要緊張。」淑貴妃的性情極溫柔，隔著竹簾隱約能見她的頭上只有一支木釵，素淨得與這皇宮格格不入。「婉兒自小在皇宮長大，陛下收她為義女之前，我們這幾個沒事做的女子，便把她當女兒在養。皇宮上上下下的人，沒有不喜歡她的，所以范公子要娶宮裡最寶貴的珍珠，我們不免要多看看。」

范閒背後隱有冷汗，雖然平時也有所了解，但今天才真正感受到自己未婚妻在皇宮中的地位。淑貴妃溫柔又清淡，對於范閒的談吐似乎也比較滿意，隔了半晌，便讓范閒退出去。

只是臨分離前，她輕聲說道：「本宮喜歡看書，陛下也為我搜羅了些珍本，我已讓宮人們揀其中珍貴的抄了幾份，范公子此時要去別的娘娘那裡，我讓人送去宜貴嬪處吧。」

范閒心頭一凜，知道這是份厚禮，知道這位貴妃娘娘是在替二皇子送禮，不敢多言，沉穩深深一禮退了出去。

出了淑貴妃的小院，范閒抹掉額頭的冷汗。前方帶路的宮女醒兒與他有些熟了，踮著腳走路，一蹦一蹦的，回頭看著他的神情，好奇問道：「今天不熱啊。」

范閒苦笑著搖搖頭，今日入宮本來以為只是禮節性的拜訪，哪裡知道竟是比殿試還要緊張一些。想來宮中的這些娘娘們對於婉兒嫁給自己很好奇，所以要看看自己的文才、武才。

接下來，二人去了大皇子的生母寧才人處，范閒知道這位婦人雖然位分不高，只是位才人，但從林婉兒處知道，是因為她東夷人的身分，所以范閒反而刻意格外恭謹些。

寧才人年紀將近四十，卻依然風韻猶存，眉眼間的風情確實極有東夷女子的溫柔感覺。這些年大皇子一直在西蠻處戍邊，她膝下無人，不免有些寂寞，好在林婉兒在宮中的時候常來這處玩耍，所以她對林婉兒的感情又與別的娘娘不一般。只見她冷冷看著范閒，鳳眼一寒道：「你就是范閒？」

范閒知道寧才人當年可是在戰場上救過皇帝，又養出一個能征善戰的皇子，本身肯定也是極有威嚴之人，倒也沒有驚愕，平靜應道：「正是下臣。」

「嗯。」寧才人打量了他幾眼，出乎范閒意料地沒有說什麼，只是冷冷道：「好好待婉兒。」

范閒喜歡這乾脆俐落的感覺，大喜應道：「請娘娘放心。」

「牛欄街那事一定有蹊蹺，我可不信你能殺死一位八品高手。」寧才人打量著他的身板，冷哼一聲。「看你這瘦弱模樣，怎看也不是個能武善戰之輩。」

范閒一怔，心想莫非剛考完文學之道，這馬上又要考武學之道？只是娘娘是四十歲的貴婦，主臣有別、男女有別，總不至於親揮粉拳來捶自己吧？

「不過既然葉靈兒自承不是你對手，也就將就了。行了，今天就這樣，你去別的宮去吧，別耽擱太多時辰。」說完這話，寧才人竟是再無他言，直接將他趕出殿去。

范閒摸著後腦杓，看著緊閉的木門，心想皇帝真是個有福之人，身邊躺的女人竟是如此「豐富多彩」，有宜貴嬪那般嬌憨明朗型，有淑貴妃那般知性淑女型的，居然還有寧才人這種野蠻女友——不過先前就知道淑貴妃才學實在厲害，這位寧才人只怕也是個外粗內細的角色，加上深不可測的皇后，皇帝能夠將這些女人放在一個大屋子裡，安安穩穩過了這麼些年，不得不說，這位慶國的皇帝，手段真是極為厲害。

至少范閒自忖沒有這種本事。

第四十八章　穿過你的黑髮的我的手

走在皇宮之中，范閒又見了幾位娘娘，說了些閒話，得了些賞賜，不免有些膩煩起來。但他的臉上不敢流露出絲毫表情，這可是在皇宮裡，誰知道旁邊的那個小太監是誰的手下？那邊正在摘柳枝的小宮女又是誰的心腹？自己的厭煩如果被這些人瞧著去了，這些人再耳語給他們的主子，他們的主子再在皇帝的枕頭邊上吹吹香風，自己能好過嗎？就算自己和皇帝是喝過茶、聊過天的交情，也只能挨一悶棍無法自辯。

但想到接下來要見的幾個主兒，范閒心裡早歸於平靜，甚至多了一絲陰冷和冷酷，只是看著這宮殿的眼神還是充盈著微微笑意，似乎十分期待。

瑤華宮比別的宮殿院落都要大許多，突顯出裡面主人的身分，這裡住著的是慶國皇后，母儀天下的那位。

范閒沒有料到，皇后的召見竟然如此簡單地結束了。

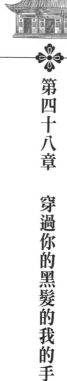

皇后溫和笑著，說話讓范閒如沐春風。看著皇后那張明媚貴妍的臉龐，看著皇后寧靜如水的眼眸，范閒恭謹應著，心裡湧起很荒謬的感覺。眼前這個清麗貴氣、一舉手一投足都讓人覺得非常舒服的婦人，竟然就是四年前想要殺自己的人！

跪下叩了兩個頭，范閒有些神色不寧地離開瑤華宮，與皇后的見面竟然是這樣簡單的開始，又草草地結束。看對方能將情緒掩飾得那般好，甚至是根本就沒有什麼異樣的情緒，只能說明，皇后看著范閒，並沒有覺得任何不安。

范閒微笑著，唇角微綻著，心裡卻寒冷著。也許自己終究還是高估了自己的重要性，對於宮裡這些貴人來說，四年前殺自己，只是很小的一件事情吧。

待到了廣信宮門外，一路跟著的太監小心翼翼地到了後方，大氣不敢吭一聲。宮女醒兒也低聲對范閒說道：「范大人請進。」

范閒挑挑眉頭，心想還沒傳自己，自己就進去，未免不合規矩，萬一被岳母殿下一劍砍了，自己找誰說理去？林沖當年不就是著了這道。但他知道今兒沒那麼恐怖，這些太監、宮女只是無來由地害怕永陶長公主而已。

永陶長公主李雲睿，名字有幾分男兒氣，卻是個極柔弱的人，當然，這只是個假象而已。她有很多身分，內庫的實際控制者、宰相當年的老情人，皇帝最得力的政治助手、後宮裡超然的存在、太后最疼愛的女兒。

而對於范閒來說，對方其實只有兩個身分：一是曾經想殺自己的仇人，二是自己未來的丈母娘。

廣信宮裡透著一絲陰寒，大白天的，宮門白然沒有關，站在門外都可以看見裡面種著沉睡之寒梅、厭暑之幽蘭、經年之青竹、未開之雛菊，宮殿裡可以看見許多白色的紗幔在輕輕飛舞著，整體的感覺就像是一個童話世界般純淨與稚嫩。范閒眉宇間一陣清冷，似乎受到這座宮殿氣息的感染。

一個約二十多歲的宮女出現在門口，向著范閒微微一禮。這宮女眉毛極長，眼神卻有些冷漠，但說話和肢體動作依然很有禮數，很恭敬地將范閒迎進宮去。

紗，全是紗，范閒有些愕然地撥開迎面而來的白色紗幔，廣信宮裡的紗幔比在靖王府後花園裡看見的要多上太多。四周的布置也顯得有些怪異，與皇宮裡的莊嚴氣氛不符，倒有些像是一個待字閨中的小姑娘住的地方。

重重紗幔的最後，是一張矮矮的床榻，有一個穿著淺粉色長裙的女子正躺在那裡，單臂支頷，腰段間自然流露出一股風流；眉眼如畫，神色卻是怯生生地引人憐愛。

這是范閒第一次看見自己的丈母娘，就像許多第一次看見永陶長公主的人一樣，他瞠目結舌，不知眼前所見女子是真是假，是畫上的人兒還是水中的仙子。

永陶長公主今年三十歲，神態卻像極了一位剛滿十六歲的青澀少女，那眉眼、那自然散落在榻上的順直黑髮，足以讓世上的所有男子都心嚮往之。范閒面上驚愕，但他奇妙的遭逢、澹州十六年練就的心性，卻讓他的腦中一片平靜，不過依然不得不承認，自己的丈母娘，雖然和婉兒有些相像，卻比婉兒還要美麗許多。

范閒雖然還能保持著冷靜，卻也不願意在心中將對方喊成丈母娘，似乎覺著這樣喊，確實與對方的天生姿色極不相配。

永陶長公主看了范閒一眼，這一眼裡不知飽含了多少意思，怯生生地惹人憐愛，淡唇微啟說道：「你自己拾個椅子坐吧，我有些頭痛。」

范閒有些不安地看了看四周，發現永陶長公主說了一句廢話，這偌大的廣信宮裡，竟然是一張椅子都沒有。正納悶的時候，他又聽著永陶長公主柔聲說道：「范卿家，聽說你精通醫術，婉兒這些天身體大好，全虧了你。」

范閒趕緊躬身道：「長公主謬讚，全賴御醫們精心護理，臣只是出些偏方。」

「喔？」永陶長公主伸出細細的手指，揉了一下太陽穴，隨著指尖的揉按，她的額角處漸漸泛紅。「可有治偏頭痛的偏方？我這些日子頭痛得厲害。」

永陶長公主有頭痛的頑疾，這點范閒聽林婉兒說過，上次在避暑莊外也偶爾聽太子提到過。但范閒此時更注意的乃是永陶長公主對自己的稱呼以及自稱，幾句話中，永陶長公主稱「你」稱「我」，顯得格外親熱。范閒微微一笑道：「頭痛有許多種，老師當年教到這裡的時候，也頗為頭痛。」

這話說得淡，但話裡出現兩個頭痛也挺有趣，永陶長公主淺淺一笑，柔媚頓生。范閒知道自己與費介的關係，在京都裡早就不是祕密，更不可能瞞過永陶長公主，所以乾脆挑明。

「真沒有什麼好法子嗎？」永陶長公主今日不問其餘，竟是單單在頭痛症上打轉，滿臉愁容，柔弱不堪。「這幾日真是痛死我了。」

范閒微微低下眼簾，靜心寧神。「臣倒是學過一套按摩的法子，雖然只能治標不能治本，但總有些舒緩之效。」

永陶長公主眼睛一亮，柔聲道：「那趕緊來試試。」

范閒苦笑道：「這……怕是有些不方便吧。」

永陶長公主掩脣噗哧一笑。「想不到名滿京華的范大才子，居然還是個持禮的小酸生，且不說病急從權，只說再過幾日你也就是我兒子了，又怕什麼？」

范閒看著對方少女般的神態，再一聯想到對方的真實年齡，本來應該會產生很噁心的感覺，但是看著永陶長公主嫩滑的臉頰、清如初葉的眉，還真很難產生反感。但聽著兒子二字，他心中依然生起一絲冷笑，面上卻是一片平靜地應道：「長輩有命，豈敢不從？」

太監端上銅盆清水，范閒仔細地洗淨雙手，然後緩步走到永陶長公主身邊，深深吸了幾口氣，平服一下自己的心情，盡量不讓自己的目光落到永陶長公主黑髮之下微微露出一截的白色頸膚上，穩定地伸出雙手，擱在對方的頭上。

手指穿過永陶長公主的黑髮，髮尖溫柔飄過，有些微微的癢。

范閒乾脆閉上眼睛，幻想自己和五竹一般，蒙著一塊黑布，手指尖摸到永陶長公主的髮際，然後輕輕向上，雙手拇指按在太陽穴上，兩根食指同時在她的眉上描了一描，確認眉心的位置。

一叩。

永陶長公主似乎沒有準備好，輕輕哼了一聲，倒是聽不出來是痛楚還是按到了部位。范閒平心靜氣，倚仗自己對人體穴道的認識，緩慢又穩定地為她揉按著頭部，手指與她頭部的每次接觸，都是那樣穩定。

「嗯。」永陶長公主皺了皺眉，心想自己是不是冒失了些，實在沒有想到這個小傢伙的手法竟然如此好，指尖似乎帶著一道道細微的氣流，在揉弄著自己痛楚的根源，每一捺、每一按，都會讓自己輕鬆許多，精神漸趨放鬆，竟似緩緩生起一股睡意。

「這手法也是費介教的嗎？」她半閉著眼睛，斜靠在床榻之上，朱脣微啟，隨口問道。

「認穴之法是費先生教的。」范閒的手指依然穩定地在光滑的肌膚上移動著，聲音也沒有一絲顫抖。「這按摩的法子，卻是自己學的。」

所謂久病成醫，當他前世躺在病床上，初期的時候還存著一絲重新站起來的奢望，所以那位可愛的小護士常常幫他按摩腿部及全身的肌肉，只是後來終究都絕望了；不過對於按摩的手法，范閒卻記了下來。

「挺不錯的。」永陶長公主表揚了一句，又緩緩閉了眼睛，享受著少年的雙手所帶來的溫暖放鬆感覺。

廣信宮裡一片安靜，永陶長公主的雙眼一直閉著，長長的睫毛搭在白皙的皮膚上，微微顫抖。她忽然開口說道：「你要娶婉兒，就必須忘記四年前的事情。」

范閒的手指一頓，恰恰停留在永陶長公主耳下某處，那處看似尋常，卻是致命的穴位。

第四十九章　匆匆回府

不過是一瞬間的事情，范閒馬上又面帶微笑地開始按摩，聲音卻略微有些詫異：「四年前？」

永陶長公主笑了笑，脣角拱起好看的曲線，似乎在心中暗嘆這位少年郎，轉了話題：「費介是什麼時候開始教你的？」

范閒知道對方在試探一些東西，面色不變，平靜回道：「那是小時候的事情了。」

這話說得很含糊，永陶長公主礙於身分，自然也不能問得過於詳細，只聽她似笑非笑說道：「若不是知道費介是你的老師，我想包括宮中在內的很多人，都不知道你們范家與監察院的關係如此緊密。」

范閒手下愈發溫柔，應答愈發小心。「我也不是很清楚，可能是父親大人與費先生以前認識。」

永陶長公主柔柔說道：「當然認識，往年第一次北伐的時候，你父親與費介都是跟在皇帝哥哥的中軍帳中，如果說不認識，那反而有些古怪。不過那時候我年紀都很小，你更不可能知道這些事情。」

「是。」范閒心知言多必失，微微一笑，不再繼續說什麼。

永陶長公主此時卻似乎來了談興，繼續問道：「你奶奶身體怎麼樣？」

「奶奶身體挺好的。」

「嗯，很久沒有看見她了。」永陶長公主柔弱不堪地應著。「小時候我最喜歡你奶奶，那時候哥哥每次要欺負我，都是她護著我。」

范閒微笑著想道：如果奶奶知道現在的妳想殺我，只怕當年早就拿根木棍，把妳給敲死了。

「皇帝哥哥的意思，我想范大人應該和你說得很清楚。」永陶長公主用甜甜柔柔的話語，忽然說出這樣嚴肅的話題，兩相比較，格外透著一股寒意。

范閒的眉頭不易察覺地皺了皺，知道對方說的是內庫事情，此時裝傻也不可能再蒙混過關，只好微笑說道：「聽陛下、公主安排。」

「喔？聽說你最近在京都開了家書局，開了個豆腐坊。」永陶長公主也忍不住微微笑了起來，閉著眼的臉在一笑之下依然美麗。「世家子弟，多半是些只會清談、不會做事的無用之輩，你能提前進入這個行當，為將來接手內庫做準備，這點我是很欣賞的，只是豆腐坊這件事情未免胡鬧了些。」

范閒嘿嘿笑了兩聲，根本不知道應該怎麼應對。

「其實，我想殺你。」剛剛才似乎變得融洽一些的氣氛，卻因為永陶長公主面帶微笑的這句冰冷話語，頓時化作了慶國北疆的寒夜，凍住廣信宮裡的一切。四周飄舞著的曖昧白紗，也頹然無力地垂了下來。

范閒依然溫柔地保持著微笑，只是將右腳往後方挪了兩寸，擺出了最容易發力的姿勢。

監察院早就查出了吳伯安與這個女人的關係，既然這個女人已經有兩次想殺死自己，在這清雅卻暗藏殺機的廣信宮裡，再來第三次，似乎也不是不可能的事情。

當然，自己入宮是京都皆知的事情，按道理來講，不可能有人會瘋到在皇宮裡對自己下手；但是入了廣信宮後，看著永陶長公主稚嫩的神態和說話的語氣，范閒無來由地心中寒冽。

這女人似乎是瘋的！

自己此時為長公主按摩頭部，雖然是對方要求，而且自己要娶對方的女兒，但畢竟男女有別、上下有別，萬一這個女人隨便用個「調戲公主、逆亂倫常」的罪名，調人狙殺自己，自己身後的那些人能怎麼辦？想救自己也來不及。

范閒清楚，這個世界上真正恐怖的就是小孩、女人、瘋子，因為這三種人是不可以用理智去判斷、去分析，隨時可能做出一些瘋狂而有嚴重後果的事情。而在范閒的眼中，自己手下這個美麗到了極點的少婦，無疑是集這三毒於一身。

神智清醒毒辣的女人，行事卻有些小孩的稚氣，手段還有些瘋氣，構成了永陶長公主李雲睿的與眾不同卻格外可怕的存在。

正在此時，幾位宮女走進殿內，一身淡石榴顏色的緊身宮女服，曲線畢現，卻十分方便出手，腰帶略有些厚。在澹州浸淫暗殺之道十年多的范閒，進殿時就瞧出來宮女腰帶裡面是鋒利至極的軟劍！

但他的手指依然穩定地揉著永陶長公主耳下的那片軟潤，滿臉微笑說道：「公主殿下為何想殺我？」

「很多人都認為我有殺你的理由，而且這個理由很充分。」永陶長公主依然閉著雙眼，似乎根本不害怕范閒會暴起反擊，將自己斃於指下。

范閒半低著頭，不再回答，似乎將注意力都專注在自己的手指上，其實，他的雙眼到現在為止，也是緊緊閉著的。

廣信宮裡安靜得連一隻幽靈貓走過都能聽見。幾個宮女緩緩地靠向永陶長公主的身邊，范閒閉著雙眼，只是腦袋微微向右偏離了一點點。

「請范大人淨手。」不知道宮女們從哪裡又端來溫水與毛巾。

范閒睜眼，向永陶長公主行了一禮，又微笑著謝過這幾位宮女，將有些痠麻的雙手泡入溫水中，再取過毛巾擦拭乾淨手掌上的水漬，一躬身到底。「不知殿下感覺可好了些？」

永陶長公主似笑非笑望著他，柔軟的眼波裡猶自帶著一絲怯弱，但范閒知道，這個女人絕對是世界上最可怕的那一類人。

「好多了。」永陶長公主緩緩坐直身體，側頭將肩上的黑髮理了理，半低著頭溫柔說道：「想不到婉兒要嫁的夫君竟然還有這樣一門好手法，說真的，我都有些捨不得……你了。」

范閒很恭敬、很安靜地站在下首，不敢多言一句。他知道面對一個這樣的女人，不論說什麼，都會造成很難分析的結果，所以乾脆玩個「千言萬語，不當一默」的手段。

「你去吧，我有些乏了。」永陶長公主脣角綻出朵花來，柔聲說道：「給柳姊姊帶句話，她今天沒來看我，我很失望。」

等范閒恭敬地離開廣信宮後，永陶長公主的心腹宮女走到她的身邊，輕聲請示道：「公主，殺不殺？」

「只是逗小孩子玩玩罷了，不然這宮裡的生活還真是無趣啊。」永陶長公主像貓兒一樣伸了個懶腰，慵懶至極、誘人至極。「這個少年還真是出乎我的意料，倒像個三、四十歲的人一般，很能忍，很能掩飾。」

永陶長公主今日一開始並沒有動殺心，但看著范閒步步防備，不露半分破綻，這個將爭鬥視作遊戲的奇妙女子，卻是心中漸漸癢了起來。以她在這宮中的地位，以及范閒都能想到的變態心理，如果范閒真的稍一失神，只怕她真會下令殺了他。

她的眼光瞥了一眼隔著重重白紗隱約可見的宮門，脣角泛起一絲詭異的微笑，心中想著：「在你準備出手前的那剎那，微微偏頭，這是什麼意思？本宮真好奇，范閒……你究竟是怎麼長大的？可惜啊可惜。」

不知道永陶長公主是在可惜什麼，或許是可惜范閒過幾日就要面臨的危局？

范閒是玩毒藥長大的，所以他發覺永陶長公主是自己平生少見的厲害毒藥，是眼下的自己很難對付的角色。出了廣信宮，他面無表情地看著有些打瞌睡的宮女醒兒，冷冷道：「回吧。」然後當先向宜貴嬪的宮殿行去，竟沒有走錯路。

醒兒此時才發現范閒的後背竟已經汗溼了，淡青色的衫子被浸出一道深色的痕跡，看著很是狼狽。

出了皇宮，上了等在廣場遠端的馬車，范閒的面色有些發白，手掌擱在腹間、按在腰帶裡的藥丸上，自嘲地笑了笑，不知道自己究竟是思慮縝密還是膽小如鼠。如果長公主真的想殺自己，又怎麼會選擇在廣信宮中？

「還好吧？」范若若同情地看著兄長，根本不知道他在廣信宮裡的對話是怎樣耗費心神，以為他只是四處拜見娘娘，累著了。

范閒微笑著搖搖頭，對柳氏轉述了那幾個宮中娘娘託他轉達的問候，便開始催促馬車快些回府。柳氏與范若若好奇地看了他一眼，不明白他為什麼這般著急。

馬車駛進了范府旁的側巷，范閒向柳氏告了聲罪，便拉著妹妹微涼的小手，往後園飛奔而去，不過片刻工夫，就進了書房。

范若若按著不停起伏的胸口，上氣不接下氣，說道：「哥……做什……麼呢？」

第五十章　驚聞北國言君事

范閒來不及解釋，笑著命令道：「我說，妳記。」他此時來不及磨墨，隨手揀了枝鵝毛筆，蘸了些硯臺裡剩的墨汁，遞給妹妹，然後緊閉雙眼，開始回憶皇宮裡面那些複雜的宮院分布和道路走向。

范若若越寫臉越白，范閒因為記憶耗神，臉也越來越白，兄妹二人倒變成了兩個大白臉。好不容易將皇宮裡的路線圖畫了個七七八八，范若若終於忍不住低聲叫了出來：「哥哥！你知不知道，這是謀逆的大罪。」

范閒放鬆下來，一屁股坐在椅子上，半天沒有說話。今天花了半天的時間在宮裡，既要與那些貴人們說話閒聊，又要記住繁複的道路，最後還和永陶長公主精神交鋒了半晌，實在是太過耗損心神，一時緩不過勁來。

慶國律法他自然熟悉，也知道皇宮是絕對不允許畫圖的建築，這是為了防止有人想偷偷摸進皇宮做些大逆不道的事情。而范閒需要這張圖，因為他已經定好了計畫，而在這個計畫之中，那個夜晚，應該是自己偷偷潛入皇宮去找鑰匙。

他可以向林婉兒打探皇宮的道路，但那樣太冒險，而且宮中主子行走的道路，和范閒用心計畫的道路又完全是兩個概念，即便是五竹告訴自己都不行——像那些假山後的藏身處、花叢中的視覺盲點，如果不是自己親身走一遭，根本不可能像今天這樣，做出自己非常滿意的地圖。

范閒站起身來，走到桌邊拿起妹妹畫的圖，發現雖然匆忙，但妹妹的筆法依然一絲不苟，不由得高興地拍拍妹妹的腦袋，說道：「事情成了，請妳去一石居吃海味。」

范若若生氣了，一把將地圖搶回來，說道：「還事情成了？什麼事情成了！你知不知道這是多麼大的事情？不行，我要告訴父親去。」

范閒苦笑了一下，心想帝權不可侵犯這個概念果然深入人心，當然他也明白，妹妹主要是擔心自己的安全和全府子弟，如果被人知道自己私畫皇宮地圖，只怕以范府與皇家的情分，也會慘得非常厲害。

「放心吧，我待會兒歇歇，馬上就把這圖背下來，然後燒掉，沒有人會知道的。」范閒笑著安慰妹妹。

范若若急得淚水在眼眶裡打轉。「哥，你為什麼要畫這圖？」

范閒嘆了一口氣，低頭嚴肅地望著妹妹的雙眼，一字一句說道：「因為皇宮裡有我想要的東西。」

「你要去皇宮偷——」范若若驚訝得想要尖叫，趕緊掩住自己的嘴。

范閒認真說道：「不錯，但不是偷，因為那件東西，本來就是我的。」

范若若從震驚的情緒裡擺脫出來，馬上回復了平日的冷靜與聰慧，判斷出事情的真相，壓低微抖的聲音說道：「是不是和……葉姨有關係的？」

范閒笑了笑，說道：「這事瞞不得妳。」很簡單的幾個字，卻飽含了兄妹二人間相知相信的情愫。他接著微笑說道：「不妨事的，妳哥哥是什麼人？拳打七歲小孩，腳踢七旬老翁，站在亂墳崗上吼一聲，不服我的站出來，結果硬是沒一個人敢吭氣，哈哈。」

范若若有些艱難地笑了笑，覺得哥哥這笑話真的很不好笑，依然是憂心忡忡，卻知道范閒是個外表漂亮溫和、但實際上心神格外堅硬冰冷的人，說也說不動，只好由他去，自己天天在家中祈禱罷了。

「其實我很自私。」范閒看她眉梢的憂愁，忽然平靜自省道：「每當有什麼我一個人極難承擔的事情，我都願意告訴妳，表面上是信任，實際上或許只是想找個人分擔壓力。卻總沒有想到，其實這種壓力對於妳來說，是一種更大的痛苦。至少我還有妳可以傾訴，妳又能向誰說去呢？比如我的母親是葉家的女主人，比如我馬上要去皇宮偷東西。」

范若若略帶一絲愁苦地看了他一眼。「信任與壓力，兩相抵銷，我還是歡喜哥哥不瞞著我。」

談判仍然在進行，重新劃界的工作進行得十分艱難。本來在范閒遞上去的分析卷宗支持下，慶國鴻臚寺具體負責談判的官員異常強硬，有幾次都險些逼著北齊使團在文書上畫押；但不知道為什麼，也許是北齊國內發生了什麼事情，北齊的使團一直厚顏無恥甚至是歇斯底里地拖著，似乎是想等待著什麼。

這種陰謀的味道，馬上被經驗豐富的鴻臚寺少卿辛其物嗅了出來。這天下午，一場毫無進展的談判結束之後，他捧著一個小茶壺，看了范閒一眼，示意他跟自己出來。

一路上都有官員向這兩位正副使行禮致意，好不容易找到了一個清淨點兒的地方，辛其物有些疲倦地嘆了一口氣說道：「范大人，你有沒有覺得什麼事情有些異常？」

對於此次談判，范閒雖然抱持著觀摩學習加鍍金的正確態度，但畢竟從頭至尾都在參與，所以也覺得北齊使團的態度變化有些奇怪。但如果說對方新近獲得了什麼可以倚仗的籌碼，那此時也應該攞出來了，斷不至於還在談判桌上幾近無賴般地拖著。

他想了想，忽然眉頭皺了起來。「只怕北齊現在正在想辦法獲得某些籌碼，以方便用在談判桌上。」

辛其物看著他，點了點頭。「我也是這般想的，所以今晚我會入宮面見陛下，請陛下頒旨，令監察院四處協助鴻臚寺工作，不找出北齊方面究竟在想什麼，我還真有些不放心。」

范閒靠在欄杆上，瞇眼沉思，心想北齊想獲得什麼東西呢？毫無道理的，他腦中靈光一現，想到了監察院設置在北齊的間諜網，想到了那位在北齊已經潛伏四年的言冰雲。

不知道他在想什麼，辛其物溫和說道：「我今夜入宮，但畢竟從明面上獲取的東西比較少。范副使，此時你不能再藏拙了。」

范閒苦笑，心想對方肯定以為上次的卷宗是父親的暗中力量幫助獲得，但天知曉，父親暗中替皇帝打理的那些力量，自己從來都沒有接觸過。不過想了想，他覺得確實需要去問一下，至少要保證言冰雲在北齊方面的安全。

當天夜裡，在那個隱密的小院之中，范閒召來王啟年，對他講述了自己與辛其物的擔憂。王啟年的臉色讓范閒有些不祥的預兆。

「院裡已經有八天沒有接到烏鴉的請安了。」王啟年的眉頭皺得極緊。

「這種消息應該不是你這個層級能知道的。」范閒笑著搖了搖頭。「不過我也不去問你怎麼知道，我只是想透過你提醒一下院裡，讓北齊那邊注意一下安全。」

王啟年搖了搖頭。「都是單線聯絡，如果斷了，很難再續回來。何況言公子身為北齊密諜總頭目，如果他都出了事，再聯絡也於事無補。」

「無論如何，要提醒他注意安全。」范閒的眼裡閃過一絲寒色，他不喜歡因為國家的利益而放棄任何一個人，尤其是那位言冰雲，身為高官之子，潛伏四年，犧牲良多。如今的范閒早已經將自己視作慶國的一分子、監察院的一分子，自然而然的，對於未曾謀面的言冰雲，有一種敬佩。

范閒想起另外一件事情，平靜地望著王啟年。「我有一項任務，不過不能經過院裡，我希望可以尋求你的幫助。」

王啟年有些糊塗地看著他。

「不能匯報給陳院長知道。」范閒的語氣很平靜，但王啟年能聽得出裡面夾雜的寒意。

「是。」這個字出口，王啟年就知道自己已經將身家、性命，全部押在這個看似溫柔、實則心狠手辣的年輕大人身上。至於院裡，陳院長只是吩咐自己全部聽范大人的，並沒有交代別的事情。

當天晚上，不幸的消息終於得到確認，慶國監察院四處架構在北齊的密諜網很幸運地保存了絕大部分，但是令所有人意想不到的是，身為密諜頭目的言冰雲，卻在北齊上京的綢緞莊裡，被北齊大內高手們生擒！

對於此類事件，一般是由下層打開突破口，然後往上追溯，極少出現這種一舉抓獲密諜網最高階層的事情。出現這種情況，只有一種可能，那就是慶國內部高層，有人裡通外國。

言冰雲被抓的消息當然不可能散播開去，那樣雖然會對慶國的聲望造成一定的打擊，但更加不符合北齊的利益。北齊是需要用密諜總頭目來換取相應的利益，不僅僅是要打擊敵國士氣而已。

而對於慶國官場來說，監察院四處主辦言若海的長公子，四年前就已經死了，沒有人知道，他是被朝廷派遣去北齊。

這幾天裡，知道這件事情的所有人都沒有睡好覺。

鴻臚室最隱密的房間中，辛其物閉著雙眼，將手中的那張紙遞給范閒。范閒接過來一看，是一幅畫，畫上是一片薄雲飄渺，行於冰原高空之上。這張紙是今天談判的時候，北齊使團裡一個不起眼的人物，暗中遞到辛其物的手中，當時那個人臉上的神色，差點惹得辛其物抽出侍衛的劍砍過去。

畫中隱有冰雲二字，看來北齊使團也已經得到這個消息，準備開價。

第五十一章　汙水下的協議

「果然有內奸！」

范閒與辛其物同時很八點檔地開口，然後同時住嘴。二人都相信本國的北齊密諜頭目絕對不是一個會在刑訊下開口的軟蛋，既然對方能如此輕易地抓住言冰雲，並且知道他的真實姓名，那很明顯，隱藏在慶國朝政之中的某個人，與北齊方面肯定有某種協議。

辛其物搖搖頭。「在這件事情之前，連太子和我都不知道言公子去了北齊。想來朝中有資格知道這件事情的，頂多不超過五個人，如果說他們賣國，傻子都不會相信，賣國總是需要好處的。而事實上，整個慶國就是陛下讓這些人管著，賣國能有什麼好處？」

范閒和辛其物互望一眼，都看出了對方眼中的憂愁，因為二人同時想到一件很可怕的事情，萬一不是內奸怎麼辦？萬一只是朝中某些大臣用來打擊監察院的手段怎麼辦？

范閒想到當初王啟年告知言冰雲事情的時候，自己就覺得有些怪異，為什麼連他都知道？難道監察院對於自己內部的控制如此有信心？後來才明白，這是陳萍萍透過王啟年告訴自己這件事情，但此時依然有些後怕，如果消息是從自己這方走漏出去，自己真是萬死難辭。

「會有這麼瘋狂的人嗎？只為了朝政中的權力之爭，就將整個慶國的利益踩在腳下？」

辛其物苦笑著搖搖頭。

范閒也搖搖頭，想到自己的皇宮之行，心裡知道，其實慶國這樣的高位瘋子還挺多的。他定定神問道：「假設言公子已經被抓，陛下有怎樣的安排？」

「北齊還是低估了陛下的決心。」辛其物一想到那位高高在上的皇帝，頓時覺得心裡有了底氣，說道：「占來的疆土依然是一寸不讓。」

范閒詫異道：「那言公子怎麼辦？」

「換！」辛其物面露陰狠之色。「換俘。陛下主意已定，前次換俘協定全部取消，重新再行擬過，就等著北齊方面送來言公子的信物以確認，然後便會開始新一輪的換俘談判。」

范閒皺著眉頭說道：「北齊滿心以為拿著一條大魚，估計不會同意。」

辛其物寒聲道：「這次我們也會多送兩個人回北齊。如果北齊還是不願意的話，三個月之後凜冬之時，陛下就會斬北齊俘虜千人首級，送返北齊，大軍再起。」

「以勢壓人，倒也算是無奈的招數，就怕北齊方面也來個魚死網破，雙方共有三千名俘虜，殺來殺去，總是無用。」范閒的手輕輕一拍書案，心裡忽然湧起一股怪怪的念頭。「準備加入換俘的兩個人是誰？能夠讓北齊同意嗎？」

「一個是已經被關了二十年的肖恩。」辛其物溫和看著他，清楚這個年輕人不知道肖恩的名頭。

「這個人是當年北魏的密諜頭目，二次北伐之前，監察院陳院長與費大人親率黑騎，奇襲一千里，在肖恩兒子婚禮之上生擒了他。他被咱們抓住之後，北魏密諜網群龍無首，頓成一盤散沙。陛下親征之時，才能勢如破竹，生生將一個龐大的帝國打成如今的孱弱模樣。後來論功之時，監察院就因此事論了個首功，而當時我們這些年輕士子都認為，如果肖恩不是膽子大到離開北齊上京，遠去參加兒子婚禮，朝廷一定沒辦法捉住他，那後來的戰事也就不可能如此順利了。」

聽著數十年前的這些過往，范閒感嘆無語，又聽著辛其物後一句話。

「當然，肖恩膽子大敢離開上京，陳院長膽子更大，居然敢深入敵境八百里，雖然付出了一雙腿的代價，但畢竟捉住了肖恩。在那之前，北魏的肖恩、南慶的陳萍萍，被世人稱為最可怕的黑暗大臣。肖恩被陳院長生擒之後，自然就再沒有人敢和陳院長相提並論了。」

范閒聽得心神嚮往，原來那個老跛子的腿竟是那次斷的，想不到陳萍萍當年還有如此神勇的一面。

「拿肖恩去換言冰雲。」他想了想，純粹從理智出發判斷道：「似乎我們虧了。」

「昨天夜裡，幾位大臣也這麼認為。」辛其物微笑看著他。「不過陛下和陳院長不這麼看，肖恩畢竟已經是七十的人，而且一旦在陳院長手中敗過，自然不可能再重現當年光彩。言公子忍辱負重，潛伏敵國四年，功勛不授自現，拿一個老頭子去換慶國的未來，這有何不可？」

范閒連連點頭，好奇問道：「難道還怕北齊不願意，又加了誰？」

「那個女子是北齊往日就提的要求，所以陛下乾脆一併准了。」辛其物看著范閒，忽然笑了起來。「聽說北齊皇帝很喜歡那個女子，看來日後范大人已經搶先給北齊的年輕皇帝戴了頂綠帽。」

范閒的臉色有些精采，吶吶道：「難道是司理理？」

談判總是分成兩個部分在進行，表面上慶國的朝臣與北齊的使團在談判桌上字斟句酌，對於每一個稱呼、每一個用字都表現出某種病態的執著，唯有如此，才能保證國朝的臉面，不會在最後的國書上弱了幾分。所以每天鴻臚寺裡總是吵鬧個不停，拍桌子的、踩椅子的，哪像兩個國家在談判，純粹是菜市場裡的潑婦在互罵。

而另一部分的談判，卻顯得冷酷直接許多。這裡的談判沒有鴻臚寺官員存在，北齊方面也不是使團的頭臉人物，卻是隱藏在暗中、真正能說話的實權人物。

監察院四處主辦言若海，放在官員如走狗游卿的京都裡，也是位赫赫有名的高層人物。他冷冷地在換俘祕密協議上簽了字，再沒有看文書一眼。

協議上面有他親生兒子的名字，本來這次談判他可以請辭，但他堅持要來，要來看看。

北齊那個不起眼的官員笑吟吟地畫押，看著言若海輕聲說道：「言大人放心，貴公子在本國過得很順心。」

言若海面無表情說道：「我今日本想看看北面的同仁究竟是如何高明，竟能抓住我從小教到大的小兔崽子，但看見你這個蠢貨，我就知道是怎麼回事了。」

那位官員沒有勃然大怒，只是陰冷反駁道：「言大人，言辭不要太過，你可要知道，貴公子現在還在我們手上。如果我們是蠢貨，那貴公子又算什麼？您又算什麼？」

言若海冷笑兩聲，起身向門外走去，說道：「問題就在於，我兒子可不是被你們抓住的。」

走出門外，坐在輪椅上的陳萍萍看了他一眼，搖了搖頭。「你在這個位子上久了，已經不如當年能忍。」

「我能忍許多，但我不能忍從背後射來的冷箭。」看得出來，言若海言語間很尊重自己的上司，推著陳萍萍的輪椅，緩緩向安靜處走去。

陳萍萍坐在輪椅上伸出一根手指頭。「朝廷裡面，想你我死的人不知凡幾，今次我們可以拿肖恩去換冰雲，下次我手裡可沒有肖恩這種人了。」

言若海應道：「沒有下次。」

「要抓緊把那個人找出來。」陳萍萍說道：「這次陛下站在我們一邊，是因為他清楚，肯定是哪位貴人想教訓一下我們。但是我不喜歡這種被人挑釁的感覺。」

「是，院長。」言若海知道自己的老上司會想辦法處理這件事情，所以並不如何著急。「雖然換俘也不見得順利，但只要冰雲不死，也算是對年輕人的一次磨練，未嘗不是好事。」

「有道理，所以我也決定讓一個年輕人去磨練磨練，也不需要太久，幾個月的時間就好。」

「幾個月？是不是這次回使北齊的事情？」

「不錯，而且還要把言冰雲完完整整地帶回來，希望他能處理好。」

「是誰？」

「走之前，我會讓你們八大處都見一見他的。」

一切都在順利地進行，在慶國付出了相當大的籌碼之後，雙方擬定了換俘以及暗中的交換暗探協議，皆大歡喜。慶國得了面子和土地，北齊得了面子與肖恩還有皇帝喜歡的女人。

只有東夷城的使團老老實實地待在院子裡，眾人似乎都快將他忘了。慶國朝廷也是在故意冷落對方，以便靠著蒼山腳下之事，敲詐出更多的金錢來。

東夷城乃是天下巨賈彙集之處，早在慶國朝廷開放南方港口之前，就開始與東夷通商，雖然武力只有四顧劍一劍擎天，財力卻是取之不竭。

三天後，就是慶國皇帝款宴兩國使臣之日，范閒身為談判副使，自然是要去宮中赴宴，那將會是他的第二次入宮，也是他計畫中的那一夜。

他在自己房間裡細心準備著一切，只是眼光偶爾會瞥過床下露出一角的黑色皮箱。這幾日的公事中，他更深切地看到一些東西，慶國看似龐大強盛、不可一世，但朝廷裡面囿於某些貴人不可告人的想法，依然會有那麼多的汙垢與黑水。

帝王家無情，卻不見得是對皇族成員無情，更多的是對這天下臣民。范閒很清楚，就算皇帝知道是誰想對付自己的特務機構，也不會真的痛下殺手，因為那些人有可能是他的妻子、他的妹妹、他的兒子，甚至是他的母親。

「做一個純粹為自己考慮的人。」這是范閒來到這個世界後，無數次提醒自己的事情。他的眼光漸漸冷酷起來，將細長的匕首藏好，將浸好毒的三根細針小心翼翼地插入頭髮之中。

第五十二章　夜宴

三日之後，禮樂大作，大紅燈籠高高掛，賓客往來絡繹不絕，好一個煌煌盛世景象。北齊使團與東夷來客在慶國的歡迎下，滿臉笑容，沿著長長的通道，走入了慶國最莊嚴的皇宮之中。看著三方表情，似乎這天下太平，前些日子的戰爭與刺殺，是根本沒有發生過的事情。

宴席的地點安排在皇宮外城的祈年殿中。

在平几前來回端上食盤與酒漿的宮女們長得非常漂亮，范閒挑著眉尾，滿臉帶笑地望著她們在宏大的宮殿裡忙來忙去。

這些宮女們發現年輕英俊的范大人對自己投注了一些不一樣的目光，不免會有些羞澀，淡淡胭紅變得愈發紅潤了，時不時偷偷瞄他一眼。

殿前名士雲集，卻鴉雀無聲。慶國這方有許多是范閒都未曾見過的各部主管和一些王公貴族，只有陳萍萍與宰相林若甫同時稱病未來。對面坐著的是北齊使團與東夷城使團。

范閒雖然位卑官低，但由於身兼副使之職，所以被安排在中間的案几下坐著，身旁都是些上了年紀的高官，不免有些不自在。正此時，卻聽著旁邊老者微笑說道：「賜宴規矩多，不過陛下向來隨和，范公子不要緊張。」

這位老人是禮部侍郎張子乾，范閒因為與禮部尚書郭家有不可解的仇怨，所以有些暗中警惕這人，但聽對方說話，似乎並無惡意，不由得赧然一笑道：「小子昔居鄉野，哪裡見過這等排場，若有什麼失儀的地方，還望老大人指點一二。」

張子乾捋捋頷下長鬚，微笑道：「任少卿今日朝會上，言及范公子此次談判中出力極大，當此之際，朝中無人會對你如何，只是要小心對面那些人。」

二人的目光往對面望去，只見北齊使團的長寧侯正百無聊賴地等著，而最頭前的一桌卻依然是空著，想來就是那個神龍見首不見尾的莊墨韓位置。而在東夷使團的首席，卻坐著一位中年大漢，這大漢腰畔長劍未取下，范閒不由得皺眉道。「為什麼他能持劍入宮？」

「陛下親准。四顧劍門下，向來劍不離身，這是特例。」張子乾像是給自家晚輩解釋一般，細細說道。

「他就是四顧劍首徒雲之瀾？」范閒倒吸一口冷氣，雙眼微瞇，頓時感覺到那繫劍大漢身上自然流露出的一股凌厲之意。

這些天，慶國朝廷刻意冷落東夷使團，看來這位九品劍法大師雲之瀾，心情並不怎麼好，即便坐在慶國宮殿上，整個人依然是冷冰冰的。

范閒正看著雲之瀾如劍一般的雙眉，極巧的是，雲之瀾也向他望了過來。

兩道目光像是閃電一般在宮廷的空氣中劈到一處。

片刻之後，范閒示弱般低下頭，輕輕咳了兩聲，對方目光裡的劍意太濃。

這一對望，頓時讓殿中所有人都注意到這方。大家都知道，范閒在牛欄街殺了四顧劍門下兩位女徒，而東夷城此次來貢，就是為了收拾那件事情的首尾。但依照大多數人的看法，只怕這位劍法大師雲之瀾，是不介意將范閒斬於劍下的。

好在如今東宮太子也透過談判人事安排一事，向范閒釋放了一些善意，所以如今朝廷之上，不論哪個派系，都不敢因為此事，而對范閒感到幸災樂禍。外敵當前，所以慶國這方不論哪部主管，還有軍中人士，都狠狠地瞪向雲之瀾，整個宮殿裡的氣氛，頓時緊張了起來。

范閒面無表情，低頭調息著體內的真氣，時刻準備著。

就在這個時候，殿側一方傳來隱隱的琴瑟之聲，莊嚴宮樂中，有太監高聲嘶喊：「陛下駕到。」

整個天下最有權力的人，慶國唯一的主人，皇帝攜著皇后，緩緩從側方走過來，滿臉溫和笑容地站到龍椅之前。

「吾皇萬歲萬歲萬萬歲。」

殿前的群臣恭敬跪下行禮，使團來賓躬身行禮，原本殘留在殿內的那一絲緊張，全部被一種莫名莊嚴肅穆的感覺所取代了。

皇帝高高在上，皇后在旁相伴，太子在下方兩個臺階處也有個獨一無二的座位。這種場合，其他的皇子一般是不會來的。皇帝的眼光在下方群臣身上一掃而過，溫和說道：「平身吧。」

行禮而起，賜宴正式開始。首先是北齊使團大臣出列，例行的一番歌功頌德，宣揚了一番兩國間的傳統友誼，便退了回去。接著是東夷城的雲之瀾出列，面無表情地說了幾句話，也退了回去。

皇后微微一笑，低聲在皇帝耳邊說道：「這個東夷城的人物，倒是傲氣得很。」她高坐在上，他們之間的說話，根本不虞會有旁人聽見，所以說話倒是直接。

皇帝亦是溫和一笑道：「四顧劍的首徒，若連絲傲氣都沒有，只怕進朕這屋子，握劍的勇氣都會沒有。」

早有宮女將熱菜、新酒換上，群臣埋頭進食，不敢說話。皇帝沒有開口，自然是一片安靜。

范閒有些不適應地低著頭，眼光卻極不易為人察覺地瞄著對面，先前還是空無一人的首席之上，已經坐上一個人。那人面容蒼老，一雙眸子卻是清明有神，額上皺紋裡似乎都夾雜著無數的智慧，一身白色士袍如雲般將他並不高大的身軀護在正中，不問就知，這位就是北齊文壇大家莊墨韓了。

不知道他是什麼時候落坐的，范閒分析著，應該是皇帝來的時候，他同時進來。看來傳言無誤，這位莊墨韓極得太后賞識，說不定先前就一直待在皇宮裡。

當范閒偷瞄對方的時候，卻不知道高高在上的那對夫婦也在瞄著他。皇后淺飲一口酒，眼光示意了一下范閒所坐的方位，輕聲道：「那個年輕人就是范閒，晨郡主將來的駙馬。」

皇帝微微一笑說道：「看上去生得倒是好看，在京中也有些詩名，今日朝上，辛其物與任少安這兩位少卿同時稱讚他的才能，朕倒真有些好奇，為何太子舍人與宰相門生，都對他如此親善。」

皇后的笑容有些勉強。「也許太子明白了人緣、臣緣？再說……他畢竟馬上就是宰相大人的女婿。」

「喔，人緣？」皇帝似笑非笑，也沒有看皇后，反而看著下方自己的兒子。「看來朕這兒子也知道人緣的重要性了。」

雖然聽出一絲不滿意，但皇后依然感覺到皇帝今天心情不錯，對於太子也不像往日那般只願意喝斥，難得有些正面的評價，不由得高興說道：「承乾漸漸長大，總是會懂些事情的。」

皇帝一笑無語。

宴過片刻，范閒不知道是因為緊張還是什麼，不停地喝著酒。這些酒漿頂多算是黃酒一類，度數不高，喝著酸酸甜甜，范閒沒覺得如何，但在旁邊諸官的眼中，這少年喝酒的模樣，著實有些凶猛。就連禮部侍郎張子乾都忍不住提醒道：「范大人，不要喝多了，萬一殿前失儀，那可是大罪。」

聽到范大人三個字，知道對方是在提醒自己，這裡並不是流晶河上，而是在莊嚴深宮之中，自己的身分也不是酒客，而是個臣子。范閒心頭微笑，卻是真氣逆運，將酒意逼至臉上，眼眸裡頓時多了一絲迷離之意，壓低聲音說道：「不敢瞞老大人，小姪實在是緊張，還不如趕緊飲些酒，也好放鬆一些。」

張子乾看著他醉態初顯，似乎聽不清自己說話，只好搖頭苦笑道：「宰相大人稱病不來，你那父親偏生也不來，卻將你這小子交給我管，如果真喝得爛醉如泥，我怎麼向他們交代？」

對面北齊使團這些天，可著實被鴻臚寺的那些外交官員們為難慘了，此時見到范閒模樣，不由得相視一眼，心中拿定了主意。這些天雖然范閒身為副使，一直沉默不語，但使團眾人卻是深為厭惡那張漂亮臉上時刻流露出來的蔫壞。北齊在慶國京都依然有不少探子，當然知道，慶國鴻臚寺此次之所以如此厲害，全是因為這個叫范閒的副使在背後出了壞主意，至於出了什麼壞主意，卻沒有人知道。

如今兩國談判已成，雙方皇族已經畫押，肯定是無法再反悔了，北齊使團心裡卻依然有著大疙瘩。看著范閒醉態，長寧侯陰險一笑，站起身來，對著高處恭敬行禮道：「陛下，這些日子雙方談判辛苦，貴國鴻臚寺眾屬也是辛苦，不知外臣可否敬諸位鴻臚寺官員一杯，以證兩國情誼。」

長寧侯發話之時，東夷城使團坐在他們旁邊，自然也將范閒的醉態看在眼裡，知道北齊人想做什麼，只是冷眼旁觀著，卻沒有湊熱鬧。

龍椅太高，皇帝與皇后似乎沒有看清楚場間的暗流，也自然不會注意到范閒，呵呵一笑允了。

太子也湊趣道：「長寧侯自然是要盡興才行，所謂場上對手，場下也是朋友……當然，酒桌之上，就只是對手了。」

太子其實只是想表現一下自己的談吐，但這談吐實在一般，而且他不清楚事情將會如何發展，倒是愁壞了坐在下方的鴻臚寺眾官。這些天的談判裡，大家早已經把范閒當作自己人，怎麼能讓北齊人將范閒灌醉，但是雙方坐得遠，根本沒法子幫忙去。

范閒微笑與北齊使團飲著酒，心裡卻隱隱有些不安。最近幾天，永陶長公主管理的那些商會開始對澹泊書局下手了，提紙價、壓書價，簡簡單單的兩手，就讓范思轍和七葉非常鬱悶；但他知道，對方真正的手段應該在後面。而他今天的手段，正好需要酒漿的幫助。

不醉酒難，裝醉酒更難，這是范閒第一次在宮廷賜宴時最強烈的感覺。北齊那邊也不行了，八個使臣倒了六個，最後連長寧侯都不再顧著自己身分，壯勇犧牲，半掛在范閒的胳膊上。

直到此時，一直與皇后、莊墨韓輕聲交談的皇帝，脣角微綻笑道：「宮裡，已經很久沒有這麼熱鬧過了。」

莊墨韓一直沉默著，只是偶爾在慶國皇帝發問的時候才會輕聲回答幾句，擺足了一代名士的派頭。此時順著皇帝的眼光望去，似乎才剛剛發現那邊的嘈雜，看著那個正抱著長寧侯灌酒的漂亮年輕人，好奇問道：「那位年輕的大人，就是詩家范公子？」

這位名噪天下的文學大家，似乎很難相信自己的眼睛，那位傳說中只憑三首詩便成功贏得詩名的少年才子，竟然是個好酒狂徒。

皇帝似乎也有些微微惱怒，提高了聲音喊：「范閒。」

整個宮殿裡的人，其實大半個耳朵都在仔細聽著龍椅上的動靜，生怕有一時不察。所以當皇帝發話之後，偌大一座宮殿頓時安靜下來，鴉雀無聲——除了那個叫范閒的年輕人，依然在不停地嚷著：「飲勝！飲勝！」

那似乎是南方的某種說法，看來他真的喝多了。

「范閒！」看見那小子喝醉了，太子也忍不住壓著怒意喝斥一聲。畢竟任范閒為副使是東宮的建議，也正因為此事，范閒今日才有入宮的資格，范閒丟臉，在太子的心裡，自己也不怎麼光彩。

似乎察覺到宮殿裡的氣氛有些安靜得怪異，范閒有些愣愣地站在原地，眼光有些迷亂地四處掃了一掃，但漂亮的臉上卻透著一份酒後的灑脫狂意。

「誰喊我呢？」

朝中凡是與范家、宰相家交好的大臣們，聽見這小子的回應，都恨不得馬上把他嘴巴堵上，然後塞進馬車裡，趕緊扔回范府去。

出乎眾人意料的是，高高在上的皇帝聽見這聲只有在酒樓上才有的應答後，卻似乎並不怎麼生氣，反而笑了起來。「是朕在喊你。」

聽見朕這一個字，不論是真醉還是裝醉的人都要醒過來，范閒也不例外，手臂一鬆，趕緊躬身行禮。「臣……臣罪該萬死，臣……喝多了。」

他這一鬆手臂，一直被他扼著的長寧侯就醉醺醺地癱軟下來，叭的一聲摔在地上。慶國官員見敵國談判長官摔得如此狼狽，唇角泛起微笑，十分得意。北齊使團唯一沒有喝醉的兩個使臣，趕緊將長寧侯扶回座位，自有宮女體貼地送上醒酒湯。

皇帝斥道：「朕當然知道你喝多了，不然定要治你個殿前失儀之罪。」

范閒勉力保持著躬身的姿勢，苦笑著分辯道：「臣不敢自辯，不過有客遠來，不亦樂乎，不將北齊的這些大人們陪好，臣身為接待副使，不免是職司沒有完成好。」

「瞧瞧。」皇帝側身對皇后說道：「這還是不敢自辯，若他自辯，只怕還會說……是朕讓他喝的，故無尤。」

皇后知道皇帝一向最疼愛晨郡主那丫頭，不知道他是不是愛屋及烏，微微一笑，既不為范閒說好話，自然也不會傻到出言斥責。

「范閒。」這是皇帝第三次在殿上喚出他的名字。

眾官豎耳聽著，內心深處卻品出了別的味道，看來范家與皇室的關係，果然不一般。

只聽皇帝淡淡說道：「你范家與朕的情分不一般，在朕眼中，你也只是個晚輩罷了，且不論君臣，當朕說話之時，你還是得把你那張利嘴閉著！不要以為朕不知道你在酒樓上那番胡謅，小小年紀，真以為嘴皮子俐落些，便將這天下之人不瞧在眼裡。」

明是貶斥，暗中卻是呵護，群臣、群使哪有傻瓜，會聽不明白。

果不其然，只聽得皇帝輕聲說道：「值此夏末明夜，君臣融洽，邦誼永固，范閒你向有詩名，不若作詩一首，以志其事。」

群臣紛紛附和，知道皇帝是給范家一個顏面，看來皇帝靈機一動，想借今日廷宴之機，讓諸臣知曉，這范氏子，這位八品協律郎，是個什麼樣的人物。皇帝是要給范氏子一個出頭的大好機會，只是對方此時喝得半醉，恐怕會浪費這個機會，真是可惜。

范閒酒意上湧，確實有些迷糊，但這番殿前對話卻是聽得清清楚楚，自嘲一笑，對著龍椅方位一拜道：「陛下，下臣只會些酸腐句子，哪裡敢在一代大家莊墨韓老先生面前獻醜。」

此言一出，群臣目光都望向了莊墨韓，這才明白皇帝的意思，絕對不僅僅是給范氏子一個露臉的機會而已，而是藉此機會，要向天下諸國萬民證明，論武，慶國舉世無雙；論文，慶國也有足以匹敵莊墨韓的才子！

范閒「萬里悲秋常作客」的名頭，在京都裡早已響了數月，只是後來他堅不作詩，才漸漸淡了。諸臣聽他一句話便把事情推到莊墨韓那裡，還以為他與皇帝早就暗中有個計畫，要打擊一下北齊文壇大家的氣焰。

其實范閒也只是猜的，前世的經驗並不足以讓他能猜忖帝王之心，但是看慶國近來文風之盛，想來這位皇帝一直不甘心戰場之上無一合之敵，文場之上卻始終被北齊人視作南蠻。

這莊墨韓來國之後，出入宮禁，雖然是太后及諸位娘娘敬其文名，但是只怕皇帝的心裡會很不舒服。偏生慶國並無文章大家，於是乎自己這個文抄公，便很無辜地被推上了擂臺。

范閒知道自己沒有猜錯皇帝的意思，因為隔著老遠，他強悍的目力依然能夠看清楚，皇帝的雙眼漸漸瞇了起來，目光幽深裡透著一絲欣賞。

這欣賞，自然是欣賞范閒的深明帝心，同時也是警告，作首好詩出來，莫在莊墨韓面前丟了慶國的臉面。

「不若你作一首，讓莊墨韓先生品評一番，若不佳，是可以罰酒的。」皇后微笑說道，她也清楚自己身旁男人的想法，提前布了後手。

事已至此，還能如何？范閒回到席間，不顧醉意已濃，又傾一杯，讓微酸酒漿在口中品咂一番，眉頭緊鎖。

眾臣皆知范閒急才，所以暗中替他數著數。大約數到十五的時候，范閒雙眼裡清光微現，滿臉微笑，雙脣微啟，吟道：「對酒當歌，人生幾何？譬如朝露，去日苦多。青青子衿，悠悠我心。但為君故，沉吟至今。我有嘉賓，鼓瑟吹笙。明明如月，何時可掇？契闊談讌，心念舊恩。月明星稀，烏鵲南飛，繞樹三匝，何枝可依？山不厭高，海不厭深。周公吐哺，天下歸心。」

如同范閒每次丟詩打人一般，此詩一出，滿堂俱靜。

此乃曹操當年大作，范閒刪了幾句，抛了出來。值此殿堂之上，「天下歸心」正好契合皇帝心思，最妙的是「周公吐哺」一典，在這個世界裡居然也存在，而且此周公並不是抱皇帝之徒，而是實實在在做了皇帝，故而范閒敢堂堂皇皇地寫出來。

許久之後，宏大的宮殿之中，群臣才齊聲喝彩：「好詩！」

皇帝面露滿意之色，轉首望向莊墨韓，輕聲道：「不知莊先生以為此詩如何？」

莊墨韓面色不變，他這一生不知經歷過多少次這種場面，也不知品評過多少次詩詞，之所以能得天下士民敬重，就連殿裡這些慶國官員，有不少都是讀他的文章入仕，所依持的，就是他的德行與他的眼光。當然，最重要的還是他自身宏博的學問。

「好詩。」莊墨韓輕聲說道，舉筷挾了一粒花生米吃了。「果然好詩，雖意有中斷，但勝在其質。詩者，意為先，質為重，范公子此詩意足質實，確實好詩。想不到南慶如今也能出人才了。」

范閒微微一笑，他對這位文壇大家沒有什麼特別的感覺，只是不喜歡對方的做派，淺淺一禮後便往自己的席上歸去，只是腳下有些踉蹌。

諸官還在竊竊私語范閒先前的詩句。

一般而言，文事到此便算罷了，但今天殿間的氣氛似乎有些怪異，一個人冷冷說道：「莊先生先前言道南慶，本就有些不妥。先生文章大家，世人皆知。在這詩詞一道上，卻不見得有范公子水準高，何必妄自點評。本朝文士眾多，范公子自屬佼佼者，且不說今日十五數內成詩，單提那首萬里悲秋常作客，臣實在不知，這北齊國內，又有哪位才子可以寫出？」

這話說得非常不妥，尤其是在國宴之上，顯得異常無禮。慶國皇帝沒有想到尋常文事竟然到了這一步，眼間漸漸皺了，不知道是哪位大臣如此無禮，但這人畢竟是在為本朝不平，卻也無法降罪。

范閒停住回席的腳步，略帶歉疚地向莊墨韓行了一禮，表示自己並無不恭之意。莊墨韓咳了兩聲，有些困難地在太后指給他的小太監攙扶站起身來，平靜地望著范閒。「范公子詩名早已傳至大齊上京，那首萬里悲秋常作客，老夫倒也時常吟誦。」

范閒忽然從這位文壇大家的眼中看到一絲憐惜、一絲將後路斬斷的絕然。范閒心中大動，感覺到某種自己一直沒有察覺的危險，止慢慢向自己靠近過來。他酒意漸上，卻依然猛地回頭，在殿上酒席後面，找到了那張挑起戰事的臉來。

郭保坤。

被自己打了一拳的郭保坤、太子近人郭保坤、宮中編撰郭保坤，今日也有資格坐於席上。但很明顯他的這番話，太子事先並不知情。所以太子和范閒都瞇著眼睛，看著郭保坤那張隱有得意之色的面容，不知道他究竟是想做什麼。

范閒感覺到了危險，微微笑著。

此時聽得莊墨韓又咳了兩聲，向皇帝行了一禮後輕聲說道：「老夫身屬大齊，心卻在天下文字之中，本不願傷了兩國情誼，但是有些話，卻不得不說。」

皇帝的臉色也漸漸平靜起來，從容道：「莊先生但講無妨。」便在皇帝說話的同時，皇后也端起了酒杯，張嘴欲言，複又收回。

「風急天高猿嘯哀，渚清沙白鳥飛回。無邊落木蕭蕭下，不盡大江滾滾來。萬里悲秋常作客，百年多病獨登臺。艱難苦恨繁霜鬢，潦倒新停濁酒杯。」

宮殿之上無比安靜，不知道這位名動天下的文壇大家，會說出怎樣驚人的話來。

「這詩前四句是極好的。」

第五十三章　千古風流

聽著末一句，群臣大感不解。這首詩自春時出現在京中，早已傳遍天下，除了大江的「大」字有些讀著不舒服之外，眾多詩家向來以為此詩全無一絲可挑之處，但精華卻在後四句，不知道莊墨韓為何反而言之。

只聽莊墨韓冷冷說道：「之所以說前四句是好的，不是因為後四句不佳，而是因為……這後四句，不是范公子寫的！」

此言一出，殿中一片譁然，然後馬上變成死一般的寂靜，沒有誰開口說話。

范閒假意愕然，卻明白了許多事情，倒是平靜下來，酒醉後的身子斜斜倚在几上，滿臉微笑看著莊墨韓。

幾個月之前，林婉兒就說過，宮中有人說自己這詩是抄的，當時自己並不在意，但沒料到卻是今日爆發。郭保坤挑起此事，顯然是得了某位貴人的授意。

自己入京之後，唯一可以拿得出手的，便是文字上的名聲，若她將自己的名聲全部毀了，在這樣一個極重文章德行的世界裡，自己只有主動退婚的分。

范閒聽莊墨韓唸了前四句後便心下大安，看來莊墨韓依然不知大江是長江，便知道自己最害怕的事情，並沒有發生。如果想指證自己抄襲，莊墨韓只有靠自己的學問與清名壓

人，僅此而已。

只是不知道，永陶長公主是怎樣說動一向名聲極佳的莊墨韓，千里迢迢來做小人的。許久之後。

皇帝的眉頭皺了起來。要知道抄襲一說，可是極嚴重的指責，如果莊墨韓沒有什麼憑仗，斷不敢在慶國的皇宮裡如此說三道四。

「空口無憑。」一直坐在范閒身邊的禮部侍郎張子乾微笑說道：「莊墨韓先生一代大家，學生少時也常捧著先生所注經書研習，天下間，自然無人敢懷疑先生說話。但是事涉抄襲，或許先生是受了小人蒙蔽。」

他看了一眼上司的公子郭保坤，並不如何忌憚表露自己所說小人是誰。

莊墨韓抬起頭來，滿是智慧神彩的雙眼裡，飄出一絲複雜的情緒。「這詩後四句，乃是家師當年遊於亭州所作，因為是家師遺作，故而老夫一直珍藏於心頭數十年，卻不知范公子是何處機緣巧合得了這詩句。本來埋塵之珠能夠重見天日，老夫亦覺不錯。只是范公子藉此邀名，倒為老夫不取。士子首重修心修德，文章辭句本屬末道。老夫愛才如命，不願輕率點破此事，本意來慶國一觀公子為人，不料范公子竟是不知悔改，反而更勝。」

范閒險些失笑，心想無恥啊無恥，但旁人卻笑不出來，殿前的氣氛早已變得十分壓抑。如果此事是真的，不要說范閒今後再無臉面入官場、上文壇，就連整個慶國朝廷的顏面都會丟個精光。

天下士子皆重莊墨韓品行、道德、文章，根本生不起懷疑之心，更何況莊墨韓說是自己家師所作，以天下士人尊師重道之心，等於是在拿老師的人品為證，誰還敢去懷疑？

眾官在心裡深處已經認定范閒這詩是抄的，望向他的眼神便有些古怪和厭惡，但是總不能由著這種事情變成事實，畢竟事涉慶國顏面。

皇帝冷冷看了一下文淵閣大學士舒蕪，一陣尷尬之後，舒蕪為難地站起來，先向莊墨韓行了一禮。「見過老師。」

這位舒蕪曾遊學於北齊，受教於莊墨韓門下，故而以師生之禮相見。他此時早就信了莊墨韓所言，范閒那首詩是抄的，但在皇帝嚴厲目光之下，卻不得不站起來替范閒說話：「老師，范公子向有詩才，便說先前這首短歌行，亦是精采至極，若說他來抄襲，實在很難令人相信，而且似乎也沒有這個必要。」

這時莊墨韓也已經坐下來，又咳了兩聲，溫和說道：「舒蕪，莫非你是懷疑老夫是在盜用先師之名？」

舒蕪大汗淋漓，連道不敢，再也顧不得皇帝的陰冷眼光，老老實實地退回去。此時若再有人置疑，便等同是在說莊墨韓乃是無師無父的無恥之徒，誰也不敢擔這個名聲。

但皇帝不是一般的讀書人，他不是淑貴妃，也不是太后，他根本就不喜歡這個莊墨韓，所以冷冷說道：「慶國首重律法，與北齊那般孱弱模樣倒有些區別，莊先生若要陷人以罪，便需有些證據才是。」

眾臣都聽得出來皇帝怒了，萬一莊墨韓真的指實了范閒抄襲，只怕范閒很難再有出頭之日。

莊墨韓微微一笑，讓身後隨從取出一幅紙來，說道：「這便是家師手書，若有方家來看，自然知道年代。」他望著范閒，同情說道：「范公子本有詩才，奈何畫虎之意太濃，卻不知詩乃心聲，這首詩後四字如何如何，以范公子之經歷，又如何寫得出來？」

殿內此時只聞得莊墨韓略顯蒼老、又無比穩定的解詩之聲。「萬里悲秋，何其涼然？

百年多病，正是先師風燭殘年之時獨自登高，那滔滔江水，滿目蒼涼……范公子年歲尚小，不知這百年多病何解？」

莊墨韓越說，眾人愈發覺得這樣一首詩，斷然不可能是一位年輕人寫得出來的。又聽著莊墨韓的聲音再次悠悠響起：「繁霜鬢乃是華髮叢生，范公子一頭烏髮瀟灑，未免強說愁了些。」

莊墨韓最後輕聲說道：「至於這末一句潦倒新停濁酒杯，先不論范公子家世光鮮，有何潦倒可言，但說新停濁酒杯五字，只怕范公子也不明白先師為何如此說法吧。」他看著范閒，眉宇間似乎都有些不忍心。「先師晚年得了肺病，所以不能飲酒，故而用了新停二字。」

此言一出，慶國諸臣終於洩了氣，那幅紙根本不需要了，只說這些無法解釋的問題，范閒抄襲的罪名就是極難逃脫。

便在此時，忽然安靜的宮殿裡響起一陣掌聲！

似乎一直伏案而醉的范閒忽然長身而起，微笑看著莊墨韓，緩緩放下手掌，心裡確實多出一分佩服。這位莊墨韓的老師是誰，自然沒人知道，但是對方竟然能從這首詩裡，推斷出當年杜甫周身之景、身患之疾，真真配得上當世文學第一大家的稱號。

不過范閒知道對方今日是為了陷害自己，那幅紙只怕也早做過處理，故而不能佩服到底，他清逸脫塵的臉上多出一絲狂狷之意，醉笑說道：「莊先生今日竟是連令師的臉面都不要了，真不知道是何事讓先生不顧往日清名。」

旁人以為他是被揭穿之後患了失心瘋，說話已經漸趨不堪，都皺起眉頭。皇后輕聲吩咐身邊的人去喊侍衛進來，免得范閒做出什麼聳動之事，不料皇帝卻是冷冷一揮手，讓諸人聽著范閒說話。

范閒踉蹌而出，眼中盡是好笑譏屑神色，高聲喝道：「酒來！」

後方宮女見他癲狂神色不敢上前，有大臣卻一直為范閒覺著不平，從後方抱過一個約摸兩斤左右的酒罈，送到范閒的身前。

「謝了！」范閒哈哈一笑，一把拍碎酒壺封泥，舉壺而飲，如長鯨吸海般，不過片刻工夫便將壺中酒漿傾入腹中，一個酒嗝之後，酒意大作。他今日本就喝的極多，此時急酒一催，更是面色紅潤，雙眸晶瑩潤澤，身子卻是搖晃不停。

他像跳舞一般踉蹌走到首席，指著莊墨韓的鼻子說道：「這位大家，您果真堅持這般說法？」

莊墨韓嗅著撲面而來的酒味，微微皺眉說道：「公子有悔悟之心便好，何必如此自傷？」

范閒看著他的雙眼，微微笑著，口齒似乎有些不清。「凡事有因方有果，莊先生指我抄襲先師這四句，不知我為何要抄？難道憑先前那首短歌行，晚生便不能贏得這生前身後名？」

生前身後名五字極好，便連莊墨韓也有些動容，他心繫某處緊要事，迫不得已之下，今日大礙平生清名，刻意構陷面前這少年，已是不忍，緩緩將頭移開，淡淡道：「或許范公子此詩也是抄的。」

「抄誰的？莫非我作首詩，便是抄的？莫非莊先生門生滿天下，詩文四海知，便有資格認定晚生抄襲？」

看莊墨韓手指輕輕叩響桌上那幅紙，范閒冷笑道：「莊大家，這種伎倆糊弄孩子還可以，你說我是抄令師之詩，我倒奇怪，為何我還沒有寫之前，這詩便從來沒有現於人世？」

莊墨韓似乎不想與他多做口舌之爭，倒是范閒輕聲細語道：「先生說到，晚生頭未白，故不能言鬢霜；身體無恙，故不能百年多病……然而先生不知，晚生平生最喜胡鬧事，擬把今生再從頭，你不知我之過往，便冤我害我，何其無趣。」

不知道是真的喝多了，還是難得有機會發洩一下積了許久的鬱悶，范閒那張清逸脫塵的臉上陡然間多出幾分癲狂神色。

「詩乃心聲。」莊墨韓望著他溫和說道：「范小友並無此過往，又如何能寫出這首詩來？」

「詩乃文道。」范閒望著他冷冷說道：「這詩詞之道，總是講究天才的，或許我的詩是強說愁，但誰說沒有經歷過的事，就不能化作自己的詩意？」

他這話極其狂妄，竟是將自己比作了天才，所以藉此證明先前莊墨韓的詩論推斷，全部不存在！

聽到此處，莊墨韓的雙眉微微一皺，苦笑說道：「難道范公子竟能隨時隨地寫出與自己遭逢全然無關的妙辭？」這位大家自是不信，就算是詩中天才，也斷沒有如此本領。

見對方落入自己計算中，范閒微微一笑，毫無禮數地從對方桌上取過酒壺飲了一口，靜靜地望著他，眼中的醉意卻漸趨濃烈，忽然將青袖一揮，連喝三聲。

「紙來！」

「墨來！」

「人來！」

醉人三聲喝，殿中眾人不解何意，只有皇帝依然冷靜地吩咐宮女按照范閒的吩咐，一會兒工夫就準備好這些。殿前空出一大片地，只有一几一硯一人，孤獨而驕傲地立在正中。

范閒有些站不穩了，勉強對皇帝一禮道：「借陛下執筆太監一用。」

皇帝雖不解何意，但仍然微微沉頷允了。一名執筆太監走到桌旁坐下，鋪好白紙，研好筆墨。不料范閒強忍酒意，搖頭說道：「一個不夠。」

「范閒，你在胡鬧什麼？」離他頗近的太子終於忍不住開口了。

但皇帝依然是滿臉平靜地允了他的請求，眼裡卻漸漸透出笑意來，似乎猜到了馬上要發生什麼事情。

范閒微笑看了莊墨韓一眼，眼中醉意更勝，對身邊正執筆以待的三名太監說道：「我唸，你們寫，若寫得慢了，沒有抄下，我可不會唸第二遍。」

這三名太監無來由地緊張起來。很多人都在猜測范閒準備做什麼，他如何能夠讓世人在莊墨韓與他之間，相信他才是真正的一代詩家？此時入夜不久，夏末夜風並不如何清涼，但場間的氣氛卻有些類似於戰場之上鼓聲漸起。

「……野火燒不盡，春風吹又生……亂花漸欲迷人眼，淺草才能沒馬蹄……天長地久有時盡，此恨綿綿無絕期。」

毫無徵兆，毫無醞釀，范閒脫口而出一段，盡是白居易所作，不一會兒工夫，便有了十幾首。他站在几旁，眼神望著宮殿外的夜色，不停吟誦自己這奇怪大腦裡能記住的所有名詩，幾名太監揮筆疾書，卻都險些跟不上他的速度。

眾人默然，細品。

面對著源源不絕的陰謀與算計，強大的壓力之下，范閒此時終於爆發出來，癲狂之下，只顧著將腦中所記之詩朗朗誦出，既不在乎太監記住了沒有，也不在乎旁人聽明白了沒有。那些咀之生香的前世文字，經由他的薄薄雙脣，在這慶國的宮殿裡不斷迴響著。

莊墨韓的眼神漸漸起了一些很奇妙的變化。

而一開始只是純粹看熱鬧的諸位臣子，此時終於忍不住在心中嘀咕起來，這些詩他們一首也沒有聽過，但確確實實是極妙的句子，難道……都是范閒所作？

「晚來天欲雪，能飲一杯無……」這是白居易在飲酒。

「君不見……」接下來輪到李白飲酒。

「對影成三人……」這是李白依然在飲酒。

「但使主人能醉客……」還還是李白在飲酒。

「棄我去者，昨日之日不可留；亂我心者，今日之日多煩憂……」這是李白酒已經喝多了。

宮中的人們再也顧得殿前失儀之罪，漸漸圍坐在范閒身邊，聽著他口中誦出的一首首詩，臉上寫滿了震驚與無法置信。一詩如何，大家都是有耳朵的，世上奇才頗多，但溯古追今，也斷然不會有像今天這般的景象。

見過寫詩的，沒見過這麼作詩的！作詩，絕對不是在菜場裡搬大白菜——但無數首從未斷絕過的詩句從范閒的嘴裡噴湧而出，就像是不需要思慮一般，和搬大白菜有什麼區別！

雖然這些詩裡某些用句奇怪，那是因為眾臣不曾知道范閒那個世界裡的典故，但眾臣依然駭然驚恐，這些詩……首首都是佳品啊！

范閒依然沒有停止。眾臣此時望向范閒的目光便開始變得怪異起來，覺得面前這個清逸脫塵的年輕人，不再是凡間一屬，而是天人下世。驚恐之餘，早有清醒的文淵閣學士替了腕力不支的三名太監，開始埋頭奮筆抄寫這些出口即逝的詩句。范閒先前說過，他只會說一遍。

范閒並不知道自己身邊的景象，他依然閉著雙眼，腦筋轉得極快，一面是在回憶這些詩句，一面卻是在想著待會兒的行動，如果讓眾臣知道他此時猶有餘暇卻想別的事情，只怕會更加駭異。

他覺著嘴有些渴了，於是將手伸到旁邊的空中，早有識趣的太學師司業拿酒過來，小心翼翼地放在他的手裡，生怕打擾了他此時的情緒。

從詩經中的君子好逑，到龔自珍的萬馬齊喑、唐時明月光、宋時春江水、杜甫蓋草房、蘇東坡煮黃州魚、杜牧嫖妓、柳三變也嫖妓、元稹曾經滄海包二奶、李易安錦瑟無端思華年、歐陽修愛煞外甥女——此為冤案、懸案。

范閒閉目，飲一口酒，「作」一首詩，三壺酒盡，三百詩出！

闊大的宮殿之中，似乎有無數的光影正在飛舞，漸漸凝成只有閉著眼睛的他才能看清楚的畫面。那是前世的詩家，前世的老帥哥、小帥哥，在竹下輕歌，在床上袒腹，在亭中大道此風快然，在河畔黯然垂淚。

這是前世的所有，范閒前世的所有，以這種突兀的方式，陡然降臨在慶國的世界，擊打在眾人的心上。范閒在前世無數千古風流人物的幫助下，在與莊墨韓戰鬥。

他猛然睜開雙眼，冷冷看著莊墨韓，卻像是看著更遠處的某個世界。

「君不見，黃河之水天上來。」誰能比李白更灑脫？

「浪淘盡，千古風流人物。」誰能比蘇軾更豪邁？

「昨夜雨疏風驟，濃睡不消殘酒。」誰能比李清照更婉約？

千古風流，豈能以一人之力敵之？

「噹」的一聲脆響，莊墨韓顫抖的手終於無法再握住酒杯，酒杯摔在青石地上，化作無數碎片。

安靜，一片安靜。

不知道過了多久，范閒終於停止了這次瘋狂的表演，但是慶國大殿裡的人們卻還一時無法從這種情緒裡擺脫出來。已經換了幾輪的學士和執筆太監，首先醒了過來，跌坐在地，撫著自己痠痛無比的右手，用看神仙一般的眼光看著范閒。

范閒喝多了，搖搖晃晃地走到莊墨韓身前，伸出一根手指指著他的鼻子，搖了搖，打了個酒嗝後輕聲說道：「注經釋文，我不如你。寫詩這種事情，你……不如我。」

殿中依然是一片安靜，所以這句話雖然說得極輕，卻是清清楚楚地落入眾人的耳中。此時的臣子們，當然對這句話無比相信，他們對於范閒的詩氣才華早已是五體投地。不論莊墨韓有如何高的聲望，但如果說詩文一道，凡是現場聽范閒「朗誦」古代名詩三百首的這些人，在今後的日子裡，都不可能再去相信，會有人的詩才勝過范閒。

此時更不要再提什麼抄襲之事，眾人早已相信范閒所言，世上是有所謂天才的，是可以不必經歷某些事，卻一樣可以寫出字字驚心的詩文來。剛才是什麼？那是詩中仙人才能有的手段！抄你媽，襲你媽！

既然沒有人相信以范閒的才能還要去抄詩，那自然就是莊墨韓在說謊。此時殿上諸人望著莊墨韓不免露出失望、憐憫、鄙視的眼光，心想這位一代大家，半生清名，居然臨老虧德，與後生爭名。

莊墨韓看著范閒，就像看著一個怪物一樣，眼中流露出一片黯然，不知為何，忽然胸口一悶，用白袖掩唇，吐了口血。

皇帝神情似笑非笑，望著范閒說道：「有此佳才，平日為何不顯？」

范閒似醉非醉，回望著皇帝說道：「詩文乃是陶冶情操之物，又不是爭勇鬥狠之技。」

這話說得就有些無恥了，他今天夜裡難道還不算爭勇鬥狠？只見范閒終於止不住滿腹牢騷酒氣，一屁股摔坐在御前階上，斜乜著眼望著嘴唇微抖的莊墨韓，口中喃喃說道：「我醉欲眠君且去，去你媽的。」

終於擺完了李白當年的最後一個姿勢，范閒在皇帝的腳下入了醉夢。

第五十四章　醉中早有入宮意

這個夜晚，註定是個不尋常的夜晚。

范閒聊發詩仙瘋，一代大家莊墨韓黯然退場，皇帝擺明要栽培范家的大公子，太子地位穩固。今夜的訊息太多，所以不論是東夷城的使團，還是各部的大臣，回府之後，都與自己的幕僚或是同行者商議著看到的一切。但是讓大家無比震驚、討論最多的，當然還是八品協律郎范閒今夜在殿前的表現。

最後得出一個共通的結論：小范大人實乃詩仙也。

也有人在懷疑是不是范閒這些年裡作了這些詩，然後一個夜裡發飆發完了。因為畢竟這些詩詞情境不一、感情不一，若說是一夜之間徘徊在相差如此大、又分別激烈的情緒中，還能天然而成，只怕那位詩人也會發瘋才是。

不過不論是哪一種，大家依然認為范閒不是常人。廢話，有哪個常人能把那些詩像大白菜一樣地抱出來，就算不怕累著，也得要種得出來啊。

總而言之，與慶國這個世界相近的那個世界裡，一應或美好或激越或黯然的文學精妙辭章，今日便借范閒之口，或不甘或心甘情願地降落，從此以後，成為這個世界精神裡再難分割的部分。

那些詩裡，眾人有些不明之典、不解之處，全被眾人當作是范閒喝多了之後的口齒不清，準備等他酒醒之後仔細求教。至於范閒將來會不會因為要圓謊，從而被逼著寫一本架空中國通史，寫齊四大名著，還是毅然橫刀自宮以避麻煩，那都是後話了。

回范府的馬車上，范閒依然在沉沉酣睡。後來有好事者替他計算一下，當夜宮宴之上，他作詩多少暫且不論，便是御製美酒也喝了足足九斤。所以當他的詩篇註定要陶醉天下許多士子的時候，他自己已經醉到人事不省了。

他是被太監從皇帝腳下抬出宮的，渾身酒氣熏天，滿腹牢騷無言，也虧得如此，才沒有昏厥在眾人看神仙的目光之中。

上了范府的馬車，宮裡的公公們細細叮囑范府下人，要好好照顧自己的主子，那些老大人們都發了話，這位爺的腦袋可是慶國寶貝，可不敢顛壞了。

車至范府，消息靈通的范府諸人早就知道自家大少爺在殿前奪了大大的光彩，扇了莊墨韓大大一個耳光，全府上下與有榮焉。近侍興高采烈地將他背下馬車，柳氏親自開道，將他送入臥房中，然後親自下廚去煮醒酒湯。范若若擔心丫鬟不夠細心，小心地擰著毛巾，沾溼著他有些乾的嘴唇。

被吵醒的范思轍揉著發痠的眼睛，又嫉妒又佩服地看著醉到人事不省的兄長。

司南伯范建在書房裡執筆微笑，老懷安慰的模樣，連不通文墨的下人都能在他臉上看懂這四個字。范建心想給皇帝的摺子裡，應該寫些什麼好呢？估計皇帝應該不會奇怪發生在范閒身上的事情才對，畢竟是天脈者的孩子啊。

夜漸漸深了，興奮了一陣子之後，大家漸漸散開，不敢打擾范閒醉夢，此時他卻猛地睜開雙眼，對守在床邊的妹妹說道：「腰帶裡，淡青色的丸子。」

范若若見他醒了，不及問話，趕緊走過去從腰帶裡摸出那粒藥丸，小心餵他吞服下去。

范閒閉目良久，緩緩運著真氣，發現這粒解酒的藥丸果然有奇效，胸腹間已經沒有了絲毫難受，大腦裡也沒有一絲醉意。當然，他不是真醉，不然先前殿上「朗誦」的時候，如果一不留神將那些詩的原作者都唸了出來，那才真是精采。

「我擔心半夜會不會有人來看我，畢竟我現在的狀態應該是酒醉不醒。」范閒一邊在妹妹的幫助下穿著夜行衣，一邊皺眉想著。他的雙眼裡一片清明，其實先前在宮中本就沒有醉到那般厲害。

「應該不會，我吩咐過了，我今夜親自照顧你。」范若若知道他要去做什麼，不免有些擔心。

「柳氏……」范閒皺眉道：「會不會來照顧我？」

「我在這兒看著，應該不會有人進來。」范若若擔憂地看著他的雙眼，低聲說道：「不過哥哥最好快些。」

范閒摸了摸靴底的匕首，髮間的三枚細針，還有腰間的藥丸，確認裝備齊全了，點了點頭。「我會盡快。」

從府後繞到準備大婚的宅子裡，他此時已經穿好夜行衣，在黑夜的掩護下極難被人發現，只有動起來的時候，身體快速移動所帶出的黑光流動，才會生出一些鬼魅的感覺。范閒從院牆下鑽出去，那處已經有一輛馬車停在那裡。

范閒露在黑巾外的雙眉微微皺了一下，京中雖然沒有宵禁，但是夜裡街上的管理依然森嚴。巡城司在牛欄街事件之後被整頓得極慘，所以現在戒備得格外認真。他臨時放棄了用馬車代步的想法，身形一抖，真氣運至全身，馬上加速了起來，消失在京都的黑夜之中。

范府離皇宮並不遠，不多時，范閒已經摸到了皇城根西面的腳下，那裡是宮中雜役與內侍交接的地方，平時倒是有些熱鬧，只是如今已經入夜了，也變得安靜起來。藉著矮樹的掩護，他半低著身子，竄到玉帶河的旁邊，左手勾住河畔的石欄，整個人像隻無尾熊一般往前挪去。

前方的燈光有些亮，但河裡卻顯得很黑暗。范閒不敢大意，仗著自己體內源源不絕的霸道真氣，半閉著呼吸，小心翼翼地挪動身體。

不知道過了多久，終於繞過了兩道拱橋，來到皇宮一側的幽靜樹林。范閒略微放鬆，張嘴有些急促地呼吸兩下，感覺到自己的身體已經漸漸亢奮起來，似乎這種危險的活動，讓自己非常享受。

這處樹林旁的宮牆足足有五丈高，牆面光滑無比，根本沒有一絲可以著力處。天下的武道強者，也沒有辦法一躍而過。當然，對於已經晉升宗師級的那寥寥數人來說，這道高牆究竟能不能起作用，還有待於實踐的檢驗。

范閒不是四大宗師之一，但他有些別的法子。眼前朱紅色的牆在黑夜裡顯得有些藍沁沁的感覺，他像個影子一般貼著地從樹林裡掠到牆邊，找到一個宮燈照不到的陰暗死角，強行鎮定心神，盤膝而坐，緩緩將體內的霸道真氣透過雪山轉成溫暖的氣絲，調理著身體的狀況。

深宮之中，離含光殿不遠的地方，洪四庠安靜地坐在自己的房間內。太后今日身體不大好，聽皇帝說了些今日宴席上的好笑事情，待聽到莊墨韓居然被范閒氣得吐了血，太后也忍不住笑了起來，但不知怎的，似乎又有些老人相通的悲哀，所以早早睡了。

洪四庠在這個宮裡已待呆了幾十個年頭，小太監們都不知道他究竟有多大，估計著怎麼也有個七、八十歲？反正現在洪四庠在宮中唯一的職司就是陪太后說說話。他從慶國開國便待在這裡，年輕的時候還喜歡出宮去逛逛，等年老之後才發現，原來宮外與宮內其實並沒有什麼差別。

洪四庠拈了一顆花生米，送到嘴裡喀哧喀哧地嚼著，然後端了個小酒杯，很享受地抿了一口。桌上的油燈黯淡著，他想到范閒今天在殿上發酒瘋，脣角不由得綻出一絲微笑。

就算是太監，咱家也是慶國的太監，能讓北齊的人吃癟。洪四庠心情不錯。

在內宮的另一頭，皇帝的御書房點著明燭，比太監們的房間自然要明亮許多。這一任的皇帝是個勤政愛民的明君，所以時常在夜裡批閱奏章，太監們早就習慣了，只是用溫水熱著消夜，隨時等著傳召。

今日殿前飲宴之後已是夜深，皇帝卻依然勤勉，坐在桌前，手中握著毛筆，毛尖沾著鮮紅，像是一把殺人無聲的刀。忽然間，他的筆尖在奏章上方懸空停住，眉頭漸漸皺了起來。

一旁的秉筆太監小意說道：「陛下是不是乏了，要不然先歇會兒？」

皇帝笑罵道：「今夜在殿上，難道你抄詩還沒有把手抄斷？」

那太監抿脣一笑，說道：「國朝出詩才，奴才巴不得天天這般抄。」

皇帝笑了笑，沒有繼續說什麼，只是偶爾抬頭望了一眼窗外，總覺得那裡的黑夜有什麼異樣的存在。

皇宮很大，夏夜的皇宮很安靜，宮女們半閉著眼睛犯睏，卻一時不敢去睡。侍衛們在外城小心禁衛著，內宮裡卻是一片太平感覺。

牆角，假山的旁邊，穿著一身全新微褐衣裳的五竹，與夜色融為一體，唯一可能讓人察覺的雙眼也被那塊黑布掩住。他整個人的身體似乎在某種功法的幫助下，變成了與四周死物極相似的存在。

呼吸與心跳已經緩慢到極點，與這四周的溫柔夜風一般，極為協調地動著。就算有人從他的身邊走過，如果不是刻意去看那邊，估計都很難發現他的存在。

五竹「看」著皇帝御書房裡的燈光，不知道看了多久，然後他緩緩低下頭，罩上了黑色的頭罩，沉默地往皇宮另外一個方向走去。他行走的路線非常巧妙地避著燈光，借地勢而行，依草傍花，入山無痕，巡湖無聲，如同鬼魅一般恐怖，像閒遊一般行走在禁衛森嚴的內宮之中。

第五十五章　洪公公

屋內的油燈忽然跳出火花來，這本是喜兆，但是洪四庠的銀眉卻飄了起來，似乎有些不滿意。

他蒼老的右手穩定地用筷子挾起一粒油炸的花生米，沒有太大的動作，緩緩嚥下嘴裡的花生米糊，品了品齒間果香，又端起一杯酒飲了，才站了起來。

「很多年了，這個宮裡沒有人再來逛逛。」洪四庠眼裡有些混濁，略感無神地望著窗外低聲說道，手指卻輕輕一彈。

院門是開著的。

如同兩道勁矢一般，洪四庠手上的這雙筷子被強大精深的真氣一激，嗤嗤兩聲幾乎同時響起，瞬間擊碎了面前的窗戶，直射門外陰暗的角落裡，五竹的面門！

筷上帶風而刺，聲勢驚人，如果挨著實的，只怕中筷之人會像是被兩支箭射中一般。洪四庠輕描淡寫地一彈指，竟然有如此神力，實是恐怖。

不知為何，今日五竹的反應動作，似乎比平時要慢了少許，一個轉身不及，竟是被這筷子撕破了右肩的衣裳。

嗤！筷子斜斜插在泥地之中，筷尾微動。

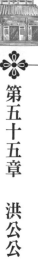

院外，洪四庠看著面前這個穿著褐色衣衫的來客，眉頭微微一抖，對方的頭臉全部被包在頭罩之中，根本看不清楚容貌。

「您是誰。」洪四庠滿臉堆著笑，看上去就像是個卑微的僕人，但很明顯，他比表面上顯現出來的要可怕許多。

五竹今夜穿的褐色衣裳是全新的，所以感覺有些怪異。他依了范閒的計畫，頭平抬著，似乎是在「注視」著對方，然後嘶聲說道：「抱歉，誤會。」

「誤會？難道是迷路？」洪四庠笑得更開心了。「迷路能迷到皇宮裡來的，閣下是第一人。五天前，你應該就來過一次，我一直在等你，我很好奇你是誰。我想，除了那幾位老朋友外，別人應該不會有這麼大的膽子。」

五竹強行在自己的聲音里加了一份惶急，只是他不擅於掩飾自己情緒，所以反而顯得有些假。「受家國之拘，不得已而入，不方便以真實面目行禮，望前輩見諒。」

洪四庠皺起眉頭，不再眉開眼笑。對方自稱晚輩，那不外乎就是那幾個老怪物的徒弟一輩。

看對方身手，至少也是九品中的超強水準，才可能潛入皇宮後只被自己發現。只是對方的嗓音很明顯是刻意扭曲喉部肌肉改變了的，所以也無法從口音中獲取有用的資訊。

「這裡是皇宮啊，孩子。」洪四庠嘆了口氣。「難道你說來就來、說走就走嗎？」

說完這話，他右手一張，整個人的身體卻在地面之上滑行起來，倏地間來到五竹的身前，枯瘦的手便向五竹的臉上印去。

五竹藏在黑布下的臉毫無表情，但知道對方對自己的能力判斷錯誤，眼下正是一個殺了對方的大好機會——殺還是不殺？對於往日的五竹來說不是問題，但今天夜裡卻是一個問題。

他的大腦計算得極快，馬上算出，就算此時殺死對方，大概自己也會付出些代價；最關鍵的是，可能會驚動宮中侍衛，從而對范閒接下來的行動造成很大的麻煩。

所以他撤步、屈膝、抬肘。

肘下是一柄非常普通的精鋼劍，劍芒反肘而上，直刺洪四庠的手腕，計算得分毫不差；更關鍵的是其上所蘊含著的隨興劍意，竟讓劍尖所指之人，瞬間有些失了分寸。

但洪四庠本非常人，陰陰一笑，尖聲叱道：「顧左？」話語中略有詫異，手下卻是絲毫不慢，左手自袖中如蒼龍疾出，拍向五竹胸口。這一掌挾風而至，掌力雄渾，已是世間最頂尖的手段。

五竹再撤一步，直膝、橫肘。

肘間精鋼劍橫在身前，如同自刎一般，卻恰好護住前胸，妙到毫巔地擋住了洪四庠的這一記枯掌。

「顧前？」洪四庠的聲音愈發地尖了起來，收掌而回，從腰部向上，整個人的身體開始抖了起來，看上去十分怪異。一聲悶哼之後，他將幾十年的真氣修為，化作無數道氣流，往前噴出，想要縛住五竹。

五竹卻是根本不給他這個機會，冷冷地再撤兩步，這兩步看似簡單，但在這樣絕頂高手的對陣之中，如閒庭信步一般，恰好避過絲絲勁氣，只是身體一晃，顯然受到了洪四庠數十年真氣干擾，略顯狼狽。

洪四庠皺紋愈發地深了，看著他冷冷說道：「不要以為你改變了出劍的方向，就能瞞過世人。這禁宮之中，既然公公我看上你了，你就留下來吧。」

五竹微微抬頭「看」了他一眼，心裡不知道是什麼樣的感覺，下一步卻是一拱手。

洪四庠皺眉一驚！

沙沙沙的聲音響起，五竹背轉身體，就像身後的洪四庠不存在一般，負劍於後，便向宮牆的方向跑過去，整個人的速度奇快，踏草而行，化作一道煙塵。

負劍於後，很簡單的一個姿勢，但是卻是很完美的防守。

「顧後？」洪四庠雙眼裡陰鬱光芒驟現，也沒有呼喊宮中侍衛，雙臂一振，整個人便像是一隻軀幹瘦弱、展翼極闊的黑鳥般，追上去。

不過片刻工夫，二人便一前一後來到了高高的宮牆前面。洪四庠冷冷看著前面的褐衣人，倒要看他究竟能有什麼法子可以躍牆而出。

五竹直接衝到宮牆下方，竟是絲毫不減速度，右腳狠狠地踩在宮牆下方的石頭上，石頭瞬間沉入泥地之中，可以想見這一腳的力量究竟有從恐怖。而他整個人向前的速度也被這一震變成了向上的力量，整個人被生生震得飛起來，沿著夜色中幽暗的宮牆，像隻鬼一般飄上去。

只見他這一躍便已經足有三丈的距離，勢盡欲墜之時，嗤的一聲，他手中的普通長劍不知如何竟是深深地扎進牆體之中，他的身體藉著劍勢之力，一個翻身，便像個石頭一般，被自己扔出了高牆之外！

洪四庠悶哼一聲，這才知道對方竟然早就算好了所有的事情，體內真氣疾出，在將要撞到宮牆前的一刻也飄然而起，只是姿態優美，全憑一口真氣施為，比五竹先前的暴戾，看上去就要瀟灑得多。

躍至三丈處，這位瘦乾的老太監輕輕伸出一指，在五竹留下的劍孔上一按，借力再上，出了宮牆，像一隻大鳥般在黑夜之中，遁著宮牆外側的光滑牆面，緩緩飄下。

在他飄下的過程中，雙目如鷹，死死盯著前方京都夜色中、奇快無比前行著的褐色身影，陰陰一笑，悄無聲息地飄過林梢、飄過民宅，跟了上去。

兩位絕頂高手的較量，並沒有發出什麼聲音，所以宮中的侍衛們都沒有察覺。

慶餘年 第一部 二

作　　者／貓膩
執 行 長／陳君平
榮譽發行人／黃鎮隆
協　　理／洪琇菁
總 編 輯／呂尚燁
執行編輯／陳昭燕
美術監製／沙雲佩
美術編輯／陳又荻
國際版權／黃令歡、梁名儀
企劃宣傳／陳品萱
校　　對／朱瑩倫
內文排版／謝青秀

國家圖書館出版品預行編目資料

慶餘年（二）/ 貓膩作 . -- 初版 . -- 臺北市
: 尖端 , 2020.03-
冊；　公分
ISBN 978-957-10-8830-3（第 2 冊：平裝）

857.7　　109000846

出版／城邦文化事業股份有限公司　尖端出版
台北市 104 中山區民生東路二段 141 號 10 樓
電話：（02）2500-7600　傳真：（02）2500-2683
讀者服務信箱：7novels@mail2.spp.com.tw
發行／英屬蓋曼群島商家庭傳媒股份有限公司城邦分公司　尖端出版
台北市 104 中山區民生東路二段 141 號 10 樓
電話：（02）2500-7600　傳真：（02）2500-1979
劃撥專線：（03）312-4212
戶名：英屬蓋曼群島商家庭傳媒（股）公司城邦分公司
劃撥帳號：50003021
※ 劃撥金額未滿 500 元，請加付掛號郵資 50 元
法律顧問／王子文律師　元禾法律事務所　台北市羅斯福路三段 37 號 15 樓

台灣地區總經銷／中彰投以北（含宜花東）　楨彥有限公司
電話：（02）8919-3369　傳真：（02）8914-5524
雲嘉以南　威信圖書有限公司
（嘉義公司）電話：0800-028-028　傳真：（05）233-3863
（高雄公司）電話：0800-028-028　傳真：（07）373-0087
馬新地區總經銷／城邦（馬新）出版集團 Cite（M）Sdn Bhd
電話：603-9057-8822　傳真：603-9057-6622
E-mail：cite@cite.com.my
香港地區總經銷／城邦（香港）出版集團 Cite（H.K.）Publishing Group Limited
電話：852-2508-6231　傳真：852-2578-9337
E-mail：hkcite@biznetvigator.com

版　次／ 2020 年 3 月 1 版 1 刷　Printed in Taiwan
2023 年 6 月 1 版 8 刷